SV

Silvio Blatter
Das blaue Haus

Roman

Suhrkamp

Erste Auflage 1990

Fotosatz: Uhl + Massopust, Aalen
Druck: Spiegel Buch GmbH, Ulm
Printed in Germany

FÜR LISA

Prolog
oder Blumen bringe ich ihm keine

1

Zum neunzehnten Mal begannen die letzten Jahre eines Jahrhunderts. Heinrich Zinn saß auf der staubtrockenen Straße vor dem Haus; ein bärenhaftes Kind mit breiten Händen und Füßen, seine Nase tropfte, und stets hatte er ein schmutziges Gesicht.
Heinrich litt Hunger.
Die Brüste seiner Mutter hingen ausgepumpt herab, kein Tropfen mehr war ihnen abzulutschen. Kuhmilch vertrug der unförmige Junge nicht, Brei jeder Art verweigerte er standhaft, gierig verschlang er schwarze Erde und schabte mit den Fingernägeln Kalk von den Wänden.
Sein Vater, ein flinker Mensch, schalt den verstockten Jungen und haderte: »Herr im Himmel, warum hast du mich armen Schneider und Bärenführer mit so einem Tolpatsch bestraft?«
– Was soll denn aus ihm werden?

Kostümschneider und Lockensammler.
Schausteller und Geschichtenerzähler.
Weltreisender und Schwindler.
Mein Großvater.

In der Mitte unseres Jahrhunderts war Heinrich Zinn ein kraftvoller Mann. Er roch gut, Frauen und Kinder liebten ihn, und nie habe ich einen Menschen gekannt, dem Hunde treuer ergeben waren.
Doch mein Großvater war nicht nur beliebt, schrullig und ein Zauberer, er war auch ein Freund des Häuptlings Sitting Bull.
»Wo hast du ihn kennengelernt?«

»In Snake River Plain.«
Das Bleichgesicht und die Rothaut rauchten zusammen die Friedenspfeife. Heinrich Zinn stopfte Amsterdamer Tabak in den geschnitzten Pfeifenkopf aus rotem spuma maris.
»Spuma was?«
»Meerschaum, mein Junge«, erklärte Großvater.
Sitting Bull schenkte Heinrich Zinn zum Abschied einen jungen Wolf und seine Federhaube. Jahrelang noch hat Großvater seinem Freund per Seepost Amsterdamer Tabak nach Snake River Plain geschickt.
– Ist das wirklich wahr, fragt meine Tochter.
Heinrich Zinn erzählte nicht bloß, er legte für das Behauptete auch Beweise vor, die Häuptlingshaube mit den Adlerfedern, zum Beispiel.
»Er hat eine Gans gerupft, das ist die Wahrheit.«
Eigentlich habe ich Großvaters Version derjenigen meiner Mutter immer vorgezogen. Sie löste seine Geschichten einfach auf, blieb nüchtern und raubte den Dingen ihr Geheimnis. Ohne Sinn für Poesie zwang sie alles auf die Erde zurück und verwandelte herrliche Adlerschwingen in Gänsefedern. Für mich hat Mutter die Schwerkraft verkörpert, während Großvater ihr enthoben wie ein Zeppelin über meiner Kindheit schwebte.

2

Zum zwanzigsten Mal beginnen die letzten Jahre eines Jahrhunderts, und eine alte Frage scheint noch immer ungeklärt zu sein.
– Was war zuerst, das Huhn oder das Ei?
Meine Tochter schlägt sich mit diesem Problem herum. Auf dem Schulhof streiten die Kinder, versuchen mit Tritten gegen das Schienbein der Gegner ihrer Ansicht Gewicht zu verleihen. Die Lehrerin enthält sich eines Urteils und redet sich heraus.
Wie soll ich das wissen, Kinder?

Meine Tochter begleitet mich. Wir gehen schwimmen in der Reuß, im Fluß meiner Kindheit.
– Zuerst war das Huhn.
– Bist du sicher.
– Klarer Fall.
Großvater hat mir das einmal erklärt, erzähle ich. Als der liebe Gott unseren Planeten erschuf, mußte er das Rätsel lösen. Lange dachte er auf seinem Thron darüber nach. Dann öffnete er lächelnd das Himmelsfenster und ließ ein weißes Huhn fliegen.
– Die Leghornhenne Typ 001.
– Stell dir vor, der liebe Gott hätte ein rohes Ei aus dem Himmel geworfen.

Wir gehen jeden Sommer einmal schwimmen im Fluß. Es ist ein heißer Tag, und ich kenne kein größeres Vergnügen für Vater und Tochter; wir wollen schwimmen in der Reuß, obwohl das Radio warnt, zuviel Ozon sei in der Luft.
Der Weg zum Badeplatz führt am Friedhof vorbei.

Meine Tochter kennt meinen Hang, Gräber zu besuchen. Nach dem Zoologischen Garten zu James Joyce, das ist eine Regel. Stehen wir am Grab des Dichters, dringt manchmal das Gebrüll der Kehlaffen herüber. Gehen wir schwimmen in der Reuß, besuchen wir das Grab meines Großvaters. Das ist ein Ritual, aber für mich auch ein Bedürfnis. Ich habe meinen Großvater geliebt. Wenn ich mich bücke und den Thujazweig ins Weihwasser tauche, wenn ich mit vier Schlägen das Kreuz zeichne, stehe ich auf Großvaters Füßen, auf den verblichenen Knochen seiner Füße und vernehme einen freundlichen Hauch aus der Tiefe.

– Aus der Ferne der Toten, beschwatze ich meine Tochter.

Blumen bringe ich ihm keine; abgeschnitten hat er sie nie gemocht. Heimlich streue ich Tabak auf die Erde seines Grabes, Amsterdamer, selbstverständlich, den hat er am liebsten geraucht.

In jener längst gelebten Zeit

In jener längst gelebten Zeit, als Marx und Engels das Kommunistische Manifest veröffentlichten, erschien auch für die Kinder ein Buch: der Struwwelpeter. In Rußland herrschte der Zar (Lenin war noch gar nicht geboren), die Ungarn erhoben sich gegen ihren König und die Habsburger kämpften in Oberitalien.
Europa geriet aus den Fugen.
Hier und dort
Revolution:
März, Juni, Oktober,
1848.
Deutschland war geteilt, ein Flickengebilde. Grenzen und Zölle, verschiedene Währungen, Uniformen und Bürokratien behinderten das Leben.
Ein vereinigtes Deutschland.
Eine demokratische Verfassung.
Das waren noch Wünsche.
Heine dichtete, Krupp produzierte seinen Gußstahl, die ersten Dampfer liefen nach Übersee aus, wo Edison gerade das Gehen erlernte. Die USA eroberten Arizona, Neu-Mexiko und Kalifornien. Das Goldfieber brach aus ...
– Und bei uns?
Hierzulande vertrieb man die Jesuiten, und der General der Stunde hatte gerade Luzern (die Katholischen) besiegt.
– Der Bundesstaat wurde ausgerufen.
– Eine Republik.
In den Wäldern lebten noch Bären, die Frauen wuschen die Wäsche am Fluß und schöpften Wasser am Brunnen; elektrisches Licht im Haus war erst ein

Traum, und der Abtritt befand sich auf dem Hinterhof.

In diesem Jahr wurde Heinrichs Vater Johann in der großen Bettstatt seiner Mutter Therese Zinn geboren. Der Junge purzelte nur so heraus; achtzehn ist ein gutes Alter, um Kinder zu gebären. Die Hebamme hatte wenig nachzuhelfen. Richtige Lage, kein Dammriß; Kinderkriegen galt damals noch nicht als Krankheit. Um so mehr mußte sie die junge Mutter trösten, die in den hohen Kissen fast verschwand. Sie weinte, der Kleine schmatzte an ihrer Brust. Sie seufzte, und die Hebamme hielt ihre schlaffe Hand. Das zweite Bett war mit einem Baumwollstoff zugedeckt. Über einem Stuhl lagen schwarze Strümpfe und ein schwarzer Rock.
»Freu dich«, forderte die Hebamme, »hör auf zu weinen.«
»Ich freu mich ja«, beteuerte Therese und schluchzte.
– Sie hat keinen Mann, rät meine Tochter.
Ihr Mann, der Schneidergeselle Zinn, war tot.
General Dufours Soldaten hatten ihn erschlagen, Johanns Vater war mit den konservativen Freischaren gegen die Republik gezogen.
Seine Witwe war selbst noch ein Kind. Oder fast. Die Mutter stand dem Neugeborenen altersmäßig näher als dem Gefallenen, der ihr nichts als eine Nähmaschine und ein Bügeleisen hinterlassen hatte und ein paar Meter englisches Tuch.

Über Mittag hat Therese ihr Kind geboren. Schon um vier Uhr steht sie wieder auf, zieht die schwarzen Sachen an und geht ins Haus des Tuchhändlers Bloch. Sie hat dort eine Stelle und muß das Nachtessen richten.

Als sie nach dem Spülen zurückkommt, betrachtet sie ihr Kind. Johann hält sich still, er liegt wie tot. Sie berührt ihn vorsichtig wie ein unberechenbares Tier, streichelt sein Ärmchen und fühlt seinen Puls; wie schnell das kleine Herz pocht. Der Geruch des Säuglings wirkt besänftigend, und doch bleibt Therese aufgewühlt. Das Wurm öffnet die Augen, macht Fäustchen und wimmert tränenlos. Die Übereinstimmung wundert sie wenig: die Brust schmerzt und zugleich fordert der Kleine Milch. Sie stillt ihn gern. Der Junge ist nun da für immer, ihr Kind. Beklommen wäscht Therese das blutige Bettzeug aus. Dann wechselt sie die Binden. Ihr Schoß ist ausrasiert, der Bauch noch füllig und weich, eine Wamme, die sie mit den Händen anheben kann. Sie fühlt sich wund. Als eine einzige Wunde empfindet Therese sich und bleibt im Bett lange wach liegen. Sie lauscht nach den Schlafgeräuschen des Säuglings und hört die Schläge der Turmuhr. Sie ist zu müde, zu ausgelaugt und erschöpft, um einschlafen zu können.

– Laß sie schlafen, sagt meine Tochter fürsorglich. Fünf Jahre soll sie schlafen wie im Märchen. Bis der Sorgenberg zerbröselt zu Sand.

Fünf Jahre später liegt Johann, der künftige Schneidermeister, auf einer Wiese und kaut Sauerampfer. Der Junge hat seine frühen, die gefährlichsten Jahre überstanden; weder Grippe noch Gelbsucht haben ihn umbringen können. Er gedeiht, er geht, er spricht und hat aufgehört das Bett zu nässen, bevor er die ersten Zähne bekam …
Therese möchte wieder heiraten.
Der kleine Johann liegt im Gras. Er hat eine Heu-

schrecke gefangen und hält sie in der Faust; er spürt die Bewegungen des Tieres. Es will sich befreien, aber das kostet es mindestens zwei Beine. Nein, die Ameisen sind seine Rettung. Rote Ameisen rennen über den Hals des Jungen und unter sein Hemd. Sie verspritzen Säure, und das juckt. Johann gibt die Heuschrecke frei, er muß jetzt Ameisen zerquetschen ...
Der kleine Johann wuchs heran in einer Zeit ohne Reklame und Modediktat. Er trug die Kleider der Blochkinder aus und bekam von Mutters Verehrer einen Bärenzahn geschenkt. Die Wiese gehörte der katholischen Kirche, auch das Haus, in dem die junge Witwe wohnte, war kirchliches Eigentum.

»Es gibt Maschinen, die Gras schneiden, es gibt Maschinen, die Brot schneiden, es gibt Maschinen, die schneiden Haar: drüben in Amerika, wo Menschen leben mit schwarzer Haut und Nuggets in den Flüssen liegen wie bei uns die Kieselsteine.«
»Nuggets«, fragt die junge Witwe.
»Goldstücke, du«, antwortet der Fuhrmann Peer, ihr Neuer. »Daraus kann man Ringe schmieden.«

– Sauerampfer ist schlecht für die Zähne, weiß meine Tochter.
Ach Gott. Damals kümmerte sich kein Mensch um Zähne. Man fand es ganz normal, daß sie nach dreißig Jahren schwarz wurden, weh taten und ausfielen. Die Menschheit lernte Auto zu fahren und dann erst die Zähne zu putzen. Damals streute man Zucker aufs Brot, und heute bestreicht man Knäcke mit Konfitüre light. Damals rochen Eier nicht nach Fischmehl, aber sie waren rar und teuer. Hinterschinken aß man nur einmal im Monat, doch er schmeckte nach Schwein.

Damals gab es weder Geschmacksverstärker und künstliche Süßstoffe, weder Radio noch Fernsehen; der kleine Johann hat die Mutter auch nie die Zeitung lesen sehen.
Der Mensch roch nach Mensch, das Vieh roch nach Vieh. Gewehre kannte man allerdings schon lange, großkalibrige Flinten: die Kugel schlug einem Mann ein Loch in die Brust und riß beim Austritt den ganzen Rücken mit. Kerker gab es (mit Dunkelzellen und Prügelstrafe; Entlassene hinkten wegen des eisernen Rings, den man ihnen um den Knöchel gelegt hatte), Kriege gab es, Kinder mit großen Augen und Hungerbäuchen sah man an jedem Ort.
– Gab es für sie noch keine Bananen?
Freilich gab es Bananen, in Brasilien und Afrika. In Bremgarten kochten Mütter Kartoffeln und Äpfel im selben Topf weich. Das Mahl hieß »Schnitz und drunder«. Oder es gab Hirsebrei und Hafergrütze. An Gemüse kam auf den Tisch, was im Garten wuchs.
– Tomaten?
– Keine Tomaten.
– Also auch keine roten Spaghetti?
– Dafür Bohnen, Rüben, Erbsen und Kohl, Lauch, Zwiebeln und Randen. Trocken Brot macht Wangen rot, sagten die Mütter.
– Fleisch?
– Ein Suppenhuhn, ein Schweineschwanz, eine Katze …
– Schäm dich.

Therese Zinn arbeitet immer noch als Dienstmagd im Haus des Tuchhändlers Bloch. Da bringt sie abends manchmal einen Rest Pudding nach Hause und Himbeersirup.

Bloch trinkt Bier, berichtet sie: »Er schimpft mich aus, wenn es nicht kühl genug ist. Doch was soll ich machen?«

Fad sei es, abgestanden, beschwerte sich Bloch.

»Der Schaum fällt gleich zusammen und ich bin schuld. Ich bekomme schon Angst, wenn im Sommer die Sonne scheint und der Herr ist unterwegs, weiß ich doch, er kommt mit einem solchen Durst nach Hause...«

– Zu wem sagt Therese das?

– Zu Reto Peer. Er ist der Fuhrmann Blochs und sitzt manchmal bei ihr in der Küche.

Der Mann redet nicht viel, aber er hört ihr gern zu. Und Peer ist nicht blind. Natürlich sieht er, daß Therese anmutig ist. Und arbeiten kann sie. Daß sie ein Kind hat, stört ihn wenig. Ihm gefällt, wie Therese singt in der Küche. Und einmal schenkt er ihr eine französische Seife.

– Woher hat er die Seife?

– Peer ist viel unterwegs, als Fuhrmann Blochs.

– Du erzählst mir, wie der Holunder blüht im Garten, wie man Marmelade aus den dunklen schweren Dolden macht, du erzählst von Linsenmus und wie der Rauch aufsteigt, wenn auf den Kartoffeläckern die Stauden verbrannt werden, du berichtest von doofen Generalen, die Kriege führen: aber woher Reto Peer die französische Seife hat, verrätst du mir nicht.

Peer nimmt Johann manchmal mit. Er hockt ihn neben sich auf den Bock des Fuhrwerks. Sie holen Stoffballen von der Bahn ab; sie bringen Tuch nach Wohlen und Muri. An einem Sonntag im Frühsommer gestattet ihnen Bloch eine Ausfahrt in seinem Zweispänner. Zu dritt besuchen sie die Vorstellung eines Wanderzirkus.

Eine Frau geht über ein Seil, ein Jongleur wirft Teller und Löffel in die Luft und fängt alle auf. Ein Papagei zählt Zahlen zusammen und pfeift Melodien nach Wunsch. Ein Bär geht auf einer großen silbernen Kugel.

Johann war glücklich. Seine Begeisterung für Schausteller und den Zirkus nahm hier seinen Anfang.

Auf dem Heimweg darf er die Zügel halten. Peer zieht ihm die Ohren lang; der Junge hat die Peitsche fallen lassen und der Wagen fährt darüber.

– Zerbrochen?

– Ich weiß es nicht.

Peer riecht nach Pferden und Kampfer, Peer riecht gut. Peer wirft Zentnerballen auf den Wagen, ohne zu schwitzen oder außer Atem zu geraten. Ein Pferd könnte er mit der Faust totschlagen. Er trinkt Most in der Küche, ißt Schwarzbrot und Zwiebeln. Dann packt er Therese am Handgelenk. Der große Mann setzt die kleine Frau auf seine Knie. Er legt die Arme um ihre Taille, die so schmal ist, daß er mit den Händen die eigenen Ellenbogen zu fassen kriegt. Peer flüstert etwas in Thereses Ohr, sie errötet. Er beißt sie ins Ohrläppchen. »Au«, kichert sie und sagt »ja«. Er dreht sie zu sich herum und küßt sie.

– Mit seinem Zwiebelatem?

Damals roch ein Mann nach Zwiebeln so ungeniert wie heute nach einem Deo mit Moschusduft.

Johann liegt auf der Wiese und spuckt Sauerampfer aus. Er hat die Ameisen unter seinem Hemd zerquetscht und läuft nach Hause. Doch die Tür ist abgeschlossen. Auch in Blochs Küche findet er Mutter nicht. Auf dem Tisch liegt ein Apfel; Johann wagt es nicht, ihn zu stehlen. Er schleicht sich in Blochs Garten, dort steht ein Nußbaum. Es ist Herbst. Im Gras liegen Nüsse; die klaubt er aus der grünen Schale, während Mutter in der Kammer über dem Pferdestall bei Peer liegt.

Ja, hatte sie gesagt und sich am anderen Tag, als sie über die Auswirkungen nachdachte, beim Anschneiden des Brotes einen Finger verletzt. Seit Jahren war ihr das nicht mehr passiert. Blut tropfte aufs Brot und verdarb es. Therese steckte den Finger in den Mund und saugte die Wunde aus. Ja, hatte sie gesagt; das war doch richtig? Ja, es gab keinen triftigen Grund für ein Nein.

– Liebte sie ihn?

Das war wohl nicht ihr Hauptkummer. Sie hatte ihren Ersten weniger aus Verliebtheit (oder Liebe) denn aus einem Bedürfnis nach Sicherheit genommen. Und weil sie weg wollte aus Mutters Haushalt. Der gefallene Zinn war mehr ein Onkel als ihr Liebhaber gewesen. Er trägt dieselben langen Unterhosen wie Vater, dachte Therese, als er sich nach der Hochzeit zum ersten Mal in ihrer Gegenwart auszog und sie aufforderte, das Kleid abzulegen.

Therese stellte sich Peer vor: wie er redet, zuhört, ißt, mit den Pferden umgeht, mit gutem Tuch und mit ihr. Verändert sich sein Gesicht wohl, wenn er auf mir liegt?

Nein, warum hätte sie nicht ja sagen sollen?

Peer war ein ausgeglichener Mann; er glaubte nicht, daß sich etwas von selbst ergibt. Er mußte also zupakken. Und Therese hatte sich nicht gesträubt, sie war ihm entgegengekommen.

Sie lutschte das Blut aus ihrer Wunde am Finger und verlor sich in Gedanken.

Hat er keine Fehler? Keinen Nachteil? Hinkt er, schielt er, verbirgt er eine dunkle Seite, ist er grob oder verschuldet? Hat er bereits eine Frau?
– Nein. Er ist jung, ledig und unbescholten.
– Aber?
– Du denkst an den Bärenzahn?
– Woher hatte er den Bärenzahn.
– Er war ein Jäger. Peer hatte tatsächlich eine Leidenschaft.
Den Bären ist er verfallen. Therese seufzte. Ihr Erster zog mit den Freischaren ins Feld, ihr Zweiter folgt tagelang einer Bärenfährte...
Peer stammte aus den Bergen des Bündnerlandes. Engadin, Bergell, dort hausten noch Bären.

Nun hält er sie umschlungen. Wie ein Bär. Therese sieht sein Gesicht über sich (er hat die Augen offen) und fühlt die angenehme Kraft seines Körpers. Vom Stall herauf hört sie die Pferde, vor dem Fenster bewegen sich die Zweige und Blätter des Nußbaums, unter dem Johann sitzt (die braungefärbten Finger werden ihn bald als Dieb verraten), auf dem Stuhl liegen ihr Rock und die Hose Peers (das Hemd haben sie beide anbehalten). Aber unterm Hemd tasten seine Hände, und sein Gesicht senkt sich auf ihren Hals herab. Sie greift nach seinem Gesäß. Ja, sein Bauch und sein Gesäß und seine Arme: das ist schon ein handfester Grund, bei Peer bleiben zu wollen, diesen Jäger zu nehmen, seine Frau zu werden und seine Kinder zu gebären. Er wird ihr treu, er wird gut zu ihr sein. Auch zu Johann, ganz bestimmt.
Laß ihm seine Bären, denkt Therese.
Dann ist es aus mit Überlegen.
So umschlungen, schweißnaß und die Düfte der kör-

perlichen Liebe verströmend, als ein geräuschvolles Tier mit zwei Rücken und acht Beinen bleibt das Paar liegen: zehn Jahre wie im Märchen.

Zehn Jahre später ist Johann fünfzehn. Er hat zwei Halbbrüder bekommen. Peer und Therese sind ein Ehepaar mit einem eigenen Geschäft.
– Glücklich?
Peer und Therese sind nach Wohlen gezogen. Dort betreiben sie den Eishandel. Blochs warmes Bier hat Peer auf den Gedanken gebracht. Der Kühlschrank wurde nämlich nicht einfach so erfunden. Vor dem Kühlschrank war ein Mann, der über warmes Bier schimpfte und keinen größeren Wunsch hegte, als kühles ...

Unterwegs mit Blochs Fuhrwerk, als junger Mann und lange bevor er Therese kannte, hatte Peer den Kommunisten Weitling gehört, der den Arbeitern predigte:
Wir sind das Volk
in Blusen, Jacken, Kitteln und Kappen,
wir sind die zahlreichsten, nützlichsten
und kräftigsten Menschen
auf Gottes weiter Erde.
Das war 1842 gewesen, sechs Jahre vor dem Struwwelpeter und dem Manifest und fast dreißig Jahre vor Lenins Geburt, der als Diktator dann einmal fragen wird, »Was ist Kommunismus«, um gleich die Antwort zu geben: »Die Sowjetmacht plus Elektrifizierung.«
– Schweif nicht ab.
Peer hatte Weitling reden gehört; aber der Kommunismus war nicht sein Bier. Er erinnerte sich bloß an den

Vortrag, weil er in der Zeitung von Weitling las. Der Kommunist hatte seine Haftstrafe wegen »Aufreizung zum Widerstand und Übertretung des Fremdengesetzes« abgesessen. Nun war er nach Deutschland ausgeschafft worden.

– Weitling wehrte sich.

Er schrie um Hilfe, die Polizisten stießen ihm ihre Gewehrkolben in den Rücken. Er lag am Boden, die Polizisten traten ihn mit den Füßen. Weitling wollte die Schweiz nicht verlassen. Um Aufsehen zu vermeiden, wurde er wieder ins Gefängnis zurückgebracht. Von dort her vernahm man bald ein Wimmern und das Klatschen einer Peitsche. Dann Stille. Die Polizisten verstopften Weitling den Mund mit einem Taschentuch. Gefesselt wurde er in einen geschlossenen Wagen geschleppt. Der Wagen rollte fort; die preußische Polizei wartete auf den Kommunisten, der geschrieben hatte:

> Frei wollen wir werden wie die Vögel des Himmels,
> sorglos in heiteren Zügen und süßer Harmonie
> durchs Leben ziehen wie sie.

Ein Schwärmer und Phantast war Peer nicht. Die klassenlose Gesellschaft kümmerte ihn wenig. Nützlich und kräftig bin ich bestimmt, dachte Reto Peer. Nur alles mit allen teilen mochte er nicht. Er träumte nie von der Befreiung des Volkes in Blusen, Jacken, Kitteln und Kappen oder von einer neuen Gesellschaft, sondern von einer eigenen Familie in einem eigenen Haus. Das Hemd ist ihm näher als der Rock, und Gerechtigkeit gibt es nicht. Weder in Europa noch in Amerika, wohin er gern ausgewandert wäre, der Bärenjagd wegen. Peer war kein theoretischer Kopf. Beim Nachdenken über das Wörtchen »wir« geriet er

rasch ins Schleudern. »Wir«, das meinte die andern; und warum sollte er sich für sie denn krümmen?
Ich möchte und will, ich meine und denke, meine Passion ist der Bär.
Aber »wir«?
Für Weitling war es der schönste Name und das Wort, das am meisten Kraft besaß: eine Flamme. Im »Wir« sah er die Aufhebung der Einsamkeit. »Wir« bedeutete für den Kommunisten die Freiheit und »ich« den Kerker. »Wir«, sprach Weitling und das Wort forderte Gerechtigkeit, es verhieß eine Erlösung ganz besonderer Art, mit der Reto Peer nichts am Hut hatte. Er sagte »ich« und meinte damit auch Frau und Kinder. Weitlings »wir«, das alle Menschen umarmen wollte, paßte nicht zu seinen Erfahrungen.
Reto Peer lebte in einer kleinen Welt, sein Gehirn erzeugte nur solide Gedanken.
– Jetzt einmal abgesehen von der Bärenjagd.
Er wollte nicht zu den Habenichtsen gezählt werden. Ein Herr mit Kutsche imponierte ihm mehr als ein Taglöhner ohne Schuhe.

Als Peer Weitling hörte, besaß er bereits Schuhe. Sein Ziel war ein Pferdefuhrwerk, eine Frau, Kinder und ein eigenes Haus. Sein Herr, Bloch, der fünf Paar Schuhe, vier Pferde und drei Häuser sein eigen nannte (abgesehen von einer Tuchfabrik, einem Wald, ein paar Hektaren Land und einem Bankkonto, nebst einer Frau und Kindern), will nun fließendes Wasser, ein Bad und elektrisches Licht im Haus.
Der Traum vom elektrischen Licht und vom Strom, der Maschinen treibt, spukt in Blochs Kopf. Reto Peers Gedanken behelligt er nicht.
– Da träfe er sich mit den Indianern vom Amazonas,

die heute sagen, wir brauchen keine Elektrizität, wir wollen weder Damm noch Stausee, die unser Land überschwemmen.
– Doch der Damm wird gebaut: die Leute, die für Strom sind, haben immer die Nase vorn.
– Strom ist das ganze Leben, sagt meine Tochter.
Sie kennt den Werbespot des Fernsehens auswendig. Das Fernsehen zeigt in schwarzweiß eine tote und tonlose Welt: ein Mädchen mit maskenhaftem Gesicht, eine stillstehende Bahn, eine Bratpfanne, in der nichts brutzelt, und eine Dusche, die nicht läuft, bis endlich eine mächtige Hand den Hebel herunterzieht, damit die Welt bunt wird und voller Licht sein darf, damit das Mädchen lachen kann und der Mann sich duschen, damit die Spiegeleier braten dürfen, die Bahn läuft und Musik, das Leben halt und Lärm und ungetrübtes Glück...

– Reto und Therese hatten das noch nicht begriffen. Weitling vielleicht auch nicht. Aber Bloch und Marx. Das hatte der Fabrikant und Händler mit dem Philosophen und Kommunisten gemein. Und als der Strom Lenins Wahn wurde, brannten bei uns schon überall die Lampen. Und die Maschinen liefen auf Hochtouren.

Der Strom, an den Bloch wohl, aber Peer nicht dachte, der ihm egal war, wird seinen Eishandel ruinieren. Doch davon weiß er noch nichts. Jetzt will er nach oben, will er eine Frau und Kinder, jetzt träumt er von einem Haus und eigenen Pferden und von einem Fuhrwerk, das ihm gehört.
Weitling hat er vergessen.

– Blochs Fluch auf das warme Bier ist der zündende Funke, sagt meine Tochter.
»Eis muß her«, rief Peer in der Küche.
»Aber woher nehmen«, fragte Therese.
Sie meinte, Peer wolle sie bloß aufheitern und trösten.
Peer dachte an die gefrorenen Seen im Oberengadin. Dick, bestimmt mehr als ein Meter dick ist deren Eisschicht. Eisblöcke müßte man aus dem Silsersee (oder dem See bei St. Moritz) sägen und ins Unterland transportieren.
»Sie schmelzen doch unterwegs«, sagte Therese.
Das sah Peer ein.
»Ich brauche einen See, der näher liegt«, sagte er, »einen See, der im Winter so dick gefriert, daß man Blöcke herausbrechen kann.«
– Seine Wahl: der Ägerisee.
Er trug seine Idee Bloch vor und bat ihn um ein Darlehen. Die angenehme Aussicht auf kühles Bier stimmte den Herrn gnädig. Er lieh Peer das Geld zu einem anständigen Zins und für Gratiseis auf Lebenszeit.

Reto Peer war nun Eishändler.
Fünfzehn ist Johann und sein Gehilfe. Der Stiefvater nimmt ihn auch ins Gebirge mit. Auf die Bärenjagd. Johann bewundert den Mut des Vaters und des Bären, beider Kraft und Schläue. Das Gesicht des sterbenden Bären und das Gesicht des Vaters prägen sich ihm ein, der leidenschaftliche und der tote Blick, als Peer den Kopf des Viehs mit dem Fuß anhebt.
Noch stärker allerdings haftet der Zirkus in seiner Erinnerung, den sie auf der Rückreise in Chur besucht haben.
Wieder zu Hause, dachte Johann noch lange an den

Feuerschlucker, an die Dame, die sich hat zersägen lassen, an den Spagat der Schönen im Trapez und an den Fakir, der sich einen Degen durch den Leib bohrte, ohne zu bluten. Während Peer dem Bären nachhing und die Kraft des Stoßes nochmals erlebte, mit dem er dem alten Braunen den Tod gab.

Reto Peer hatte Eiskeller bauen lassen. Darin lagerte er die Blöcke bis in den Sommer hinein, und weil seine Ware begehrt war, ging es ihm gut.
Er hatte Bloch das Darlehen zurückbezahlt.
Nun besaß er Stall und Pferde, hielt einen Roßknecht und eine Magd. Sein Kleiderschrank war gut bestückt, auf den Fußböden lagen Teppiche, die Wände waren tapeziert mit Blumenmustern, die Möbel aus solider Kirsche geschreinert; er schlief mit Therese auf einer Roßhaarmatratze und in Leinen; in einer Nußbaumtruhe verwahrte er den stählernen Tresor; Futterkästen und Vorratskammern waren voll, kühles Bier trank er, sein Tisch war reichlich gedeckt: Schwein und Wild, Fisch und Rind, Brot, Käse, Teigwaren, Gemüse, Früchte aus dem Süden, Pasteten, Pudding und Bonbons für Frau und Kinder. Es gab Butter, Schmalz, Öl und Seife. Er besaß ein polnisches Gespann. Es mangelt mir an nichts, dachte er nicht ohne Stolz, wenn er Eis aus dem See brach oder in seinem Kontor die Bücher schloß, wenn er am Sonntag nach dem Kirchgang mit Frau, Söhnen und Stiefsohn eine Pfeife rauchte und ein Glas Portwein trank.
– Er könnte geruhsam Fett ansetzen.
Tat er aber nicht. Im Gegenteil, er achtete darauf, stark und beweglich zu bleiben. Er war Mitglied des Schützenvereins und der Kunstturnerriege. Er begann den Tag mit einer Kugelhantel und Freiübungen und be-

schloß ihn bei jedem Wetter mit Liegestützen vor dem offenen Fenster.
– Zweiundzwanzig, dreiundzwanzig, vierundzwanzig, laß ihn schwitzen, laß ihn Brust, Rücken und Arme trainieren. Laß ihn die Hantel stemmen, fünfundzwanzig Jahre wie im Märchen.

Und dann wird er zu Grabe getragen. Zwei Sommer nach Thereses Tod, deren Herz in einer Föhnnacht ganz einfach stehenblieb wie die Unruh einer Schlüsseluhr.

Johann Zinn ist nun vierzig Jahre alt.
Er hat mit dem Eishandel nichts mehr zu schaffen. Während sein Stiefvater Peer von seinen leiblichen Söhnen unter die Erde gebracht wurde, war er unterwegs in Südfrankreich.
– Mit einem Bären.
Ja, den führte er am Ring, der drehte sich zur Trommel und tanzte zur Freude des sehr verehrten Publikums, denn Johann Zinn war ein Schausteller, ein Gaukler und Bärenführer geworden.
Seine Halbbrüder hatten den Eishandel schon lange übernommen. Sie betrieben das väterliche Geschäft ohne Begeisterung. Sie hatten zwar den soliden Verstand des Vaters geerbt, aber nie einen schimpfenden Bloch als Herrn gehabt.
Das Bier ist zwar kühl, aber auch dünn und schlecht, hätte ein Herr sich beschweren müssen. Peers Söhne hätten dann ausrufen sollen: Wir brauen besseres.
Doch sie standen nie in Diensten und kannten so einen Herrn nicht, einen Patron, dessen Unmut ihren Vater zum einzigen kommerziellen Gedanken seines Lebens geführt hatte. Die zwei Kerle lebten ganz ohne Vision,

sie pickelten mit ihren Gehilfen Eis aus dem Ägerisee und merkten nicht, daß die Zeit sich ganz der Technik zuwandte und ihnen die geschäftliche Zukunft gleichsam wegschmolz.
Die Brauereien begannen ihre Kreise zu stören. Sie lieferten der Kundschaft nun Bier und das beliebte Eis. Allmählich ging es mit dem Peerschen Eishandel bergab, und das endgültige Aus kam mit dem elektrischen Kühlschrank. Als Bierbrauer hätten Peers Söhne überlebt, als Eishändler mußten sie untergehen.

Auch Johann Zinn war wenig geschäftstüchtig. Er hatte im Eishandel neben Peers Söhnen für sich keine Chance gesehen und das Handwerk des Schneiders erlernt.
Er arbeitete auf der amerikanischen Singer aus Thereses erster Ehe und machte seiner Frau Kind nach Kind. Er war ein Hanns-Guck-in-die-Luft. Flink und behend, das schon. Das Märchen vom tapferen Schneiderlein gefiel ihm, aber er hätte das Wildschwein, das Einhorn und die Riesen eigenhändig erledigt und nicht bloß mit faulen Tricks unschädlich gemacht.
– Mit der Lanze der Bärenjäger?
– Mit einem Doppeldolch.
– Der hat zwei Klingen und den Griff in der Mitte?
Der Bärentöter muß sich an den Bären heranmachen und ihm die obere Klinge in den Hals stoßen. Dann schlägt das wunde Tier den Kopf nach unten und treibt sich die zweite Klinge selbst ins Herz...
Mit untergeschlagenen Beinen saß Johann Zinn auf dem Schneidertisch und hing seinen Träumen nach. Da er technisch nicht unbegabt war, hätte er gern eine Knopflochmaschine erfunden. Doch er schweifte immer wieder ab. Er dachte lieber an die Verwertung und

die freundlichen Folgen als an die Erfindung. Zeit würde so eine Maschine sparen, man könnte sie patentieren lassen. Man könnte das Prinzip an Singer verkaufen. An Pfaff? So oder so, Geld brächte das. Heilandsack, man müßte wirklich bloß eine Knopflochmaschine erfinden. Dann dürfte man aufstehen, die vom Schneidersitz steifen Beine strecken und den krummen Rücken aufrichten. Oh Mann, erfind die Knopflochmaschine und du bist frei für die Bärenjagd...
Ein Herr aus Brüssel, der einen Anzug mit Gilet und zweiter Hose, dazu einen weiten Mantel bestellte (alles aus bestem Tuch und mit Seide gefüttert), ließ sich zwar Maß nehmen, war aber ein Hochstapler und zahlungsunfähig. Er verabschiedete sich französisch. Die fertigen Stücke blieben gebügelt in der Werkstatt hängen. Ein anderer Kunde starb, bevor er seine Schneiderrechnung bezahlt hatte. Eine Sendung ägyptischer Baumwolle aus Marseille kam mottenzerfressen an. Ziemlich am Ende war Johann Zinn.
– Da besucht der Wanderzirkus die kleine Stadt.
Eine indische Dame mit einer schwarzen Augenbinde sagte dem Publikum die Zukunft voraus. Ein Kraftmensch stemmte Kugelgewichte, sprengte Ketten und bog ein Hufeisen gerade. Das Schlangenmädchen beugte den Rücken nach hinten, so tief, es konnte aus einem Glas zwischen seinen Füßen Milch trinken. Der Zauberer legte ein mit Sternen besticktes Tuch über einen Zwerg, zog es weg, und ein junger Bär hockte da; er rauchte Zigarre...
– Der Zwerg bleibt verschwunden?
Im Atelier von Zinn taucht er wieder auf. Eine Jacke aus rotem Samt wollte er sich anfertigen lassen.
Johann Zinn lachte.
»Roter Samt, mit grüner Seide gefüttert.«

Der Zwerg versprach mit einem Nugget aus Sacramento zu bezahlen; eine goldene Nuß glänzte auf seiner Hand.
»Roten Samt hab ich nicht, mein Herr«, sagte Zinn, »auch fehlt mir grüne Seide, und darf ich mal auf das Ding beißen?«
Nun lachte der Zwerg.
Und als der Zirkus nach seinem Gastspiel die kleine Stadt am Fluß verließ, zog Johann Zinn mit.
– Seine Frau ist einverstanden?
Sie war teilnahmslos in dieser Zeit. Der geschäftliche Niedergang ihres Mannes, dessen Tüchtigkeit sie zum eigenen Nachteil nie bezweifelte, sah sie in Johann doch den baldigen Erfinder der Knopflochmaschine (und der Herr aus Brüssel hatte ihr auch imponiert), setzte ihr zu. Auch der Tod eines Kindes (es ertrank im Frühjahr im Hochwasser der Reuß), bedrückte Emma Maria.
Die Zinns veräußerten ihre Habe bis auf den Rest, der Platz hatte in einer hölzernen Truhe.

Johann Zinn wurde Kostümschneider und Mädchen für alles. Er freundete sich mit dem Bärenweibchen an. Der Zauberer hatte es zur Raucherin gemacht; die Bärin war süchtig. Johann brachte ihr bei, auf einer Kugel zu gehen und zur Trommel zu tanzen.
– Im Sommer 1888.
– In Südfrankreich.
In Arles traten sie auf. Zinn ging mit der Bärin über die Felder. Sie trafen auf einen hohlwängigen Maler mit rötlichem Haar und Bart. Ganz besessen pinselt er Bilder in Farben, die außer ihm keiner so sieht. Am Hafen sahen sie ihn wieder. Er malte Schiffe und streichelte die Bärin. Vielleicht leidet er unter einem Au-

genfehler, dachte Johann Zinn und lud ihn zu einem Glas Pastis in die Kneipe ein. Der Maler lehnte ab, sagte aber, am Abend, wenn kein Licht zum Malen mehr ist, sei er dort anzutreffen.

– Vincent van Gogh?

Er zeigte Johann sein Bild »Schwertlilien«. Zinn wollte es eintauschen gegen ein Brot, dick mit Butter bestrichen und mit Schinken belegt, und zwei Freikarten für die Vorstellung am Sonntagnachmittag. Van Gogh ging nicht auf dieses Angebot ein. Er hat keine Zeit für den Zirkus, er muß malen. Johann verstand. Er brach das lange Brot in zwei Stücke und gab dem Maler die Hälfte ab.

– Johann Zinn hat kein Geld, um das Gemälde zu kaufen?

Vincent hätte es für weniger als hundert Francs weggegeben. Mit dem Geld hätte er Farben gekauft, Leinwand, Absinth und Kartoffeln.

– Nun hängen die »Schwertlilien« im Büro eines Managers, dessen Konzern dafür mehr als einhundert Millionen bezahlt hat.

Während der Gastspielzeit des Zirkus in Arles begegneten sich Vincent und Johann fast jeden Tag. Ungeschützt, in brütender Hitze, malt Vincent; er muß das unbeschreibliche Licht festhalten. Dabei versengte die Sonne sein Gehirn. Johann störte den Maler nicht, er suchte den Schatten, saß unter einem Baum; die Bärin lag im Gras oder strich die Waldsäume nach den Stökken wilder Bienen ab. Immer brachte Johann Wurstbrote und Wein mit. Beim Mahl schwärmte Vincent von einem Gemälde, das ihm vorschwebte, von einer zu malenden »Sternennacht«, als fordere die Glut des Nachmittags einen Gegenpol. Oder Kühle, um van

Goghs brennende Augen zu löschen. Beim Abschied, der Zirkus zog weiter Richtung Sevilla, schenkte Vincent seinem Freund Johann ein kleines Ölgemälde.
– Als Dank für die geteilten Brote?
– Du kannst es so betrachten.
– Und wo hängt das blaugelbe Bild jetzt?
Johann Zinn hatte die Leinwand van Goghs zusammengerollt und bewahrte sie in der Truhe mit den Stoffen auf: In einem wogenden Weizenfeld, unter einem Gewitterhimmel, steht aufrecht die Bärin; ihre Zunge leuchtet rot.

Inzwischen sind zwei Jahre vergangen. Nach einer Tournee durch Spanien, nach Auftritten in Deutschland und einer Reise durch Österreich-Ungarn gastierte der Zirkus erneut in Arles. In der Truhe mit den Stoffen lag auch ein Bärenfell.
Unterwegs in Bayern, der Zirkus machte Station in der kleinen Stadt Weiden, ist die Bärin ausgerissen, sie war brünstig und verschwand für zehn Tage in den böhmischen Wäldern. Mit einem zerfetzten Ohr kehrte sie zurück. Und fünfundzwanzig Wochen lang merkte keiner eine Veränderung, bis sie das Junge zur Welt brachte, ein Häufchen Bär, kaum größer und schwerer als ein Laib Brot, und von der gleichen dunkelbraunen Farbe.
– Ist es gestorben?
– Durchfall, ein halbes Jahr Durchfall; dann erschießt es der Zwerg.
– Aus Erbarmen.
– Und des Gestankes wegen, der Sauerei.
– Der Zwerg verspeist die Tatzen, und Zinn bekommt das Fell.

Mit dem Wanderzirkus haben die Zinns gute und schlechte Tage erlebt. Der Zauberer ist in Budapest geblieben und hat Zinn die Bärin überlassen. Der Zwerg ist einer Zwergin wegen nach Paris gereist und arbeitet in einem Kuriositätenkabinett. Es führt dem Publikum der Weltausstellung ein Kalb mit zwei Köpfen, ein sagenhaftes Einhorn mit blauer Zunge, die dickste Frau der Welt und einen fliegenden Hund vor.
In Arles trennten sich auch die Zinns zum Leidwesen des Direktors von der fahrenden Truppe. Johann Zinn fand eine Bleibe und Arbeit bei einem Schneidermeister.
– Darf er die Bärin behalten?
Er baute ihr im Hinterhof einen Verschlag. Und wieder gingen sie zusammen über die Felder. Er mußte dem Tier allerdings einen Ring durch die Nase ziehen, meistens trug es auch einen Maulkorb. Doch Johann hing an der plumpen Braunen, ohne die Bärin wäre er nirgendwo geblieben.
– Warum hat er den Zirkus verlassen?
Emma Maria Zinn war schwanger. Älter als vierzig ist sie und erwartet wieder ein Kind; ihr siebtes.
– Heinrich, den ersten Nachzügler.

Im Juli 1890 wurde mein Großvater Heinrich Zinn geboren. Im selben Monat wählt van Gogh den Freitod. Johann Zinn wußte nichts davon; er hatte nach Vincent, nach dem Verrückten mit den bunten Fingern, in der Kneipe am Hafen gefragt; er hatte vergeblich an die Tür des gelben Hauses geklopft, auf dem Feld nach ihm Ausschau gehalten und ihn dann vergessen.

Emma Maria Zinn erholte sich von der Geburt Heinrichs nie. Sie verlor ihr Lachen und ermüdete rasch.

Anfälle von Fieber, bei denen sie im Traum redete, wechselten mit schlaflosen Nächten. Starr lag sie im Bett neben ihrem Mann, die Hände im Mondlicht auf der Decke gefaltet. Emma Maria Zinn war froh um Ruth. Die zwölfjährige Tochter ging ihr zur Hand und besorgte neben der Arbeit bei einem Bäcker auch den kleinen Bruder und den Haushalt.

– Windeln waschen ohne Maschine.

– Kochen auf dem Feuerherd.

Und nun, in Arles, in der fremden Stadt, in einer schäbigen Unterkunft, zusammen mit einem Mann, der schlecht verdiente und seine Frau nachts bedrängte, erkrankte Emma Maria; ja, in der Nacht wurde sie beschlafen von Johann, unersättlich schien er zu sein, und sie verspürte doch wenig Lust zu einem Liebesleben. Hing der Kerl nicht mehr an seiner Bärin als an Frau und Kindern?

In Emma Marias Augen dieser Schimmer, ein uralter Schmerz; man kann ihn so nur im Blick einer Frau erkennen.

– Heimweh?

– Ja, aber nicht bloß Heimweh.

– Sag nicht, sie sei schon wieder schwanger.

– Ist sie aber.

– Bums, bums, bums. Noch nie etwas von der Pille oder wenigstens von Ogino-Knaus gehört?

Hier, in Arles, waren sonnige Tage die Regel; das helle Licht des Südens und die warmen Farben besänftigten, aber sie trösteten nicht. Oh, Mann, der Mistral. Und die unsägliche Sprache. Immerhin. Emma Maria Zinn liebte die salzige Luft und spürte die Nähe des Meeres; trotzdem wollte sie Fisch und Muschelgetier nicht essen. Nichts mehr mochte sie essen, nicht einmal Schokolade.

Wenn sie wach lag und wenn sie träumte, drang durch das Rauschen der Rhone das Rauschen der heimatlichen Reuß. Emma Maria lauschte dem Fluß, er erzählte immer, was sie zu hören wünschte, und versank in ein Brüten. Dabei magerte sie ab und nahm zu. Unförmig wurde sie, eine Birne. Emma Maria haßte ihren elenden Leib. Wie eine Blähung sah der Bauch aus.
– Sie serbelt dahin, müssen wir sagen.
Am Morgen schmerzen die Hand- und Kniegelenke, sie merkt, wie sehr die Zirkusjahre ihre Kräfte verzehrt haben. Alles ist schwer: Füße, Beine, Hände, Knochen und Kopf. Brüste und Augen verspannt, der Magen sauer, die Leber hart. Und der Atem geht schwer. Und schwer ist ihr Herz. Nur eines fällt ihr leicht.
– Das Weinen.

Zum neunzehnten Mal begannen die letzten Jahre eines Jahrhunderts. Heinrich Zinn saß vor dem Haus im Schmutz der Straße, die zum Hafen führte. Er war ein bärenhaftes Kind mit breiten Händen und Füßen. Heinrich litt Hunger. Die Brüste seiner Mutter hingen ausgepumpt herab, kein Tropfen mehr war ihnen abzulutschen. Kuhmilch vertrug der unförmige Junge nicht, Brei jeder Art verweigerte er standhaft, lieber aß er schwarze Erde und schabte mit den Fingernägeln Kalk von den Wänden. Sein Vater schalt ihn und haderte mit Gott. Die nahe Turmuhr schlug zwölfmal. Mittagszeit. Reis mit Bohnen und Schweinefleisch aßen die Zinns.
Nordwärts müßte man ziehen. Lyon, Genf. Aus den Reispflanzungen heraus. Die Rhone entlang. Kornfelder, Weingebiet. In der Ferne die Alpen. Durch die burgundische Pforte nach Hause müßte man fahren.
– Fünfhundert Kilometer nordwärts.

Die Zinns könnten mit Post und Bahn in die Schweiz reisen.
– Mit einer vierhundert Kilo schweren Bärin und einer schwangeren Frau?
Emma Maria haßte das Tier; am liebsten hätte sie es vergiftet, wußte aber nicht, wie das anzustellen wäre, und war auch zu lethargisch für so eine Tat. Leichter wäre es, selbst Gift zu schlucken, das Salz der Blausäure.

In dieser trübseligen Zeit freundete der kleine Heinrich sich mit der Bärin an. Er kroch zu ihr in den Verschlag und verbrachte dort ganze Nachmittage. Die Bärin wärmte und schützte den tolpatschigen Jungen. Er durfte sogar auf ihrem Rücken reiten. Wenn er müde war, ließ er sich einfach vornübersinken und schlief ein, das Gesicht im Nackenfell vergraben, Beine und Arme baumelten herab.
– Davon wird er noch träumen als alter Mann.
Der Vater ging mit ihm, der auf der Bärin ritt, über Land. Und kein Mensch hörte das Wimmern der Mutter. Sie war wie meistens allein zu Hause geblieben und verblutete an ihrem achten Kind, das sich in der Nabelschnur verheddert hatte.
Blau und tot ist es zur Welt gekommen. Sechs Wochen zu früh. Weit und breit kein Arzt, keine Hebamme, keine Hilfe, während Heinrich auf der Bärin liegt und schläft und der Vater einen Plan für die etappenweise Rückkehr in die Schweiz ausheckt.
– Laß Johann Pläne schmieden.
Es wird Abend, er muß nach Hause zurück; das ist unumgänglich. Emma Maria liegt im eigenen Blut, in einer Lache, die bereits trocknet an den Rändern, das Kind daneben ...

Lassen wir Johann Zinn grübeln, weinen und hadern mit dem Schicksal und seinen gräßlichen Fügungen. Er ist ein Mann Mitte vierzig, der Gott und die Welt nicht mehr versteht und Trost sucht bei seiner Bärin.
Das Tier erhebt sich auf die Hinterbeine und dreht sich im Kreis zu den dumpfen Schlägen des Tambourins mit den Schellen. Auch Heinrich dreht sich im Takt, ein kleiner Bär, und der Mann selbst beginnt zu tanzen auf seinen Säbelbeinen, während die Tochter reihum geht mit dem Hut und Münzen sammelt auf der langen Reise quer durch Frankreich nach Paris.
– Genau das stellte Johann sich vor.
– Nach dem Tod von Emma Maria will er nach Paris.

Dort steht bereits der Eiffelturm, das Vieh wird am Förderband geschlachtet, das Brot in Backstraßen gebacken, die Stadt ist nachts beleuchtet, im Moulin Rouge begeistert der French Can das Publikum; in Studios kann man sich fotografieren lassen und Musik läuft ab Grammophon.
Das Fließband galt als das Wunderbare. Kohle, Stahl, Energie wurden Verbrauchsgüter, die Zukunft gehörte der Mobilität...
Längst tickte die Zeit schneller als ein Mensch denken kann. Es entstand das Nebeneinander als Durcheinander. Simultan lief alles. Die Zeit war einmal ein Ablauf. Jetzt ist sie Streuung.
Das Chaos ist geboren. Es fährt auf tausend Rädern ein. Johann Zinn versucht den Unterschied von Gehen und Rollen zu begreifen, die endlose gleichförmige Bewegung...
– Im Spiegelkabinett.
Hamburg erlebte die letzte Cholera und die erste Fotoausstellung, ja, die Fotografie ist älter als van Goghs

Bilder. Joseph von Eichendorff und Karl Marx dachten zur gleichen Zeit über ihre neuen Bücher nach. Der eine weiß die Welt fest geborgen in Gottes Händen. Der andere sieht sie ausgebeutet in der Hand des Kapitals.
In dieser tückischen Zeit, in der das Gehirn des Homo sapiens vor Erfindungswut schier platzte, verbreitete sich auch der Gedanke, das Menschengeschlecht stamme vom Affen ab.

Am Grab seiner Frau hatte Johann Zinn geweint. In der Totenmesse erforschte er sein Gewissen. Mea culpa, hätte ich doch die Knopflochmaschine erfunden, mea culpa, und nie einen Zirkus gesehen, mea maxima culpa.
Vor der Abreise hatte er aus dem Fell des Bärenjungen ein Kostüm für Heinrich geschneidert. Dann war er mit seinen Kindern aufgebrochen. Sie wanderten von Dorf zu Dorf. In einsamen Siedlungen und Gehöften bot Johann seine Dienste als Störschneider an. Er nähte Hemden, besserte Röcke und Hosen aus, in kleinen Städten änderte er Anzüge, fütterte Jacken, nahm Maß und ließ die Bärin und ihr Junges tanzen.
Heinrich und die Bärin waren unzertrennlich. Der Junge schlief bei ihr, zwischen ihren Tatzen, an ihren warmen Bauch gekuschelt. Sie knurrte, wenn sich jemand näherte. Sie teilte die Milch mit ihm, Honig und Beeren. Rüben fraß sie aus seiner Hand; er durfte die Zähne in ihrem Rachen zählen und sie am Schwanz zerren. Eine Forelle, die sie aus dem Bach fischte, nahm er ihr aus der Schnauze, damit der Vater sie braten konnte für alle. Nach dem Tod Emma Marias wurde die Bärin Heinrichs Mutter.
Johann Zinn war froh um den Ersatz. Als Schausteller

und Störschneider suchte er sein Unglück zu vergessen.
– Doch Paris erreichte er nicht.
Nicht in der Zirkusformation, wie er sich das ausgedacht hatte. Die Bärin wurde unterwegs erschossen. Von erschrockenen Bauern. Sie hatte einen Hund zerfetzt. Und sind nicht auch Schafe von der Weide verschwunden? Gar ein Pferd? Die Bauern sahen in der Bärin eine Bestie, den Teufel. Einem weiteren Hund brach sie den Rücken. Warum hetzen die Bauern auch ihre Hunde auf sie? Nun knallten sie das Vieh ab, einfach so. Johann Zinn mußte sich auf Heinrich werfen, mußte ihn schützen mit seinem mageren Körper: »Nein, um Himmels willen nein, der kleine Bär ist ein Junge, ist Heinrich, mein Sohn im Fell eines Bären.«
– Da lassen sie von ihm ab.
Die Bärin liegt da. In ihrem Blut. Es tropft ihr aus der Schnauze, es bildet eine Lache unter ihrem Leib. Fell und Erde schlucken Bärenblut. An einem lauen Abend im Mai. Die Bärin hat ein vom Liebesspiel zerfetztes Ohr, sie hat ein dunkles Fell mit einem schwarzbraunen Kragen. Sie hat auf dem Schenkel einen blassen, fast weißen Fleck, eine Rosette.
– Sie hat in der Herzgegend Einschußlöcher.

Von verlorenen Manschettenknöpfen

Heinrich Zinn hat in Paris einen silbernen Manschettenknopf verloren und trotz langer Suche nicht mehr gefunden. Zum Beweis zeigte er mir das nutzlose Einzelstück. Es lag in seiner Hand, schimmernd und schön.

»Warum hast du es so lange aufbewahrt?«

»Wir reisen einmal nach Paris. Vielleicht finden wir den zweiten Knopf wieder.«

– Verstanden, sagt meine Tochter, ihr seid dann gefahren.

– Mit der U-Bahn in Paris, erzähle ich.

– Ihr habt den Manschettenknopf gefunden?

– Es war ziemlich gefährlich, an ihn heranzukommen, der Knopf lag genau zwischen den Lackstiefeln eines dicken Mannes.

– Und das Problem?

– Zu dem Mann gehörte eine ebenso dicke Bulldogge, die den Manschettenknopf zu bewachen schien.

– Ihr habt das schier Unmögliche geschafft?

– Doch als wir wieder zu Hause waren, konnten wir den ersten Knopf nicht mehr finden ...

– Darum ist der Manschettenknopf, der jetzt auf deiner Hand schimmert, schließt meine Tochter, ein Einzelstück geblieben.

– Richtig. Aber nach drei Dutzend Jahren weiß ich nicht mehr, ob es der Parisknopf oder der Bremgartenknopf ist, denn lange Zeit waren beide verschwunden, bis es einmal Klick machte in den fünfziger Jahren. Großvater und ich spielten Domino, Mutter kurvte mit dem Staubsauger durch die Stube, und als es klickte und klirrte, als sei eine Glasmarmel ins Saugrohr geraten, schrie Großvater auf: Marie, das muß der verlorene Manschettenknopf sein ...

Ich mag die Stille und den Geruch von Friedhöfen. Hier habe ich am wenigsten Angst vor dem Sterben. Der Tod, denke ich, meidet diesen Ort. Auf dem Friedhof gibt es für ihn nichts mehr zu holen. Aber nun ist kein Verweilen. In der Nähe von Großvaters Grab steckt ein Schild im Boden. Darauf steht: Bitte keinen Blumenschmuck mehr anbringen, das Feld B wird abgeräumt.
Mit meiner Tochter schwamm ich im Fluß. Über unseren Köpfen kreiste ein Milan. Ich tauchte auf den Grund des Stroms und holte einen Kiesel herauf. Den steckte ich mir in den Mund. Ich schmeckte den Stein und den Fluß, ich schmeckte die Zeit, den Tod.
– Du kaust auf dem Kiesel herum, bemerkte meine Tochter am Ufer, damit du nicht weinen mußt.
– Vielleicht, sagte ich.
Ich will nicht weinen. Sie heben zwar sein Grab auf, sie löschen die letzten Spuren. Aber sie irren, wenn sie denken, das sei das Ende. Großvaters Fährte zieht sich durch meinen Kopf, hat in meinem Gedächtnis eine Erzader gebildet.
Ich spuckte den Stein ins Wasser zurück. In hundert Jahren fischt ihn ein anderer Mann heraus.
Auf dem Rückweg faßte ich den Entschluß, Heinrich Zinns Geschichte aufzuschreiben.
– Fang an.
– Ja, aber zuerst kehren wir noch im Stadthof ein, ich trinke ein Bier, du bekommst eine Cola; und zusammen verdrücken wir einen Fuhrmannsalat mit Wurst, Käse und viel Zwiebeln, denn schwimmen macht hungrig, und essen stillt die Melancholie.

Auf der Heimfahrt, wieder im Zug, während draußen die Landschaft vorbeizieht und Irre auf schweren Motorrädern uns überholen, kommt meine Tochter noch einmal auf das Huhn zurück.
– Diese Frage ist also geklärt.
– Ja, sage ich und schaue aus dem Fenster.
Neben der Bahn fährt ein Sattelschlepper, er transportiert Reibkäse von Parma nach Hamburg. Etwas entfernt, über dem Wald am Horizont, schwebt auf seiner Landeschleife der 17-Uhr-Jumbo vorbei, er bringt Badeurlauber von Kreta nach Zürich zurück. Auf dem Zaun der Autobahn sitzen Bussarde, und auf dem Weidland grasen ein paar Kühe zwischen Industrieanlagen und fünfstöckigen Wohnblocks.
– Zuerst war das Huhn.
Meine Tochter legt ihren Comic umgekehrt auf die Knie.
– Aber da ist noch eine Knacknuß.
– Schieß los.
– Wo ist der blaugelbe van Gogh geblieben?

Die Rechte aufs Herz, die Linke aufs Kinn

1

Heinrich Zinn saß auf einem umgekippten Faß und las die Zeitung.
– In Amerika.
Heinrich feuchtete einen Finger an und blätterte die Seiten um. Was auf der Welt geschah, betraf es seine Haut? Die fremde Sprache erschwerte das Verstehen: Präsident Wilson versprach »Neue Freiheiten« und befahl den US-Truppen, das mexikanische Veracruz zu besetzen. Henry Ford ließ Autos auf einem Förderband montieren. Er bezahlte doppelten Stundenlohn und erklärte: Nur Männer, die Geld verdienen, können auch Geld ausgeben.
– Das Jahrhundert ist noch jung.
Heinrich Zinn war Mitte zwanzig und schneiderte Kostüme. Für Hunde. Er zog mit einem Hundezirkus an der Ostküste südwärts. Als Ausstatter und Mädchen für alles reiste er mit Moreno, seiner Frau und siebzehn Hunden von Jahrmarkt zu Viehprämierung, durch Städte und Dörfer, deren Namen Heinrich schier die Zunge brachen.
Der Hundezirkus hatte Missouri, Illinois und Kentucky hinter sich gelassen, das Innere des Landes durchquert, mühsam, nicht ohne Verluste. In Lexington mußten sie einen Pudel, der auf den Hinterbeinen ging und rechnete, und einen Terrier, er lief auf einer Kugel und sprang durch den brennenden Reifen, wegen der Staupe erschießen.
– 1914 war das?
Die Dörfer erschienen öde und bedrückend leer. Immerhin besaß der Himmel über jedem Staat eine andere Farbe. Tiefblau erstrahlte er in St. Louis, am hell-

sten blendete er hinter Savannah, wo sie nun ihr Programm vorführten.

Es herrschte eine drückende Hitze. Seit Tagen hatte es nicht mehr geregnet. Heller Himmel, wolkenlos. Nur dieses schmerzende Weiß und darin ein paar Vögel. Vom Meer her wehte der Geruch von Salzwasser, das verdunstet. Aus einer Bar hörte man ein Piano spielen.
Heinrich zog sein Hemd aus.
Die Sonne brannte ihm auf den Rücken, in den Stiefeln schwitzten die Füße. Auffallend, wie große Hände er hatte, und erst der Umfang seiner Oberarme; eher Schmied als Schneider. Aus dem bärenhaften Kind ist ein Mann wie ein Bär geworden.
Er saß auf dem Faß, spannte die Beinmuskeln und löste sie wieder; mit dieser Bewegung rollte er das Faß hin und her. Flüssiges tropfte aus dem Spund, verbrauchtes Öl, das im Boden versickerte.
Aus einem Becher trank er Tee und Bourbon.
Der Panamakanal ist eröffnet worden, entzifferte Heinrich: Ein Engländer hat ein Gerät entwickelt, das die Übertragung von Lichtbildern auf weite Entfernungen ermöglicht. Auf dem Apparat erscheinen Bilder, die etwas Blitzendes und Sprunghaftes haben...

Die Amerikaner telefonieren von New York nach San Francisco, schrieb er seiner Schwester. Sie fahren ein Auto, das Tin Lizzi heißt. Die Amerikaner kaufen lieber ein Auto als eine Badewanne. Mit der Badewanne kann man nämlich nicht herumfahren. Mir geht es gut. Heinrich.

Er faltete die Zeitung zusammen, sein Hund hatte sich erhoben und ihm die Schnauze auf den Schenkel gelegt. Zinn kraulte das Fell des Tiers und sprang plötzlich auf. Er rannte davon, aus Lust, er mußte überschüssige Kraft loswerden. Sein Hund lief neben ihm her, sprang an ihm hoch, er drängte ungestüm weiter, als Heinrich den Lauf abbrach und stehenblieb.

Zwei Männer bauten einen Boxring auf.

Der jüngere war gewiß so breit, aber nicht so lang wie Heinrich Zinn. Er wirkte gedrungen, ein mit harten Muskeln bepackter Mann, der sich behend und geschmeidig bewegte. Sein Nacken war breiter als der Kopf, und in seinem Gesicht fielen die Augen auf, ganz ungewöhnliche Augen, die wachsten Augen, in die Heinrich Zinn je blicken sollte.

»Glotz nicht so blöd«, rief der ältere der Männer.

Er zog die Hose über den Bauch, nahm die Zigarette aus dem Mund und blies den Rauch gegen Heinrich.

»Pack mit an.«

Heinrich verspürte nicht die geringste Lust, sich für den Kerl die Hände schmutzig zu machen, er war beim Hundezirkus mehr als beschäftigt und zuckte bloß mit den Schultern.

»Bist du stumm?«

Dem dicklichen Mann strömte der Schweiß über Gesicht und Körper, sein Unterhemd war naß und stank. Er kratzte sich am Stoppelbart.

Heinrich lag nichts an einem Streit mit den Fremden, aber er schwieg auch, weil er nur ungern amerikanisch sprach.

»Troll dich, langes Mädchen...«

Sagte der junge Mann und stand vor Heinrich. Ihre nackten Oberkörper berührten sich beinah. Unangenehm schnell war der Kerl ihm zu nahe getreten. Mit Schritten? Mit einem Sprung ohne erkennbaren Ansatz.

Heinrich wich nicht zurück.
Ihm fiel auf, daß der Muskelprotz nicht nur sauber rasiert, sondern bei der Arbeit auch ganz trocken geblieben war, sogar auf der Brust und unter den Armen.
Heinrich fürchtete sich nicht, doch mit seiner feindseligen Geste hatte der Fremde ihn verärgert, es lag nicht drin, ihn langes Mädchen zu nennen. Der Hund begann zu knurren. Heinrich legte dem Tier die Hand auf den Kopf.
Der Mann grinste: »Laß den Köter doch los.«
Heinrich zitterte, wollte es tun, spürte den drängenden Hund, aber er behielt die Hand auf dem Kopf seines Dobermanns und hielt dem Boxerblick stand.
Der Dicke trat zu den beiden. Er schlug seinem Schützling mit der feuchten Hand auf die Schulter und sagte zu Heinrich: »Am Samstag um drei Uhr. Einhundert Dollar, wenn du es schaffst, Jack zu besiegen.«

Heinrich lief zum Hundezirkus zurück.
Unter dem Faß hatte sich eine kleine Pfütze gebildet, in der sich das Licht brach. Wie ein Auge schimmerte die Stelle. Laut spielte das Klavier, seine schrägen Töne, seine Rhythmen vertonten die Stille des Nachmittags.
Heinrichs Mund war trocken. Er spürte die Lust zu kämpfen. Der Fremde hatte ihn gedemütigt, er war zu weit gegangen, mit Absicht. In Heinrichs Kopf gab es nur noch diesen Mann, den bulligen Preisboxer, und das war der springende Punkt: mit dem er sich schlug.
Dem Hund tropfte das Maul.
Die Typen hatten ihn bloß anmachen wollen, Heinrich wußte das ganz genau. Jack brauchte Gegner, ohne Kämpfe verdiente er kein Geld.
Heinrich fühlte sich wund; er war unter der Gürtellinie

getroffen worden. Hart trat er gegen das Faß. Der hohle Ton ärgerte ihn. Er hob das schwere Ding hoch, stemmte es über den Kopf und stieß es weg. Scheppernd schlug es auf und rollte gegen einen Pflock. An dem probte Heinrich seine Kraft, packte ihn mit beiden Händen, rüttelte daran, riß ihn aus dem Boden. »Heilandsack«, fluchte Heinrich in seiner Muttersprache und rammte den Pflock wieder ins Loch.

Die länger werdenden Schatten mahnten Heinrich; er mußte die Hunde füttern und für die Abendvorstellung herrichten. Im Zelt trieb ihm die stickige Wärme den Schweiß aus allen Poren. Es roch nach Traurigkeit, Urin und Hundefell.
– Das ist die Duftmarke des Heimwehs.
Seit bald drei Jahren reiste Heinrich mit dem Hundezirkus, seit drei Jahren war er unterwegs in der Fremde, zum dritten Mal in seinem Leben fort von zu Hause. Der blinde Beagle, der den Farmern die Marktpreise des Weizens und der Baumwolle voraussagte, schlappte Wasser aus seinem Napf. Der Kakadu, mit dem er seine Nummer vorführte, hatte sich auf den Boden gewagt und scharrte im Sand.

Sind Zecken nicht sonderbare Tiere?
Tagelang warten sie auf einem Baum am Rand der Prärie, bis ein Lebewesen sich in den Schatten setzt. Dann lassen sie sich fallen. Zecken hatten sich im Fleisch der jonglierenden Pudel festgebissen. Sie wehrten sich, als Heinrich sie von den elenden Blutsaugern befreien wollte. Unruhig kratzten sie sich das Fell blutig und versuchten die Zecken mit den Zähnen zu erwischen. Er klemmte einen der Pudel zwischen die Knie, besänftigte ihn mit Worten und rückte dem Ungeziefer

zu Leibe. Bestimmt, aber behutsam, nie würde er einem der Hunde weh tun, betupfte er die Zecken mit Öl.
– Damit sie ersticken?
Das lenkte ihn ab, die Beschäftigung beruhigte ihn, er stand wieder im Alltag, besonnen, gelassen, mit der nötigen Vorsicht dem Leben gegenüber, das nur darauf wartet, einen zu zermalmen.

Nach der Abendvorstellung, als ihn die Erinnerung an die Augen des Boxers erneut verwirrte, sprach Heinrich mit Moreno. Der Besitzer des Hundezirkus war vierzig, etwas beleibt und hatte gelichtetes Haar. Heinrich sah in ihm einen väterlichen Freund. Moreno trug Hosenträger überm kragenlosen Hemd, die er mit den Daumen anspannte und auf die Brust schnellen ließ. Das förderte den Gang seiner Gedanken, das Aufklatschen peitschte sie voran.
Sie aßen Polenta unter freiem Himmel, zu ihren Füßen versammelten sich die Hunde. Um der Kälte vorzubeugen, hatte Heinrich viel Holz ins Feuer gelegt. Über den Flammen versengten die Stechmücken. Am Himmel leuchtete ein Stern besonders hell. Etwas abseits, die Vorderbeine gefesselt, graste das Pferd.
»Du bist vielleicht ebenso stark«, sagte Moreno, »aber der Junge ist ein Profi.«
Heinrich wußte dem nichts entgegenzuhalten. Nur war er halt jung, nur hielt er sich für unbesiegbar, nur fieberte etwas in ihm auf den Kampf, als gelte es, sich zu rächen, als hänge sein Glück davon ab. Er erklärte das Moreno. Der ließ die Hosenträger auf seine Brust schlagen.
»Du willst es also wissen?«
Moreno stand auf. Er wischte den letzten Rest Polenta

mit dem Ärmel vom Mund und posierte in der Grundstellung eines Boxers.
»Komm, Heinrich.«
Heinrich sprang auf und hob die Fäuste.
»Die Fäuste also vors Gesicht«, dozierte Moreno, »spreiz die Ellenbogen nicht auswärts, deck damit den Magen. Nutz deine Reichweite, laß dich nicht treiben, vermeide den Nahkampf. Stell ihn mit dem Gesicht zur Sonne, knall ihn ab mit einer steifen Geraden.«
Die beiden Männer tänzelten ums Feuer.
»Paß auf, immer raus aus der Ecke, Achtung Tiefschläge, Vorsicht Kopfstöße.«
Sie wiegten sich in der Hüfte, deuteten Schwinger oder Haken an und erregten mit ihrem Spiel die Hunde.
»Beinarbeit, Heinrich, schlag stur auf die Nase.«
Plötzlich brach Moreno das Schattengefecht ab. Er schwankte und atmete schwer. Dozieren und Tanzen und immer die Fäuste hochhalten, es wurde ihm zuviel.
»Falls du ihn besiegst«, versprach Moreno keuchend, »bekommst du 20 Dollar von mir.«

Beim Frühstück fand Nena den Kampf kindisch.
»Er bricht dir die Knochen.«
Sie war eine Frau mit breiten Hüften und kupferrotem Haar. Heinrich kraulte seinem Dobermann den Hals und trank süßen heißen Tee.
»Der Boxer lebt davon, dumme Jungs halbtot zu schlagen.«
Auf dem Dach ihres Wagens hockte der Kakadu und vergnügte sich damit, die Hunde zu ärgern. Heinrich nahm einen kleinen Stein in die Hand. Wenn ich den Vogel treffe, dachte er, trete ich gegen diesen Jack an, ja, verfehle ich den Kakadu nicht, erwisch ich auch

Jack. Er hatte richtig Lust, ein durchtrainiertes Mädchen zu verprügeln, warf den Stein, und der Vogel flatterte kreischend auf.

Heinrich war weder streitsüchtig noch ein Schläger. Bloß schlägt ein Mann, der einhundert Kilo wiegt und in Form ist, zwangsläufig hart. Mißt er auch noch zwei Meter, sollte niemand ihn unüberlegt reizen. Rowdies suchten Heinrich nicht gerade als Prüfstein. Ein Streit, von einer unrühmlichen Ausnahme abgesehen, wurde nie handgreiflich, wenn er dabei war. Heinrich mußte sich bloß erheben, schon zogen die Gegner den Schwanz ein.

– War Heinrich humorlos, fragt meine Tochter.

Eigentlich humorlos ist mein Großvater als junger Mann nicht gewesen. Eher eine Spielernatur, treuherzig und gutmütig. Er konnte sich aufregen, das schon, es war leicht, ihn zu ärgern. Bei seiner Kraft und Figur bekam ein Schlag die Wirkung einer Explosion, doch seine Hände waren lieber behutsam und zärtlich. Auch machte es ihm Spaß, die Leute mit Zaubereien zu unterhalten. Er schnitt eine Spielkarte in Stücke und sagte, Fräulein, öffnen sie bitte Ihre Handtasche. Die Karte steckte zwischen all dem Kram und war wieder ganz, das Herz-As. Mit den kleinsten Dingen wußten Heinrichs Riesenhände umzugehen. Mit Nadel und Faden war er geschickt, er reparierte auch jede Uhr, und wenn er einen jungen Vogel fand, ersetzte seine Hand ihm das Nest. Er spürte die Herzschläge des Tiers, das rührte ihn an, und er hieb Hunden, die nach dem Vögelchen schnappten, eins auf die Schnauze. Es war ratsam, Heinrich Zinn freundschaftlich zu begegnen. Die Erfahrung, derart angemotzt zu werden, hatte er zum ersten Mal gemacht.

– Nun kann er schlecht damit umgehen.
Dieser Jack, blähte der sich nicht auf? War der nicht fahrlässig frech?
Vielleicht war die Langeweile schuld. Tag für Tag das Einerlei des Hundezirkus. Wochen und Monate unterwegs in einem gottverlassenen Land. Und dies war am Ende das schlimmste: ohne ein eigentliches Ziel.

Der unrasierte Dicke von gestern hängte Plakate aus. Beim Sprechen wippte die Zigarette, er hatte sie an die Oberlippe geklebt. Gegen fünf Männer würde Jack antreten, und wer drei Runden überstand, erhielt 100 Dollar bar auf die Hand; bei einem Einsatz von nichts.
– Nichts, fragt meine Tochter.
»Er schlägt dir das Nasenbein ins Gehirn, Mädchen«, zündete der Dicke Heinrich an, »hast die Hosen voll, ja?«
Heinrich Zinn grinste. Aber er war wütend und beleidigt. Hatte er in seiner Kindheit nicht von einem Bären das Kämpfen gelernt? Ja, er hatte sich als Junge mit einem Bären herumgebalgt und dabei das Wesentliche gelernt.
»So ein Bär ist verdammt schnell«, hat er mir als alter Mann einmal erklärt, »ganz zu schweigen von seiner Kraft. Du triffst ihn voll in den Bauch, er nimmt das nicht einmal zur Kenntnis ...«
Doch die Nase, Moreno hatte recht. Bären haben eine ganz und gar empfindliche Nase.
Von der Nase redete allerdings auch der dicke Plakatkleber, Trainer und Coach von Jack. Ja, zuerst würde er Jack zu Boden hauen und dann dieses traurige Mädchen aus dem Ring fegen: Heinrich, Henry – der Bär aus der Schweiz.

2

Vor drei Jahren ist Heinrich Zinn in Amerika angekommen. Nach einer Flucht aus Bremgarten, nach einer Wanderschaft am Rhein entlang, nach Bahnfahrten quer durchs kaiserliche Deutschland, hat er sich in Hamburg eingeschifft.
– Nach einer Flucht?
– Ja.
– Und warum ist er geflohen?
– Das ist eine lange Geschichte.
– Am besten fängst du ganz vorn an, rät meine Tochter.
Sie ist elf Jahre alt. Die Schule hat ihr nicht nur beigebracht, wie man eine lebensgefährliche Straße überquert und daß Mädchen weder mit fremden Männern weggehen noch Spritzen, die Heroinsüchtige im Pausenhof neben den Brunnen werfen, berühren dürfen. Die Lehrerin trainiert die Klasse im Fach »Leben und Alltag«. Aber sie lernt auch, die Vorkommnisse rundum zu ordnen und wie man sie erzählt...
– Mach die Geschichte nicht unnötig kompliziert.
Meine Tochter weiß Bescheid. Sie hält Spinnen nicht für Insekten. Sie kennt die gängige Rocklänge, die neuen Frisuren und Farben der Saison.
– Dein Dreitagebart ist out, erklärt sie. Der Herr geht wieder glatt rasiert und parfümiert sich mit »Denim«. Das ist ein Deo »für Männer, denen alles etwas leichter fällt«.
In den Augen meiner Tochter ist die Welt von heute ein labyrinthisch angelegtes Haus, dessen viele Zimmer mit Videokameras überwacht werden. Und wir können uns einschalten. Altmodisch gesagt ist unser Fernseh-

gerät ein Schlüsselloch. Durch dieses Schlüsselloch blickt meine Tochter in die weiten Stuben der Welt. Darum hat sie vom Chaos eine Ahnung. Gelassen krault sie das Meerschweinchen. Bombenanschläge, Aids, Mörder, umgebaute Gene, verrückte Politiker und Manager, die ohne Wärter herumlaufen, hauen sie so wenig um wie erdrosselte Schwarze in Kapstadt, rumänische Dörfer, die geschleift werden, und amerikanisches Farmland, das versalzt. Nur wenn in Norddeutschland Robbenbabys ersticken, drückt sie ihr Meerschwein etwas stärker an sich und erlaubt sich eine Träne.

Manchmal allerdings blendet sie sich aus. Ende der Scheußlichkeiten. Sie nutzt die Fernbedienung. Kanalspringen nennt sie diese Fluchtmöglichkeit. Das Fernsehen kennt keine Grenzen, es wechselt Themen und Köpfe, Kontinente, Länder und Zeiten nach Belieben. Wenn berühmte Leute sie mit ihrer Geschwätzigkeit ärgern, drückt sie auf die Farbtaste und verpaßt den Typen leuchtend rote Köpfe. Im Bett, bis spät in die Nacht, liest meine Tochter Comics und Fantasy...

– Mach eine Zeitreise, schlägt sie vor. Setz Heinrich Zinn wieder auf das umgekippte Faß.

– Bitte, sage ich mit der Stimme Heinrichs: Ich sitze auf dem Faß, wie du es wünschst.

– Datum?

– Sagen wir Juni 1914.

– Ort?

– Savannah, USA.

– Das Wetter ist gut. Laß Heinrich weiter Tee mit Bourbon trinken und nachdenken über diesen Boxer. Unterdessen springt der Erzähler zurück nach Europa.

– Wenn du meinst?

– Heinrich mußte fliehen?
– Leider, ja.
– Warum leider, war es nicht sein Glück?
– Lassen wir das vorläufig offen.
– Heinrich floh 1910, stimmt das?
– Nach meiner Rechnung schon.
– Aber warum?

3

Der liebe Gott läßt dem Menschen nur spärlich Haare wachsen. Anstatt Mann und Frau, wie den anderen Tieren, die Gnade eines Fells zu gewähren, hat er sie mit einer dünnen Haut bestraft.

»Die Haut ist das Tummelfeld der Sünde.«
– Wer redet so?
»Seit der Vertreibung aus dem Paradies bedeckt der Schneider die Blöße des Menschen mit Kleidung. Unser Gewerbe entspringt dem unerforschlichen Willen des Herrn.« Heinrichs Vater, der Schneider Johann Zinn, salbaderte so, obwohl ihm der Zirkus mehr zusagte als die Näharbeit, obwohl er lieber einem Bären das Fell abzog, als einem Herrn den Anzug anpaßte.

Heinrich ließ sich überzeugen und lernte das Handwerk des Vaters. Bis zu seiner Flucht schneiderte er in Zug, einen halben Tag Fußmarsch von Bremgarten entfernt. Heinrich war der jüngste Geselle eines Hosenschneiders, der im Ruf stand, in weiter Umgebung der Beste seines Fachs zu sein. Er arbeitete für die vornehme Gesellschaft und die Offiziere der Kavallerie. Für gute Hosen nahm er gutes Geld und war ein gestrenger Herr. Er ließ den Lehrling und seine Gesellen zehn Stunden täglich mit untergeschlagenen Beinen über englische Stoffe gebeugt auf den Zuschneidetischen nähen, bei schmaler Kost und geringem Lohn, und stellte ihnen als Logis im Anbau des Hauses eine gemeinsame Unterkunft zur Verfügung. Diese Kammer blieb auch im Winter ungeheizt, weder ein Wasserhahn noch elektrisches Licht waren installiert. Man erreichte sie über eine Außentreppe, unter der sich der Abort befand. Dessen Tür hatte ein kleines Fenster, dahinter genügte ein Brett mit Loch über einer Grube, die zweimal im Jahr von Hand ausgeschöpft werden mußte.

Der Lohn reichte für den gelegentlichen Besuch des Wirtshauses. Schinkenspeck und Schwarzbrot liebte Heinrich, und ein Maß Apfelwein. Manchmal setzte er sich nach Feierabend an den See und verschlang einen Milchwecken. Der Lohn reichte für einige Reisen mit der Bahn, für die nötige Kleidung, zwei Hemden pro Jahr und ein Paar neue Schuhe. Die Schuhe wiederum wären zu schonen gewesen mit der Fahrt im Postauto. Doch das Geld hätte dann für den Apfelwein oder ein kleines Geschenk gefehlt.

– Für Süßholz, zum Beispiel.

Nur die Zeit kostete nichts. Zu Fuß machte sich Heinrich am späten Samstag nach der Arbeit auf den Heimweg. Er wanderte in den Abend hinein, in die Nacht. Am schönsten war der Weg unter Sternen. Zuerst über den Berg durch Wald und Felder ins Reußtal, dann am Fluß entlang nach Bremgarten ...

Die Zinns wohnten an der Reußgasse, neben der Papiermühle.

Johann, der Vater, seine zweite Frau und die Tochter Ruth aus erster Ehe.

Johann Zinn unterhielt ein kleines Atelier und schneiderte im Auftrag nach Maß. Ein Augenflimmern erschwerte ihm die Arbeit. Obwohl ihm der Pfarrer jedes Jahr am Fest des heiligen Synesius, dem großen Augenschützer, mit einem Knöchelchen des Märtyrers über die Brauen strich, versagten seine Augen den Dienst. Der Faden fand nicht mehr ins Nadelöhr, Johann Zinn

hatte Mühe mit feinen Stichen; das Nähen war eine Pein für den kleinen Schneider, das Augenweh das Los des frommen Alten.
Als er ein junger Mann gewesen war, hatte ihm Gott sechs Jahre hintereinander ein Kind geschenkt. Zum Leidwesen seiner ersten Frau. Sie hatte sie kommen und gehen sehen mit einer stumpfen Lethargie. Die Fehlgeburten zählte sie nicht, die Gräber vergaß sie nach außen hin scheinbar leicht. Zwei Kinder überlebten das erste Jahr nicht, zwei rafften Durchfall und Grippe dahin, eines ertrank ...

Heinrich, der Nachzügler.
Im Alter von fünf Jahren hörte er auf, Kalk und Erde zu verschlingen und aß, was man ihm vorsetzte, er kaute bedächtig und spuckte nichts aus, Kerne, Steine, Knochen, alles zermahlte und schluckte er, entwickelte sich zu einem kräftigen Kind. Die großen Hände und Füße blieben sein Merkmal, und der dicke Schädel. Er trotzte der Zeit und wuchs dem Vater bald über den Kopf.
An ihrem achten Kind ist Heinrichs Mutter gestorben.
Was ihr Mann als Kindersegen betrachtete, bezeichnete sie verzweifelt als Kinderfluch. Sie starb: verbraucht, ausgelaugt und erschöpft. Nicht einmal im Sarg sollte es ihr vergönnt sein, allein zu liegen. Man gab der Frau ihr letztes Kind in den Arm. Steif neigte sich sein Runzelgesichtchen der leeren Brust zu; jung und schön wirkte das Antlitz der toten Mutter, als sei der Tod ein Jungbrunnen.

– Bleib im Jahr 1910 beim jungen Schneider Heinrich Zinn, mahnt meine Tochter.

Er wanderte von Zug nach Bremgarten, ein zwanzigjähriger Mann, der glaubte, die Welt stehe ihm offen. Er brummte beim Gehen vor sich hin, singen konnte er nicht. Den Stock benutzte er nicht als Stütze; Heinrich bengelte damit Löcher in die Luft oder schlug hier und dort einen Apfel vom Baum.

Sein Vater war jetzt ein alter Mann. Er hatte das Halsband des letzten Bären in einen Schrank gelegt und vergessen. Manchmal rieb er am hellichten Tag die Augen aus, legte die Schere beiseite oder stand von der Singer auf, deren Surren ihm zur Augenpein noch Kopfweh verursachte. Wenn ihm die Schneiderei unerträglich wurde, und auch, weil die Herren ihre Anzüge seit neuem bei Meyer anfertigen ließen, half er aus in der Papierfabrik. Er schüttete Sammelgut in die riesigen Wannen, in denen Steinräder eine graue Masse umrührten. Seine Tochter Ruth arbeitete in der Seidenspinnerei. Die Frau, mit der er kinderlos lebte, putzte das Haus des Viehhändlers Bernheim, wenn sie nicht Geschirr spülte in der Küche des Restaurants Sonne. Am Abend knüpften beide Frauen aus Manilahanf Geflecht für die Strohindustrie.

Zu Hause, am späten Samstagabend, aß Heinrich Käsesuppe und Brot. Ruth hatte auf ihn gewartet und ihm die Suppe bereitet.
Sie beredeten die vergangene Woche.
Bald legte sich Heinrich zum Schlafen auf die Couch in der Stube. Die Vorhänge schloß er nie; das Fenster ging auf den Fluß, im Wasser schimmerte das Mondlicht. Das Sofa war zu kurz für ihn, ausgestreckt konnte er gar nicht liegen. Bernheims hatten es ausgesondert und Mutter geschenkt. So krümmte Heinrich sich zu-

sammen, zog die Knie an, kreuzte die Arme vor der Brust. Sein Bauch war warm und voll, ruhig klopfte das Herz. Heinrich Zinn verlor und verirrte sich in Träumen. In dieser Nacht lag er bäuchlings mit lose herabbaumelnden Gliedern auf dem Rücken eines Bären, das Gesicht vergraben im Fell, sein Haarschopf war ein Stück Pelz. Der Bär trottete unter einem endlos blauen Himmel einen endlos grünen Weg entlang.
Von hier nach dort.
Nirgendwohin.
Blau und Grün waren die bestimmenden Farben in Heinrichs Kindheit. Und es herrschte kein Lärm, es gab keine Zeit, während er auf dem Bären lag und schlief und der Vater...
Heinrich erwachte aus diesem Traum, er hörte das Rauschen der Reuß.
Kurz vor sechs Uhr schlugen ihm die Kirchenglocken, die zur Frühmesse riefen, bös in die Ohren. Heinrich freute sich auf den freien Tag, sogar die Nacht würde er zu Hause verbringen können, am Montag, um vier Uhr früh, stand ihm eine Mitfahrgelegenheit nach Zug in Aussicht.

Langsam kauend aß er Bratkartoffeln und schlürfte Kaffee mit viel Milch. Es gab wohl keine bessere Art, den Tag zu beginnen. Ruth hatte ihm das Frühstück gerichtet, vor ihrem Gang zur Messe, und drei Löffel gemahlene Kaffeebohnen mit nur zwei Löffeln Franck-Aroma vermischt. Sonst war das Verhältnis umgekehrt, aber sie liebte ihren Bruder.
Wieder war es ruhig im Haus.
Der Vater und seine Frau schliefen noch. Ab und zu drangen die Laute ihres Schlafs durch die dünnen Wände und das Bett knarrte.

Bevor die Messe bei der heiligen Wandlung anlangte, verließ Heinrich Zinn das Haus. Er wollte schwimmen im Fluß und lief die paar Schritte bis zum Badeplatz neben dem Turm.
Von der Strömung ließ er sich treiben bis zum Wehr. Dort, im trägen Hinterwasser, versuchte er mit der Hand Forellen zu fangen. Fast reglos standen die Fische im morgenkühlen Wasser, ihre Tupfenhaut schimmerte, die durchsichtigen Flossen fächelten, und im Takt, in dem sie die Kiemenspalten öffneten und schlossen, glomm ein blutroter Schein auf.

Der Sommer gab sich freundlich.
Bremgarten bildete einen geschlossenen Ort in einem gefestigten Land. Hier lebten 2400 Menschen auf eine kleinstädtische, ländliche Weise. Niemand gab sich Illusionen hin. Alltag und Erwerb beutelten die Träumer. Die Leute waren starrsinnig wie die Bauern und ebenso gewieft. Hartnäckig hielt jedermann fest, was er erworben und besaß.
Der Seidenfabrikant und Herr Oberst.
Der Rechtsanwalt und Notar.
Der Direktor des Elektrizitätswerkes.
Der Inhaber des Baugeschäfts und der Kiesgrube.
Der Lehrer und Bienenzüchter.
Der Gemeindeammann und Wirt der Sonne.
Der Inhaber des Salzladens und Nachtwächter.
Der Bäcker und Bademeister.
Der Konditor und Confiseur mit dem Café.
Der Sektionschef und Schützenmeister.
Der Arbeiter mit Schrebergarten und Kaninchen.
Die Taglöhner mit den großäugigen Kindern.
Die Ammen mit den entzündeten Brüsten.
Die Leichenwäscherinnen und Witwen.

Die Armenhäusler.
Die ledigen Mütter.
Die Landstreicher und Vaganten.
Die Frau im verrufenen Haus.

Man war auf ein gutes Einvernehmen mit Gott bedacht, an Ostern und an Fronleichnam wurde der Leib des Herrn in der goldenen Monstranz durch alle Gassen und Straßen getragen. An diesen Festtagen schmückten die Erwachsenen das Haus, und die Kinder streuten Blumen auf den Weg. Der Pfarrer genoß Respekt, man vertraute sich ihm in der Beichte an. Zum Hochamt erschienen die Kirchgänger in den besten Kleidern, zur Kommunion schritten sie nüchternen Magens, am Freitag aß niemand Fleisch, Kinder wurden am dritten Tag nach der Geburt getauft. Und nachdem sie drei Tage im Haus aufgebahrt lagen, gab man den Toten das letzte Geleit; mit Pferd und Wagen fuhr die Gemeinde sie zu Grabe. Das Armenhaus stand neben der Kirche, das Gefängnis hatte dicke Mauern und vergitterte Fenster. Der Herr Doktor besaß einen Zweispänner. Die Freizeit verbrachte man im Männerchor, bei den Stadtschützen oder im Turnverein.

Heinrich war nicht so fromm wie der Vater und die Schwester. Am Sonntag schwamm er gern; er zog den Fischfang dem Kirchgang vor. Weil ihn sein schlechtes Gewissen zwickte, fürchtete er Gottes Zorn mehr, als daß er mit seiner Güte rechnete. Ohnehin weckte ihn sein Körper oft mitten in der Nacht, von einem süßen, gewiß nicht gottgefälligen Schmerz gequält.
Für seine innere Hitze schrieb Heinrich die Schuld zwei Frauen zu: Sophie und Elisabeth. Die eine war weizenblond, etwas mager und hatte Sommersprossen.

Die andere war eine dunkle Schönheit. Beide Frauen schwebten durch seine Traumbilder.
Elisabeth hatte er immer verehrt, sie wohnte im Nachbarhaus, bevor sie mit dem Schleusenwärter die Ehe einging. Sie war die Tochter des Buchhalters in der Spinnerei, eines Männchens mit Schnauz, das eine goldene Taschenuhr besaß und mehr als einhundert Bücher. Elisabeth war eine Freundin von Heinrichs Schwester. Sie hatte ihm Bonbons geschenkt, früher, als sie ihn noch in die Sonne schickte, um drei Zigaretten der Marke Salem Gold zu holen. In jener fernen Zeit nahmen die Mädchen ihn zum Baden mit und genierten sich nicht, den Rock auszuziehen oder sich in seiner Anwesenheit zu kämmen. Bis er ihnen über den Kopf wuchs und Haare bekam unter den Armen.
Trotzdem nannte Elisabeth ihn Kleiner und tippte ihm mit dem Zeigefinger aufs Brustbein. Doch beim Gehen gab sie ihm die Hand nun nicht mehr. Er liebte den Duft, der aus ihrem schwarzen Haar aufstieg. Und die kleine Lücke zwischen ihren Schneidezähnen erregte ihn heftig.

Nun war die Schöne zweiunddreißig und verheiratet mit einer halben Portion Mann.
Zur Hochzeit hatte Heinrich ihr ein Halstuch aus roter Seide geschenkt. Er suchte sie zu vergessen, doch Elisabeths Traumgestalt kümmerte sich nicht um sein Bemühen, im Schlaf lächelte sie ihm zu.
Er sah auch die gesprenkelte helle Haut von Sophie, die er leidenschaftlich zu lieben begann. Sophie war achtzehn Jahre alt und bediente in der Tuchfabrik eine Maschine. Sie hatte blaue Augen und einen kleinen herzförmigen Mund. Ihre Ohren standen ein wenig ab, dafür roch ihr Atem nach Süßholz.

– Das kauft er für sie in der Apotheke.
An der Reuß ließ Sophie sich den Arm um die Schulter legen. Sie kuschelte sich an und verschwand fast in seinem Hemd. Beim Küssen schloß sie, wie tausend andere Mädchen, die Augen. Heinrich küßte sie besonders gern, um zu sehen, wie Sophie sie danach wieder öffnete. Er war schrecklich vernarrt. Doch er wußte, daß auch ein gewisser Hans, der Gehilfe des Metzgers, sich um sein Liebchen bemühte. Unter der Woche, wenn Heinrich in Zug arbeitete, wartete der vierschrötige Hans am Fabriktor auf sie und brachte ihr in Wachspapier eingewickelte Wurstanschnitte mit...

Sophie lachte. Der Klang entfernte sich, als renne sie in den Wald. Elisabeth lachte. Auch ihr Lachen verflüchtigte sich, als laufe sie davon. Aber in eine andere Richtung. Von diesen Frauen träumte Heinrich, wenn er nicht auf dem Bären ritt. Von einem Veilchenblick und von einer Lücke zwischen Schneidezähnen. Von einem Schwarm und von einem Schatz, von einem hellen und einem dunklen Lachen aus der Ferne.

Doch nun fing er Forellen im Hinterwasser beim Wehr. Ein Fischreiher beäugte ihn, der Fluß rauschte, der alte Zinn stand auf, Elisabeth machte sich auf den Weg zur Neunuhr-Messe, Sophie schüttelte ihr Bettzeug aus, und Heinrichs Schwester las den Zettel auf dem Küchentisch: Bin um elf Uhr zurück, bringe Fische.

Am Abend will Heinrich Sophie zum Tanz ausführen, die Stadtmusik weiht eine neue Fahne ein und spielt auf. Jetzt aber, während Heinrich der ersten Forelle den Zeigefinger tief ins Maul steckte und ihr mit einem Ruck das Genick brach, entfernte Sophie mit zupfen-

den Fingern ein paar Haare des Metzgergehilfen von ihrem Kopfkissen und strich es dann glatt. Zusammen mit ihrer Mutter, einer vergrämten Witwe und Waschfrau, aß sie in der rauchschwarzen Küche in Milchkaffee eingebrocktes Brot und beriet die Zukunft.
Am Nachmittag wird Sophie ihm erklären, was Sache ist, und den Burschen als ihren Verlobten bezeichnen. Die Wurstanschnitte von Hans haben gegen Heinrichs Süßholz obsiegt.
»Versteh doch«, versuchte sie ihn zu besänftigen und bot zum Trost an: »Das erste Kind, wenn es ein Junge ist, tauf ich auf den Namen Heinrich.«

Heinrich war vor den Kopf gestoßen, empört und traurig. Er ließ Sophie stehen und marschierte los. Richtung Zug. Er wollte Bremgarten hinter sich lassen, als wüte dort die Pest, ja, ähnelte die Liebe nicht einer Krankheit, verursachte sie Heinrich etwas anderes als Schmerz?
Ohne auf den Weg zu achten, ohne ein Auge für Himmel, Wald und Felder, ohne Blumen, Bäume, den Fluß und die Erde zu riechen, ohne Wind und Vögel zu hören, ohne zu antworten, wenn Spaziergänger oder Reisende ihn grüßten: ohne Augen, Nase und Ohren, sinnenlos und stumpf strebte Heinrich Zug entgegen.
Seine Länge und Kraft war ohne Bedeutung, die Liebe anerkannte sie nicht als Macht und sie schützte vor nichts. Heinrich bestand nur aus vorwärtseilenden Beinen und einem gebrochenen Herzen. Er weinte nicht, er dachte nichts, er fühlte nichts, er war nur gequält und gelangte blindlings ans Ziel.

In Zug setzte er sich zum Weinen auf den Abtritt unter der Gesellenkammer. Die Tür ließ sich mit einem Ha-

ken von innen verschließen. Zum ersten Mal dachte er, das Leben und die Welt könnten ein Ende haben ...
Noch nie in seinem Leben von einer Frau verlassen, verwechselte Heinrich seinen Liebeskummer mit dem Weltuntergang. Er haderte mit Gott, der sein Schicksal lenkte und diese Qual zuließ. Er versuchte sich mit Tränen zu erleichtern. Es mißlang. Immerhin schaffte er es, seinen Leib unter Stöhnen zu entleeren, wenigstens das. Er atmete den Dunst seiner Exkremente ein und meinte, den Gestank verratener Liebe zu riechen.
– Doch ist das ein Trost?
Ungetröstet blieb Heinrich sitzen. Es wurde Nacht. Wenn Sterben schon sein muß, überlegte er, warum nicht gleich hier?
Doch der Tod schickte ihm nur seinen weltlichen Bruder: Die Ereignisse des Tags hatten Heinrich betäubt und er fiel auf dem Abtritt in einen tiefen Schlaf.

Gegen Mitternacht hörte er Lärm, der weckte ihn auf, Gepolter auf der hölzernen Treppe. Heinrich meinte, es steige ihm einer mit Trampelschritten und groben Schuhen über den Kopf. Erschrocken wischte er die Augen aus, hatte Mühe sich zurechtzufinden. Wo befindest du dich, im Himmel, in der Hölle. Träumst du, Heinrich, oder hockst du wach auf dem Abtritt in Zug?
Einer der Gesellen war heimgekommen und rumorte in der Kammer. Heinrich zog die Hosen hoch und erhob sich, seine Glieder waren steif vom langen Sitzen. Er fühlte sich einsam, verlassen und aus dem Kreis der Glücklichen ausgestoßen. Alles tat ihm weh. Und ein furchtbarer Gestank umhüllte ihn. Durch die Luke spähte er ins Dunkle, bevor er die Tür öffnete. An der frischen Luft überkam ihn ein Schwindel. Der Starke

schwankte, er hatte Hunger, er spürte ein richtiges Loch im Magen. Schwerfällig stieg er die Treppe hoch zur Kammer. Er öffnete die Tür und sah ins verblüffte Gesicht des zweiten Gesellen.
– Der hat ihn erst morgen früh erwartet.
Im Schein der Ölfunzel hockte der Mann auf Heinrichs Bett und spulte Zwirn.

Damals mußten die Gesellen und Lehrlinge den Faden und die Werkzeuge, mit denen sie arbeiteten, selbst stellen. Und guter Zwirn kostete gutes Geld.
Von Heinrichs Spule wickelte der Geselle Zwirn ab. Auf die eigene Spule wickelte er Heinrichs Zwirn auf.
Darum erschrak er, darum hielt er inne. Saß wie erstarrt auf dem Bett, sprang plötzlich auf, ließ einfach fallen, was er in den Händen hielt. Eine Spule rollte unter den Tisch, die andere unters Bett, zwischen ihnen spannte sich der Zwirn.
Heinrich trat ins Zimmer.
»Dieb, Sauhund.«
Heinrich schlug die Faust auf den Tisch, die Ölfunzel zerbrach, das Licht ging aus. Im Widerschein des sommerlichen Nachthimmels, der die Kammer spärlich erhellte, standen sich die Männer gegenüber. Das Handgemenge war stumm, war kurz. Der Dieb wehrte sich seiner Haut. Flink griff er nach einem Stuhl, holte aus. Doch Heinrich wischte die Waffe beiseite. Holz splitterte. Der Dieb versuchte zu fliehen. Heinrich ergriff ihn, er wollte den Kerl erdrücken. Der biß ihm in die Brust und befreite sich aus der Umklammerung. Mit einem Sprung setzte Heinrich ihm nach und streckte ihn nieder.
– Mit einem Hieb auf den Kopf, sagt meine Tochter.
Da lag er nun, zusammengesunken, schlaff, der

Schurke. Heinrich konnte sich nicht beruhigen. Außer sich vor Wut, focht ihn kein Mitleid an. Es erschien ihm unmöglich, weiterhin die Atemluft mit ihm zu teilen. Seine Anwesenheit erzeugte Abscheu. Wie krumm er dalag, zum Schweigen gebracht. Von ihm hatte Heinrich nichts mehr zu befürchten. Dieser Mann würde bestimmt keinen Muckser mehr machen. Heinrich packte den leblosen Sack, zog ihn hoch, trug ihn zur Tür, stieß ihn die Treppe hinunter.
Endlich war er erleichtert, endlich atmete Heinrich auf, all sein Elend, den Jammer des vergangenen Tages, der sein Herz beschwerte, der verflucht sein sollte, hatte er mit dem Gegner von sich geschleudert.
Er weinte schluchzend, laut und kindlich.
Am Morgen noch, als er die erste Forelle fing und spürte, wie sich ihr Leib in seinen Händen wand, bedeutete Sophie ihm das Leben; nun hatte sie ihn gedemütigt und verraten.
Ausgestreckt lag er auf seinem Bett und weinte ins Kissen. Bis auch er keinen Muckser mehr von sich gab.

Plötzlich schreckte Heinrich hoch. Vielleicht nie mehr würde der Geselle einen Muckser von sich geben. Der leblose Sack entpuppte sich am Ende wirklich als ein Toter: Unten, am Fuß der Treppe, liegt ein Leichnam.
Heinrich sprang vom Bett. Wie lange hast du geweint? Sein Sinn für die Zeit war verflogen, er rannte die Treppe hinunter.
Der Geselle ...
Reglos, auf dem Rücken, verrenkt, Blut, aus dem Ohr, wie lange schon, wann, der Stoß, kein Puls, kalt, Heilandsack, atmet nicht, Heinrich, Mörder, abhauen ...

4

Eine lange Zeit, fast vier Jahre sind seither verstrichen, Zeit genug, Schuldgefühle und Liebeskummer aus dem Gedächtnis und dem Herzen eines jungen Mannes zu vertreiben.
Ein Mädchen, das einen anderen vorzieht.
Der diebische Schneidergeselle.
Ein Abschied, der Hieb.
Der Schlag, den er einstecken mußte, die Schläge, die er austeilte.
Du mußt dich mit den neuen Gegebenheiten abfinden, sagte er sich, du mußt klug sein und hart, die schrecklichen Geschichten vergessen, so gut das eben geht.
Versteh doch.
Heinrich, Mörder.

Als er wieder bei sich selbst war, versuchte Heinrich Zinn klare Gedanken zu fassen.
Kerker oder Amerika?
Beides konnte er sich in jener Sommernacht nicht vorstellen. Er spürte nur seine Verzweiflung, seine Ausweglosigkeit. Alles Äußere hatte sich verändert, und trotzdem war Heinrich derselbe geblieben.
Mauern oder Meer?

Inzwischen hatte Sophie den Gehilfen des Metzgers geheiratet. Bei der Taufe ihres Söhnchens erinnerte sie sich aber nicht mehr an ihr Versprechen. Oder Hans I bestand ganz einfach und stur auf einem Hans II.
Heinrich weiß davon allerdings nichts. Von den Stationen seiner Flucht hat er zwar hin und wieder nach Hause geschrieben, seiner Schwester aber aus Angst

vor der Polizei nie eine Adresse angegeben. Darum ist er ganz ohne Nachricht geblieben. Auch von Elisabeths Unglück ahnt er nichts: Ihr Schleusenwärter ist bei der Arbeit ausgerutscht und ertrunken, im Hochwasser des Frühjahrs konnte er sich nicht mehr aus dem Sog der Turbinen retten. Elisabeth hat aus dem Haus ausziehen müssen und lebt nun allein mit einer kleinen Tochter. In Waltenschwil, in der Blumenfabrik, hat sie Arbeit gefunden, Papierrosen stellt sie her und findet, das Saftlose, das Leblose, das Trockene entspreche ihrem Leben.

– Sind Papierrosen nicht auch schön?

– Freilich sind sie wundervoll.

– Elisabeth hat ihrem Mädchen den Namen Marie gegeben.

– Bitte nicht abschweifen, verlangt meine Tochter.

– Ich will mir Mühe geben ...

In Savannah weht ein leichter Wind, auch im Inneren des Landes riecht man das Meer, den großen Ozean.
Der Kakadu auf dem Planwagen des Hundezirkus schweigt beleidigt. Heinrichs Stein wird er nicht so bald vergessen. Der Vogel ist nachtragend und frech, sein Schnabel scharf genug, einem Mann den Finger abzuhacken.

»Hast die Hosen voll, ja?«
Der dicke Plakatkleber und schmuddlige Coach von Jack warf den Stummel der abgerauchten Zigarette ins Gras und rülpste verächtlich.
Heinrich betrachtete das Gesicht des Boxers auf dem Plakat; erneut fallen ihm die Augen auf, der scharfe gnadenlose Blick.
Er wandte sich ab.

Moreno brachte einem Mops bei, mit einer Pudeldame nach der Melodie von Yankee Doodle zu tanzen. Sie zierte sich, sie will, daß der Mops dumm aussieht und sie allein mit Leckerbissen belohnt wird. Dem ungeschickten Tänzer schien das, abgesehen von den Happen, egal zu sein. Und die bekam auch er. Moreno war nämlich begeistert. Die Nummer haut hin, die Kapriziöse und der Tolpatsch.
Heinrich lachte, die Darbietung gefiel ihm.
Doch es wäre vermessen, den Hund wie einen Cowboy zu kleiden und ihm einen Stetson aufzusetzen. Auch Spaß kennt Grenzen, besonders wenn Nena nach der Vorstellung mit dem Hut herumgehen muß, um bei Cowboys Geld einzusammeln. Zeigte der Mops mit seiner dicken Wamme und der platten Schnauze nicht vielmehr das traurige Gesicht eines geplagten Niggers? Also werden grüne Hosen mit Hosenträgern über dem schwarzen Bauch genau passen, dazu eine Schirmmütze. Zum Schießen wird das aussehen, wenn der Mops in diesem Aufzug auf den Hinterbeinen tanzt und der Pudeldame auf die Füße tritt.

In der Kostümkiste fand Heinrich ein Stück grüngefärbte Baumwolle. Maß nehmen mußte er nicht; er kannte die Figur von Morenos Hunden und schnitt den Stoff aus dem Kopf zu. Beim Nähen mit untergeschlagenen Beinen spürte er die Sonne im Nacken. Das war er gewohnt, das liebte er so. Wie das Vieh auf dem Weidland, wandte Heinrich der Sonne den Rücken zu, um sich zu schützen.
Nena setzte sich zu ihm.
Immer wieder war sie verblüfft, wie geschickt der Lange mit den Bratpfannenhänden die Nadel führte. Geduldvoll und gelassen zumeist, mitunter unbe-

herrscht, so kannte sie Heinrich Zinn, der sie, ihren Mann und die Hunde seit langer Zeit begleitete. Redselig war er nicht, am zärtlichsten mit dem Hund und unterwegs mit kleinen Kindern, die er sogar auf seinen Schultern reiten ließ.

– Und Frauen?

– Freilich sind da auch Frauen.

Manchmal gastierten die Morenos mit ihrem Hundezirkus längere Zeit in einer Stadt. Sie wohnten in billigen Hotels. Heinrich schaute sich nach Mädchen um. Nie aber dachte er ernstlich daran, eine Jennifer oder Gloria zu fragen, ob sie auch mitziehen wolle. Er betrachtete sie bloß als Liebchen für eine begrenzte Zeit.

Gern schlief er im Freien, neben sich den Hund. Er liebte die Sternbilder, sie verbanden ihn mit der Heimat. In den Nächten des Vollmonds teilte er mit seinem Hund die Unruhe. Manchmal wanderten sie dann am Meer entlang oder hinaus in die Wüste. Stunden liefen sie, begleitet nur von ihren Schatten, und Heinrich kehrte am Morgen mit wunden Füßen und aufgesprungenen Lippen zurück.

»Nimmst du Tee?«

»Ja«, sagte er zu Nena, trank dünnen Schwarztee aus der blechernen Tasse und nähte schweigend.

Moreno setzte sich zu ihnen. Er schwitzte, die Wärme quälte ihn, er litt an heißen Tagen unter Herzflimmern und das Atmen fiel ihm schwer.

Die Sonne brannte nun senkrecht auf den Planwagen herab. Der Kakadu hatte sich abgesetzt, die Hunde dösten im Schatten unter der Ladebrücke.

Die Stunde des schwarzen Barpianisten begann. Er spielte Rag und Blues über Mittag. Seine Läufe klangen vollendet leicht. Er war unterwegs an der Ostküste

und spielte oft an den Orten, wo auch der Hundezirkus auftrat. Heinrich hatte sich mit dem Wandermusiker angefreundet. Der Schwarze liebte die Monotonie der Hitzestunde; sie lähmte alles und bot es dem Tod an. Wenn die Sonne die Menschen nachlässig machte und ihr Gehirn verdampfte, ohne daß sie es merkten, trumpfte der Pianist auf. Er spann sein Netz aus Tönen und Akkorden, als wollte er darin etwas fangen.
Der Wandermusiker war ein religiöser Mann: Im Traum ist ihm Jesus erschienen. Irgendwann – irgendwo, hat ihm Jesus erklärt, wirst du in der Glut der Mittagsstunde am Klavier erschossen.
Lange Jahre floh der Pianist vor diesem Schicksalsspruch. Wegen der Offenbarung war er überhaupt Wandermusiker geworden. Ja, nach dem Traum hatte er sich entschlossen, auf eine Familie ohne Zukunft zu verzichten und ein einsames Leben zu führen.

Da zu einem Opfer ein Täter gehört, wartete er auf den unausweichlichen Augenblick.
»Mein Schicksal wird sich erfüllen.«
Seit der Schwarze sich dem Willen Gottes wie einem Urteil ergeben hatte, floh er nicht mehr. Der Barpianist suchte seinen Mörder. Ohne Haß und voller Geduld reiste er von Bar zu Bar. Anfänglich stellte er das Klavier so, daß er mit dem Rücken zur Tür saß.
»Es muß geschehen, es soll geschehen, möglichst rasch.«
Seit einigen Jahren spielte er mit dem Gesicht zum Eingang. »Ich will ihn begrüßen«, hat er zu Heinrich gesagt, »ich will ihn anlächeln. Zieh schon.«

»Ich bin ein Mörder.«
Nicht unüberlegt, aber eher von einem planlosen Ge-

fühl gedrängt denn bedacht, begann Heinrich zu erzählen und sprach von dem Schneidergesellen, der in seinem Blut am Fuß der Treppe gelegen hatte, Tausende von Kilometern entfernt im schweizerischen Zug.

Endlich vertraute er seine Untat einem Menschen an. Endlich legte Heinrich eine Beichte ab.

Der Barpianist hatte ruhig zugehört, ohne sein Spiel zu unterbrechen. Wenn er spielte, konnte er besser zuhören und besser sprechen, besser schweigen und besser nachdenken. Dann nahm er die Hände von den Tasten und verschränkte sie im Schoß. Er seufzte und vergab Heinrich seine Schuld. Das zukünftige Opfer übte seinen Großmut, es gelang ihm leicht, einem Mörder zu verzeihen.

– Seinem Mörder?

»Endlich bist du gekommen«, sagte der Barpianist zu Heinrich. Seine Stimme wollte versagen. »Ich habe nicht damit gerechnet, daß du mich ansprichst«, flüsterte er gebrochen, »ich dachte, erst dein Schuß werde dich mir offenbaren.«

Nach diesen Sätzen begann der Schwarze vor Angst zu schlottern, er rutschte vom Klavierhocker und sank vor Heinrich auf die Knie.

»Tust du es hier oder gehen wir ins Freie?«

»Heilandsack«, schrie Heinrich, »steh auf.«

Der Barpianist hatte ihm den Jesus-Traum anvertraut. Heinrich dachte, er sei gewiß ein Mensch, dem er seinen Mord beichten dürfe. Nun bereute er das Geständnis; am Ende ist es ein dummer Verrat gewesen.

»Ich denke nicht daran, dich abzuknallen«, sprach er rauh, »ich besitze nicht einmal einen Revolver.«

Der Neger setzte sich wieder ans Klavier. Er war beruhigt und zitterte, er war enttäuscht und doch froh.

Heinrich stützte sich auf dem Klavierkasten ab und befahl dem Schwarzen weiterzuspielen. Er spürte die Vibration der Töne in den Armen.
Später offerierte ihm der Pianist ein Glas Jack Daniels.
»Mein Mörder wird älter sein als du«, erklärte er Heinrich und spielte laut, zerrissen und wild. »Ich stelle ihn mir so um die fünfzig vor. Ein Weißer, ein Farmer, der weder Nigger mag noch Niggermusik.«

Die Stunde des Nachmittags, eine Stunde zum Durchdrehen. Sie erzeugte in Heinrich den Wunsch, dem Stamm der träumenden Hunde anzugehören.
Hitze, Whiskey und das Spiel des Pianisten. Heinrich trank und hörte zu, ein großes Glas Jack Daniels trank er in langsamen Schlucken leer, während der Pianist ihm enthüllte, wie er sich seinen Tod dachte.
Weil er auf diesen Mann wartete, verzichtete er auf eine Mittagspause; wo auch immer er engagiert ist, in jeder Bar seines Lebens, spielt er um zwölf Uhr Klavier. Ob Gäste ihm zuhören, ist ohne Belang, er spielt für seinen Mörder. Man könnte die Uhr nach dem alten Wandermusiker richten. Seit dreißig Jahren spielte er mit Hingabe Blues und Rag und wartete.

5

Heinrich und sein Hund liefen am Nachmittag zum Meer. Nebeneinander trabten sie an der Wasserlinie entlang. Sie genossen den Wind und atmeten salzige Luft. Das Wasser der auslaufenden Brandung spritzte unter ihren Schritten auf und näßte ihre Beine. In Sicherheit liefen sie am Strand, weit draußen verschluckte der Ozean ein Schiff.
Heinrich blieb stehen. Er ballte die Hände zu Fäusten und hob sie vors Gesicht.
Sein Schatten, ein Boxer.
Der schlägt schnelle Geraden. Der blockt Haken ab. Der trifft und trifft die Nase des Gegners. Sein Schatten ist doppelt so groß wie er selbst und doppelt so stark.
Heinrich war guter Dinge. Mut spürte er, Verwegenheit. Er ließ sich vornüber fallen, lag flach auf dem Boden. Er ist ein langer Vierfüßler, er zählt seine Liegestütze. Nach vierzig Wiederholungen brach er die Kraftübung ab und sprang hoch. Schweiß auf der Brust. Er suchte Steinbrocken, hob sie hoch und wuchtete sie ins Wasser. Eine unbändige Wut steckte hinter seinen Stößen.
Weh dir, Jack.
Heinrichs Schläge werden ihre Wirkung nicht verfehlen. Ausgestreckt sieht er den Gegner im Ring liegen. Er selbst steht grinsend in der Ecke, die Arme über die Seile gelegt. Der Dicke spuckt die Zigarette aus, müht sich damit ab, seinen Schützling wieder auf die Beine zu bringen. Das Hemd hängt ihm aus der Hose, er schüttelt Jack, beklatscht ihm die Wangen, komm hoch, Mann, benutzt Wasser und Schwamm, reiß dich zusam-

men, Jack: vergeblich versucht er seinen Kämpfer wiederzuerwecken.
Am Strand stand Heinrich; er ist in den Schatten geschlüpft, füllt ihn ganz aus. Er fühlte sich übernatürlich groß und übermenschlich stark. Wie ein Sieger nach dem Triumph reckte der Schattenriese die Arme hoch.

Zwei Stunden später kamen beide zurück. Ausgelaufen und müde der Hund, verschwitzt und voller Angriffslust Heinrich. Der Weg zu Morenos Hundezirkus führte sie am Ring und am Camp von Jack vorbei.
In Boxerhose mit einem breiten Gürtel, in Boxerstiefeln, die Hände bandagiert, den Oberkörper nackt, zog er seine Trainingsshow ab. Eine Runde lang bearbeitete Jack einen trägen Sandsack, er wippte und schritt um ihn herum, war Stepptänzer und Schläger, er drosch auf den Sack ein, als halte sich darin ein Rest Leben versteckt, der ausgespäht und vernichtet werden mußte.
Der Dicke schlug auf den Gong.
In der zweiten Runde sprang Jack Seil. Die hohe Schule führte er vor und trieb die Schnur so schnell rundum: das Auge kann dem Schwung nicht folgen. Heinrich hörte nur ein Schwirren in der Luft, oder Staub wirbelte auf, wenn das Seil den Boden peitschte. Jack tanzte Seil, unermüdlich steigerte er das Tempo, bis die drei Minuten um waren und der Gong wieder ertönte. Sein Schweiß tropfte in den Sand. Jack schenkte Heinrich keinerlei Beachtung.
Um den Ring hatten sich Leute versammelt, Männer und Frauen, johlende Kinder, die den Boxer anfeuerten. Der Dicke schwatzte ziemlich laut in der Gegend herum, unermüdlich pries er seinen Fighter, seine Unbesiegbarkeit.

6

Der Rest des Lebens ist eine schillernde Größe. Heinrich dachte nicht gern daran; doch im Dunkel, am Fuß der Treppe, blieb ihm ein Blick in die drohende Zukunft nicht erspart. Warum soll ich den Rest meines Lebens im Kerker verbringen, fragte sich Heinrich. Und etwas in ihm schrie auf: Ich bin ja erst zwanzig Jahre alt.
Heinrich ließ den Gesellen liegen, raffte in der Kammer seine Sachen zusammen und floh.

Im Morgengrauen, mit geschwollenen Füßen und vor Hunger halbtot, erreichte Heinrich die Gegend von Bremgarten. Nebel verhüllte das Reußtal, graue Schleier schwebten in den Wald hinein. Ohne Überlegung hatte Heinrich den Weg nach Hause eingeschlagen. Erst als die Vögel zu singen begannen, ging ihm ein Licht auf: Zu Hause suchen sie dich zuerst.

Am Waldrand ließ Heinrich sich ins nasse Gras fallen; er hockte da mit um die Knie geschlungenen Armen und schloß die Augen. Es roch nach Moder und Pilzen. Trotz seiner Angst überwältigte ihn eine Vision. Während in seiner Nähe ein Rehbock äste, träumte Heinrich von Brot, von frischem Brot. Es duftete aus dem Nebel. Und aus dem Tagtraum tauchte das blaue Haus des Schleusenwärters empor. Als Heinrich die Augen öffnete, sah er es vor sich. Zwei Stunden mußten wohl verstrichen sein. Im warmen Licht der Sonne war der Nebel verdunstet.

»Kann ich denn etwas dafür«, schrie er in den Wald hinein. Sophies Verrat und der Diebstahl des Schneidergesellen waren doch nicht seine Schuld? Wäre es nicht ungerecht, wenn Gott ihn für die Taten des Diebs und der Treulosen büßen ließe?
Wie der schwarze Pianist glaubte auch Heinrich an Gott. Der Musiker gestand ihm Verfügungsgewalt zu. Heinrich nicht. Gottes Wille ist unerforschlich, daran zweifelte er nie. Zweifellos hatte ihm Gott aber auch nur dieses eine Leben geschenkt. Der Herr prüfte ihn hart. Aber er wollte ihn doch nicht vernichten.

Heinrich Zinn unterhielt zum Tod ein unkompliziertes Verhältnis. Geburt und Tod galten damals als häusliche Ereignisse, sie gehörten zum Alltag und fanden nicht im Krankenhaus statt. Trotz seiner Jugend hatte Heinrich schon oft Menschen sterben oder Tote im Sarg liegen sehen. Der Schneidergeselle am Fuß der Treppe bot ihm keinen ungewöhnlichen Anblick. Trotzdem war er ein besonderer Leichnam.
Heinrich hatte Todesfälle bisher immer als altersbedingte Notwendigkeit, als schlimmes Ende einer Krankheit oder als Folge eines Unfalls betrachtet und nie überlegt, er selbst könnte sterben oder gar töten. Nun war etwas Unwiderrufliches geschehen und Gewissensbisse plagten ihn.
Doch der neue Zusammenhang, in dem der Tod sich ihm offenbarte, erschien weniger schmerzhaft als der Biß des Lebens, den Heinrich auch spürte. Das Leben tat ihm weh. Es hieß auch nicht mehr Sophie. Das Leben, merkte Heinrich, nimmt ganz unterschiedliche Gestalten an. Im Augenblick meldete es sich als Bärenhunger. Brot galt ihm mehr als Reue. Eine Mahlzeit verkörperte jetzt das Leben.

Heinrich hörte sein Magenknurren, die Eingeweide rumpelten. Er streckte die klammen Glieder, knöpfte die Hose auf und schlug Wasser ab, ohne den Blick vom Haus am Fluß abzuwenden. Sein Hintern war naß vom Tau, die Kleider stanken nach der durcheilten Nacht. Der Geruch von Angst, Zorn und Kummer war mit dem scharfen Schweiß, den kämpfende Männer verströmen, in den Stoff eingedrungen.
Heinrich knöpfte die Hose zu und ging durch die Böschung zum Fluß hinunter.
Im Haus regte sich etwas. Der Schleusenwärter begab sich auf den Weg zum Elektrizitätswerk, das sich ein Stück stromaufwärts in der Nähe des Klosters von Hermetschwil befand. Der Hund kroch aus der Hütte, ein feister Rottweiler. Er begrüßte seinen Herrn, begleitete ihn ein Stück und trottete wieder zurück.
Nach einer Weile trat Elisabeth ins Freie. Der Rottweiler lag vor der Tür und hob den Kopf. Elisabeth trug eine Schüssel. Beim Regenfaß blieb sie stehen und benetzte die Hände. Sie wollte Beeren pflücken und zu Konfitüre einkochen. Der Rottweiler schlug an. Er bellte und zog die Lefzen hoch, knurrend postierte er sich vor dem Haus; aber er wedelte auch mit dem Schwanz.
»Wie siehst du denn aus, Heinrich?«
Blaß, die Hände auf den Magen gepreßt, stand er vor Elisabeth. In unordentlicher Kleidung, mit schmutzigen Schuhen. Und diese Augen.
Elisabeth begriff ohne Erklärung. Enttäuschungen gehörten für sie zum Alltag. Träume sind Schäume. Seit Elisabeth verheiratet war, litt sie darunter, daß die Welt langweiliger und schlechter ist, als sie sich das als Mädchen vorgestellt hatte.
»Komm ins Haus«, sagte sie.

In der Küche wusch sich Heinrich, er zog das Hemd aus und goß kaltes Wasser über Nacken, Brust und Rücken. Nein, Gott wollte ihn nicht vernichten. Vielmehr hatte er ihn in die Sicherheit dieser Küche geführt: im Haus am Fluß würde man ihn bestimmt nicht suchen.
Elisabeth tischte Brot und Speck auf, sie wärmte Milch und goß ihm Kaffee in eine Tasse mit roten Tupfen. Dann schaute sie zu, fast ein wenig angewidert, wie Heinrich die Speisen in sich hineinstopfte und die Tasse gierig zum Mund führte.
Zu seinen Füßen lag das geschnürte Bündel.
Fragen stellte Elisabeth keine. Und Heinrich empfand nicht das Bedürfnis zu sprechen, er wollte nur essen, kauen, schmecken, schlucken. Leben wollte er. Und nickte ein. Am Tisch, den Kopf in die Armbeuge gelegt, schlief Heinrich Zinn und blies Luft durch die Nase, ohne Elisabeth das Geheimnis seiner Flucht verraten zu haben.
Die Frau saß dem Schläfer gegenüber. Plötzlich dachte sie: Du betrachtest einen Mann. Ja, zum ersten Mal bemerkte sie seinen Körper. Der Anblick stimmte sie seltsam zärtlich, und sie bekam Lust, ihn zu berühren.

Der Schleusenwärter wollte Elisabeth ihre Salem Gold verbieten. Die Zigaretten bedeuteten ihr allerdings mehr als Rauch. Ein Stück Welt. Ja, aus dem Rauch wuchsen Städte empor, fremde Länder und Menschen, die sie nur aus Büchern kannte. Hin und wieder gab Elisabeth dem Leben den Namen Salem Gold.
Der Schleusenwärter las keine Bücher, schrieb keine Briefe und sprach nie mehr als drei Sätze nacheinander. Er liebte Wälder und sie den Jahrmarkt. Sie fuhr

gern Karussell, er saß lieber am Fluß. Sie möchte einmal nach Zürich reisen und bei Jelmoli einen Hut kaufen. Für ihn kam das nicht in Frage. Nüchtern und ziemlich stumpf er, schwärmerisch und öfters gereizt sie; so verbrachten sie ihre Tage.

Ihren ersten Freier lachte Elisabeth aus; sie hatte in Lausanne in einem Modesalon vornehme Kundschaft beraten und erwartete mehr vom Leben als einen Papierarbeiter und eine Schar Kinder. Mutwillig gab sie auch dem zweiten Bewerber einen Korb; der war zwar Kanzlist, aber ein unmöglicher Tänzer. In Bremgarten sagte man über Elisabeth, sie sei stolz und hochnäsig. Vor ihrer Heirat bediente sie die Gäste im Café am Bogen, das berühmt für seine Confiserie war. Der Inhaber hofierte Elisabeth, er machte ihr schöne Augen und berührte ihre Brüste. Seine Frau lag auf den Tod krank in einem weißen Bett über dem Geschäft. Sie litt an Tuberkulose und spuckte Blut, sie magerte ab, ihre Augen traten aus den Höhlen hervor, im Fieber grüne Augen. Nach ihrem Tod zerschlugen sich Elisabeths Hoffnungen bald, der Witwer freite eine wohlhabende Zürcherin.
Mit einem »Truffe du jour« täglich und einer Schachtel Salem Gold jede Woche nebst einem Likörchen am Sonntag, mit verblassenden Tagträumen und etwas Bitterkeit im Herzen war Elisabeth älter geworden. Der galante Herr Chef stellte ihr weiterhin nach, seine Neue quälte sie aus Eifersucht.

Mit dreißig war eine Frau damals verheiratet, oder sie galt als alte Jungfer. Elisabeths dreißigster Geburtstag war voller Unmut gewesen. Zwar beklagten frühere Freundinnen die dritte Fehlgeburt (oder stillten das fünfte Kind); die Migräne plagte sie, der Rücken tat ihnen weh, ihre Hände waren abgearbeitet und rot, sie hatten Falten im Gesicht, und häßliche Streifen zogen sich quer über ihren Bauch. Doch sie waren Ehefrauen, und Elisabeth war ledig.

In dieser Zeit bekam der Schleusenwärter auf einem Dorffest seine Chance.

– Liebe auf den ersten Blick?

– Daran dachten sie beide nicht.

Der Schleusenwärter sah passabel aus, war kräftig und freundlich, er schenkte ihr Wiesenblumen und faselte etwas von elektrischem Licht; er aß grüne Äpfel und war Nichtraucher, er trug frische Socken und hatte sich sauber rasiert; sein Hals war kurz und dick, aber weder aus den Ohren noch aus der Nase wuchsen ihm Haare.

Heinrich tanzte auf dem gleichen Fest mit Sophie. Elisabeth wußte nichts von seinen Träumen, die Vorstellung, ihn mit ihren Reizen zu betören und bis in die Träume zu verfolgen, hätte ihr gefallen.

Der Schleusenwärter brachte Elisabeth nach Hause, ohne sie zu bedrängen. Fast nahm Elisabeth ihm seine Zurückhaltung übel. Wie Heinrich Sophie anfaßte ...

Der Schleusenwärter kümmerte sich weder um Klatsch noch um Gerüchte. Er wollte Elisabeth so nehmen wie sie war. Ihren spröden Eigensinn betrachtete er nicht als Hindernis. Von ihrer Sucht, in der Nacht Romane zu lesen, würden Kinder sie bestimmt heilen. Der Schleusenwärter war ein aufrechter Mann und Temperenzler. Er liebte Elisabeth und überschätzte sich nicht. Er hielt sie für tugendhaft und sittsam. Mancher Mann, dachte er, würde sich die Finger lecken ...

Eines Tages fragte er: »Willst du meine Frau werden?«
Dabei legte er die Hand auf ihr Knie. Elisabeth erstarrte. Er nahm die Hand fort. Mit zusammengepreßten Beinen sagte sie: »Wenn du meinst...«
Der Schleusenwärter war der glücklichste Mensch.
– Warum gerade er?
Es entsprach nicht der Art des Schleusenwärters, sich mit langen Überlegungen zu quälen. Wie ein Geschenk ist Elisabeth ihm zugefallen. Sie war zwar noch etwas starrsinnig und lieblos, doch sie würde sich bestimmt an ihn gewöhnen. Ein wenig bezog er diese Sicherheit aus seiner Erfahrung mit Tieren. Der Schleusenwärter war auf einem Bauernhof aufgewachsen und besaß eine Hand für Vieh und Vögel. Seinen Hund versorgte er gewissenhaft, er hatte ihn gut erzogen. Er würde auch seine Frau behandeln, wie es sich ziemte. Sie zickte noch. Behutsam wollte er sie bändigen.
Die meisten Dummheiten, hatte er erfahren, wurzeln in einem Mangel an Geduld. Ob im Umgang mit Dingen oder Geschöpfen, das ist einerlei. Der Ungeduldige zerbricht Geschirr, der Ungeduldige will zu früh ernten, mit Ungeduld macht man ein Pferd und eine Frau kopfscheu.
Der Schleusenwärter war nicht besonders zartfühlend, aber auch kein Rüpel. Er räumte Elisabeth eine Schonfrist ein. Noch hatte sie den Kopf voller Flausen, doch das würde sich nach der Hochzeit geben.

Seit einem Jahr lebte Elisabeth als Frau des Schleusenwärters im Haus am Fluß, immer noch kinderlos, leider. Unglücklich war sie nicht eigentlich, nur manchmal bedrückt, einsam und »tres déprime«, wie sie seit ihrer Anstellung im Welschland zu sagen pflegte.

Sie führte den Haushalt, der Schleusenwärter hatte nichts zu bemängeln. Sie kochte sein Essen und füllte es in ein Geschirr ab, das er zum Dienst mitnahm. Am Morgen verließ er das Haus, am Abend kehrte er zurück, sie hatte den Tag für sich. Sein Einsatz dauerte zwölf Stunden und wechselte zweimal im Monat. Am Abend verließ er das Haus, am Morgen kehrte er zurück. Sie hatte die Nacht für sich und las Romane...
Ihr Mann dachte nie, seine Ehefrau leide an einem Mangel. Ihre Zurückhaltung, die eisige Reserve, verwechselte er mit der Scham einer Frau, die lange ein keusches Leben geführt hatte.

Elisabeth wurde manchmal alles zu eng; auch die Kleidung. Es gab Tage, an denen sie das Haus und den Schleusenwärter haßte. Sie haßte den Hund und den Fluß, sie haßte ihr Dasein und verabscheute sich selbst.

Falls Zukunft etwas bedeutet, das man nicht voraussehen kann, einen Bereich, der sich aller Berechnung entzieht, eine noch nicht gelebte Zeit, die voller Überraschungen steckt: besaß Elisabeth dann eine Zukunft?
Der Gang deines Lebens ist geregelt, dachte sie, der Ablauf des Tages ist festgelegt, bestimmt wie die Mondphasen und der Wechsel der Jahreszeiten.
Ohne den großen Spiegel in ihrem Schlafzimmer wäre sie dem Irrtum verfallen, es existiere gar keine Zeit. Sie verharrte am Ort, in diesem Haus und in ihrer Ehe. Im Spiegel beobachtete sie ihre eigene Verwandlung. Sie brauchte ihre Phantasie nicht anzustrengen, um das Ergebnis vorauszusagen: am Ende wirst du eine alte Frau betrachten, denn die Zeit verstreicht wirklich.

Alles war vorauszusehen und berechenbar.
Es gab keine Zukunft für Elisabeth.
Weil sie dachte, ein Leben lang in diesem Haus festgehalten zu werden, litt sie wie alle Gefangenen unter Fernweh.
In der Stube, am Fenster zum Fluß, hatte sie sich ein Bücherregal eingerichtet. Auf dem obersten Tablar lag eine große weiße, mit einem Korken fest verschlossene Flasche. Im Bauch der Flasche befand sich ein Schiff. Das Schiff in der Flasche: für Elisabeth ist es zum Symbol für das eigene Leben geworden.

Dies alles schoß durch Elisabeths Kopf und irritierte sie, als sie in Versuchung geriet, den schlafenden Heinrich zu berühren, zu streicheln.
Frau und Mann.
Das schwarze Haar mit den ersten grauen Fäden, ihr brauner Teint, der biegsame Körper und die erotische Lücke zwischen den Schneidezähnen machten Elisabeth zu einer begehrenswerten Frau.
Als sie Heinrich betrachtete, wußte sie das plötzlich. Eine Macht spürte sie, die es ihr erlaubte, ihn zu berühren.
Er stöhnte im Schlaf, sie bewegte seine Träume, und er hatte sie doch austilgen wollen.
Elisabeth zog die Hände zurück und verkrallte sie im Schoß. Sie grollte dem braven Schleusenwärter. Der zehrte von ihren Reizen, manchmal wild und mit Genuß, aber auch unwissend und blind für ihre wirkliche Schönheit.

Erfrischt wachte Heinrich nach einiger Zeit auf. Er saß allein am Küchentisch. Ihm ist, er habe den eigenen Tod überlebt. Er trat aus dem Haus in die Sonne. Der

Rottweiler lief knurrend herbei. Heinrich streckte ihm die Hand hin und ließ sie beschnuppern. Hunde taten ihm nichts. Er strahlte etwas aus, das legte es dem bissigsten Köter nah, sich zu ergeben, zu kuschen. Die Hunde drehten sich vor Heinrich auf den Rücken, streckten die Beine in die Luft und ließen sich den Bauch kraulen. Vielleicht witterten sie in seiner Ausdünstung eine Duftspur, die sie besänftigte, am Ende errieten sie eine verwandte Seele. Heinrich griff dem feisten Rottweiler hinter den Ohren ins Nackenfell und schüttelte ihn leicht.

»Dummer Hund.«

Heinrich lachte.

Mensch, dachte er und ließ den Hund los, du lachst ja wieder.

Er sah Elisabeth im Garten, sie pflückte Beeren. Er ging zu ihr und half ihr bei der Arbeit.

Heinrich nickte Elisabeth zu; sie lächelte.

Er pflückte Himbeeren und Brombeeren. Er schlug sich den Bauch mit süßen Beeren voll. Zunge und Lippen waren von ihrem Saft gefärbt. Er hatte blaue und rote Finger. Wenn er Beeren ins Körbchen legte, berührte er Elisabeths Hände oder streifte ihren Arm, die nackte Haut.

»Genug für heute«, sagte Elisabeth.

Wieder saß er bequem am Küchentisch.

Elisabeth kochte Kartoffeln mit Apfelstücken weich. Sie bot ihm ein Glas englischen Tee an. Mit Zucker und einem Schuß Milch schmeckte ihm das. Beim Essen begann Heinrich vertraulich zu reden. Aber nur halb. Die ganze Wahrheit mochte er nicht preisgeben. Was Sophie betraf, schämte er sich. Und den Tod des Schneidergesellen behielt er auch für sich.

»Ich habe mich von der mageren Sophie getrennt«, log er. »Ich habe den Schneidergesellen verprügelt, weil er mir Zwirn gestohlen hat.«
Nun, da er satt war, endlich gesättigt, nun, da er erzählt hatte, er trage sein Bündel geschnürt bei sich, weil er gedenke, nach Amerika auszuwandern, fühlte er sich mutig und stark. Mutig genug, auch die Träume zu erwähnen, die ihn heimsuchten und erhitzten.
Elisabeth errötete. Doch ihr Körper wurde nicht steif und ungelenk dabei.
Heinrich legte den Arm um ihre Schulter.
Elisabeth wehrte sich nicht.
Heinrich hatte ihr allerdings auch von seinen Träumen nur die Hälfte gestanden. Sophies Anteil verschwieg er vorsorglich. Elisabeth fragte nicht, warum er so verstört durch den Wald gerannt sei und was ihn zu dieser Eile gedrängt habe. Sie genoß nur seinen Arm und schmiegte sich an, sie spürte seine Hand auf ihrer Brust, sie ist so geschützt, so geborgen darin.
»Nach Amerika willst du also?«
»Ja.«
Sie bewunderte ihn wegen seiner Entscheidung und wurde selber kühn. Entschlossen stand sie auf, holte zwei Zigaretten aus dem Versteck und die Flasche »Crème de Banane«.

Später schläft sie mit Heinrich in ihrem Bett in der Schlafkammer des Schleusenwärters. Elisabeth schlief mit ihm, weil sie wünschte, er möge weiterhin von ihr träumen. Sie liebte ihn, da er jung war, unverbraucht und die Kühnheit besaß, nach Amerika auszuwandern. Ihr Leben hieß Heinrich und sie hielt es umschlungen.
Neben der Tür war das Weihwassergefäß befestigt. An

der Wand hing das Kreuz. Hinter dem Kopf von Jesus steckte ein Palmzweig. Durchs offene Fenster rauschte der Fluß. In der Stille des Nachmittags schwiegen auch die Vögel.
Elisabeth genoß den geschmeidigen Körper Heinrichs; er schenkt ihr die verloren gemeinte Jugend zurück und den Glauben an eine Zukunft. Zwar schlief der Hüne zum ersten Mal mit einer Frau, sie mußte ihm ein wenig dabei helfen. Aber das störte Elisabeth nicht, im Gegenteil, es flößte ihr Mut ein. Genaugenommen liebte Elisabeth auch zum ersten Mal.

Doch das Unglück holte sie rasch ein. Sie lag neben Heinrich und wußte, daß sie den Schleusenwärter nie so innig würde umarmen können. Sie seufzte. Kaum waren die Augenblicke des Glücks verebbt, dachte sie, ihr Leben sei gescheitert. Heinrich hat ihr nicht die Zukunft geschenkt. Bald wird er weggehen, bald verwandelt sich die Liebe in eine Erinnerung, bald ist da nichts gewesen als ein Zwischenfall im Einerlei ihres Lebens.

Beim Abschied bat Heinrich sie um eine Locke. Eine Locke von Elisabeth wollte er mitnehmen nach Amerika.
Mit der Schere schnitt sie eine Strähne aus ihrem schwarzen Haar und band einen roten Faden darum, den sie aus dem Halstuch zupfte.

7

– Der Mensch ist ein Sammler, behaupte ich.
– Mädchen sammeln Stofftiere und buntes Papier, sagt meine Tochter.
– Männer leere Whiskyflaschen, Bilder und Goldmünzen, füge ich hinzu.
– Und erst die Frauen, lächelt meine Tochter.

Es gibt unerreichbare Sammelstücke, sie könnten nur aus Träumen fallen und am Morgen vor dem Bett liegen. Manche Leute sind besessen von einem ganz bestimmten Objekt. Sie müssen es besitzen, das Stück, das ihre Sammlung krönt, und liegen nachts ohne Schlaf, solange es fehlt.

Marx und Lenin (von dem noch die Rede sein wird) haben diese Spielart der Leidenschaft zu wenig beachtet. Sie glaubten zu sehr an die Wandelbarkeit des Menschen und an den Fortschritt. Ja, der Mensch entwikkelt sich unablässig, überlegten sie, bis er Vollkommenheit erreicht und Kommunist wird...
Doch wegen seiner Sammelwut und seinem Sammelfieber ist der Mensch für den Kommunismus nur bedingt geeignet. Alles, was er leidenschaftlich liebt, mag er nicht teilen. Und was er teilen muß, vernachlässigt er und behandelt es schlecht.

Ich fröne einer Vorliebe für Messer. In jeder größeren Stadt, die ich besuche, kaufe ich mir ein Messer. Ich besitze eines mit einem Griff aus Perlmutt, eines beschlagen mit Gold, eines mit einem Heft aus schwarzem Ebenholz.

Ein geschlossenes Messer halte ich gern in der Hand. Wenn ich mit jemandem spreche und spüre, daß er mich nicht mag, stecke ich die Hand in die Tasche und umschließe mein Messer. Das verleiht mir Sicherheit und Stärke. Manchmal, wenn ich allein bin, prüfe ich mit dem Daumen die Schärfe der Klinge. Ihr Stahl ist hart und geschmeidig zugleich. Messer verkörpern Macht und Feindseligkeit. Ich fühle mich bedroht – und bin bewaffnet. Ihre Gefährlichkeit übt auf mich einen Reiz aus. Die Möglichkeit zu verletzen und verletzt zu werden läßt mich nie kalt.

Heinrich Zinn sammelte Locken von Frauen.
Die meisten seiner Geliebten griffen feierlich und etwas wehmütig ernst zur Schere. Freilich lachten einige dabei und neckten Heinrich. Eine einzige schnitt sich die Locke nicht vom Kopf, sie gönnte ihm ein Löckchen Schamhaar.

Nun hat Elisabeth seine Sammlung mit einem Prachtexemplar eröffnet. Heinrich legte die Haarlocke in seine Brieftasche. Er hat von der Liebe gekostet, sie ist nach seinem Geschmack. Heinrich möchte wieder lieben.

Er steckte die Brieftasche ein. Von den Locken, die er in Zukunft sammeln wird, ahnt er nichts. Der Elefant, aus dessen Stoßzähnen die Schatulle geschnitzt wird, die Heinrich später kauft, um die vielen Locken aufzubewahren, trabt und trompetet noch auf einer Savanne in Afrika.

Heinrich ist jung, er riecht nach Frau, nach Elisabeth riecht er und hofft, ihr Duft färbe seine Haut. Wie soll er an die Schatztruhe seines Alters denken? Nichts liegt ihm ferner, als der in seinen Genen angelegte Greis. Fünfzig Jahre später wird Heinrich Zinn das elfenbeinerne Kästchen ab und zu öffnen, um seine Sammlungsstücke zu beschnüffeln.

Bloß das Erinnerte, wird der alte Mann denken, bleibt dir vom Leben. Nur was du dir in Erinnerung rufen kannst, hast du wirklich erlebt.
Gestern noch hatte das Schicksal Heinrich zerstören wollen, heute schenkte es ihm seine Gunst. Gestern sah er sich vom Pech verfolgt, heute vom Glück eingeholt. Gestern stand er vor dem Abgrund, heute berührte ihn die Liebe.

Am Fluß entlang wanderte Heinrich nach Norden. Bei Basel überschritt er die Grenze.
Freilich fürchtete er sich bei der Kontrolle. Per Telegraph konnte sein Steckbrief längst bei der Polizei eingetroffen sein. Doch der Grenzwächter ließ ihn unbehelligt passieren.

In Basel hätte Heinrich in den Zug steigen und nach Hamburg fahren können. Aber er ließ sich Zeit, wollte Deutschland sehen:
das Herz des Handels und der Industrie,
den Emporkömmling der Zeit,
das weite Land der Säbelraßler
und der süßen Pflaumen,
das Pendel zwischen den Großmächten.
Unterwegs machte Heinrich Station; das Geld ging ihm aus, er mußte Arbeit suchen. Dabei kam ihm seine Geschicklichkeit zugute und seine Körperkraft. Ob er in Frankfurt bei einem Hosenschneider Brot fand oder

im Rheinland bei der Ernte half, ob die Schwerindustrie im Ruhrgebiet ihn beschäftigte oder ein Fuhrhalter in Niedersachsen: es fällt Heinrich meistens leicht, sich sein Auskommen zu verdienen. Nur nach Kohle graben unter Tag, das wollte er nicht. Die Stollen sind ihm zu eng, er bekäme dort keine Luft, da besann er sich lieber einer Kunst, mit der er schon zu Hause Erfolg gehabt hatte. Heinrich war ein Zauberer. Er zieht den Kindern Frösche aus der Nase und den Männern eine Zigarre; er tauscht eine kupferne Münze gegen eine aus Silber, die sich in der Tasche des neuen Besitzers in einen Kieselstein verwandelt. Spielkarten wechseln auf sein Geheiß die Farbe, ein mit der Schere durchtrenntes Seil wächst wieder zusammen, ein Ei wirft er in die Luft und es fällt nicht mehr herunter...

Oder eben doch?

»Liegt es nicht dort, unterm Hut des Herrn mit der gelben Krawatte?«

Heinrich lachte, der Herr gab ihm das Ei zurück. Heinrich nahm es in seine große Hand, schloß sie, murmelte ein Simsalabim und verzauberte das Ei in einen Apfel. Den zeigte er vor. Dann biß er hinein und aß ihn genüßlich auf.

»Abrakadabra.«

Er sagte es langsam und wischte sich den Mund ab, er schien in sich versunken, schnippte mit den Fingern und schaute in die Runde. Immer fand sein Blick eine junge Frau im Publikum, Heinrich sprach sie an.

»Meine Dame, halten Sie den Apfel nicht in den Händen?«

Er lachte wieder. Die Frau errötete, sie spürte das Gewicht in ihrem Schoß. Gewiß, nun hält die Schöne den Apfel, den der hünenhafte Zauberer doch eben geges-

sen hat, unversehrt in den Händen. Heinrich nahm ihn zurück und griff mit einer leichten Geste eine Rose aus der Luft.
»Ein Geschenk für die Dame.«
Heinrich verbeugte sich, das wirkte gravitätisch bei seiner Länge und Figur. Er lachte schon wieder und bedankte sich für die Geldstücke und den Applaus. Die deutschen Frauen mochten sein Lachen.

Den Schneidergesellen am Fuß der Treppe konnte er allerdings nie ganz vergessen, manchmal erschien ihm dieser im Traum und wackelte mit dem Kopf.

Heinrich saß in der Bahn, allein in einem Abteil dritter Klasse, er war etwas melancholisch und öffnete die Brieftasche. Neben der schwarzen Locke lag eine blonde, die mit einem blauen Faden zusammengebunden war.
Der Zug hielt auf freier Strecke.
Am Himmel ballten sich Wolken zu einem Gewitter zusammen, darum die Rufe, die Eile der Bauern, die Heu einbrachten. Die Sonne drängte durch Lücken, das Licht wechselte zwischen Grün und Gelb, man hörte ein langanhaltendes Grollen. Etwas entfernt rauchten die Schlote einer Fabrik. Über den bewaldeten Hügeln am Horizont fiel bereits Regen. Sekundenlang beleuchtete ein Blitzschlag das kleine Schloß zwischen den Bäumen. Eine Klara hatte ihm die blonde Locke geschenkt, eine Schuhverkäuferin, die aus Berlin stammte.
Heinrich ging es fast märchenhaft gut. Er hatte Arbeit und Brot und ein Mädchen gefunden.
Neue Schuhe mußte er kaufen. Klara kniete vor ihm und schnürte ihm die Schuhe. Heinrich roch ihr Haar,

er genoß diesen Duft von Frauenhaar, den er zeitlebens suchen und lieben wird...

Heinrichs Ziele waren nun Hamburg, der Hafen, das Meer, eine rote Locke und ein Schiff nach Amerika.
Er fuhr im Zug durch die Lüneburger Heide, trainierte seine Finger mit vier Assen, nähte einen losen Knopf seiner Jacke fest und aß zur Mittagsstunde Graubrot mit schmackhafter Leberwurst aus der Pfalz, während Könige und Kaiser auf ihren Schlössern bei Kammermusik Fasanenbrust serviert bekamen, Burgunderweine tranken und darüber berieten, wie sie Afrika unter sich aufteilen wollten.

Auf den Weltmeeren kreuzen Kriegsschiffe, am Himmel sieht Heinrich hin und wieder einen Motorflieger oder das zigarrenförmige Luftschiff LZ3. Die Herren fahren ihre Dame mit dem Auto ins Theater. Das Bahnnetz erlaubt allen ein rasches Fortkommen. Einstein hat seine Relativitätstheorie entwickelt, Sophie ist schwanger, Kandinsky malt abstrakte Aquarelle, die Kubisten zerbrechen die Kontur der Dinge und setzen sie neu zusammen.
Vom Wahnsinn befallen scheint die Zeit.

Greifbar und ungreifbar, schwebend und fest: in ungewohnten Zusammenhängen erscheinen die Dinge, wenn die neuen Maler sie darstellen... während die Militärbürokratie Einfluß gewinnt, Monarchien ihre Macht behaupten, die Arbeiter Macht fordern, die Liberalen schwärmen und die Nationalisten den Kampf der Rassen beschwören.
Ein Karussell dreht sich immer schneller.
Und alles ist da.

Lenin und Freud, Graf Zeppelin und Pablo Picasso, Lumières atemberaubendes Lichttheater, alte Bibliotheken und neue Kanonen. Aus Fabrikschloten steigt Rauch und gilt als Wahrzeichen des Fortschritts. Die Handelshäuser haben ihre Kontore eingerichtet, die Banker ihre Zitadellen. Man liest »Buddenbrocks«, hört Strawinsky und Marschmusik. Längst sind die Straßen nachts beleuchtet, in vielen Häusern brennt das elektrische Licht, und fließendes Wasser im Haus ist die Regel.

Als Heinrich nach einer langen Seereise, während der er sich als Küchenhilfe, Schneider, Barbier und Unterhaltungskünstler verdingte, auf einem deutschen Schiff in New York ankam, befand sich Teddy Roosevelt gerade auf der Bärenjagd. Es war ein strahlender Tag, Amerika zeigte ihm seine schönste Seite. Weithin sichtbar stand die Freiheitsstatue im glatten Meer, und der junge Zinn wähnte sich gerettet.
Er ist ein ruhiger Mann, besonnen und fingerfertig. Seine Freundlichkeit steckt an, und weil er größer und stärker ist als fast alle anderen Männer, legt sich keiner mit ihm an.
Im Hafen fand er Beschäftigung.
Etwas seltsam kam es ihm vor, wenn er Säcke von Wagen hob und in den Behälter des Schiffskrans wuchtete. In Hamburg hatte er Güter ausgeladen, hier lud er sie ein.
Weizen und Baumwolle.
Stahl und Tabak.
Nahrungsmittel, Petroleum und Maschinen.

Die Amerikaner essen unseren Käse und arbeiten mit Schweizer Webstühlen, schrieb er seiner Schwester.

Auf dem Grund des Ozeans liegt ein Kabel, per Telegraph werden die Güter in Hamburg und Bremen bestellt. Mir geht es gut. Heinrich.

Er schritt über die neue Manhattan-Brücke. Sie überquerte den East River, vierhundert Schritte brauchte der Riese. Einmal begegnete er dort einem Mann. Der schlug mit einer Kette auf einen großen Hund ein. Das Tier wollte nicht gehorchen. Der Boden zitterte, der Hund hatte Angst, jaulte unter den Hieben. Heinrich fackelte nicht lange. Für lange Reden fehlte ihm ohnehin die Geduld. Er faßte den Schläger ums Handgelenk und drehte ein wenig daran. Die Kette fiel zu Boden. Heinrich wischte sie mit dem Fuß in den East River und ging, ohne den lamentierenden Kerl weiter zu beachten. In seinem Rücken versank die Sonne, im Gegenlicht jagten Möwen, laute Schreie stießen sie aus: Der Fluß roch nach Algen und Öl.

Die Amerikaner bauen Häuser höher als bei uns die Kirche, schrieb Heinrich. Sie heißen Wolkenkratzer. Manchmal wird im Hafen ein Toter angeschwemmt. Am Sonntagmorgen boxen Männer mit bloßen Fäusten gegeneinander. Für Geld. Mir geht es gut. Heinrich.

Der Hund, ein Dobermann, folgte ihm. Sein Herr schrie und fluchte, doch der Hund scherte sich ebensowenig um ihn wie Heinrich. Der Mann war plötzlich wieder da, er hielt ein Messer in der Hand. Heinrich schaute ihm in die Augen. Er bemerkte ihr Flackern. Angst, der Kerl hatte Angst trotz seiner Waffe.
»Nimm deinen verdammten Köter und hau ab.«
Der Mann packte den Hund am Halsband und schleifte ihn hinter sich her. Das Tier riß sich los und

lief zu Heinrich zurück. Da wollte der Mann seinen Hund töten. Er stach zu. Ein Fehler. Aufrecht, wie ein angreifender Bär, ging Heinrich auf ihn los; mit der Pranke schlug er ihm das Messer blitzschnell aus der Faust. Wütend umarmte er den Kerl und drückte ihn mit aller Kraft gegen seine Brust. Der keuchte, stöhnte, die Luft ging ihm aus, und er schloß die Augen. Heinrich ließ ihn fallen und versetzte ihm einen Tritt in den Hintern. Benommen rappelte sich der Mann auf und lief weg. Das Messer hatte den Dobermann an der Schulter erwischt, dunkles Blut versickerte in seinem Fell. Die Wunde war nicht tief, ein daumendickes Loch; das wird bald verheilen. Heinrich kümmerte sich nicht weiter um die Verletzung, er ging nach Hause, den Hund an der Seite.
So kam er zu seinem Dobermann.

Er ist folgsam und treu, schrieb er seiner Schwester. Ich arbeite im Westen bei einer Meat-Company. Die Amerikaner pressen Fleisch zu Kuchen und stopfen es in Dosen. Ich bringe die Kisten mit dem Corned beef zur Bahn. Neger essen nicht mit uns am Tisch. Die Amerikaner kochen mit Gas. Mir geht es gut. Heinrich.

8

Schon stand der Mond am Himmel, und dieser Jack trainierte noch immer. Mit wuchtigen Schlägen der bandagierten Fäuste hämmerte er auf den Punchingball ein. Der klatschte ununterbrochen gegen das Brett, unter dem er hing, gleichmäßig heftig und ungewöhnlich schnell.
Heinrich hörte das Geräusch.
Morgen ist der Kampftag.

Moreno fischte eine Fliege aus der Suppe. Umringt von seinen Hunden stand er im Freien unter einem Ahornbaum. Er löffelte, er schaufelte und futterte.
Manchmal wurde Moreno von einer Freßwut befallen und sonderte sich ab. Er kochte nur für sich und aß stehend, als plage ihn ein schlechtes Gewissen. Mit der Linken hielt er das Geschirr, mit der Rechten das Besteck.
»Er schlägt sich den Bauch voll und bekleckert sein Hemd«, klagte Nena.
Sie stufte seine Gier und sein Benehmen als Marotte ein.
»Andere Männer werden von der Melancholie betäubt«, erklärte Moreno, »mich packt die Freßwut.«
Das Paar stritt nie lange. Nena war zehn Jahre jünger als ihr Mann (und zehn Jahre älter als Heinrich). Moreno ist nicht zu ändern, er hat seinen Kopf; das sah Nena ein und richtete sich danach.
Moreno zahlte mit seiner Freßwut einen Preis. Mit seinem Hundezirkus zigeunerte er durch alle Länder der Welt. Er konnte sich nicht setzen, er mußte im Stehen essen, weil er nirgendwo zu Hause war.

Moreno verschlang Suppe, Spiegeleier, gebratenen Speck und Schiffszwieback.
Nun aß er Vanille-Cake, zwei Dosen.
Morgen wird er jammern und über Blähungen klagen, er wird sich elend fühlen, und sein Herzflimmern versetzt ihn in Angst.
Nach der Freßorgie setzte Moreno sich unter den Baum, lehnte den Rücken gegen den Stamm, schob die Daumen unter die Hosenträger und pfiff seine Hunde zu sich. Sie lagen dicht bei ihm, er spürte ihre Ausdünstung und Wärme. Frufru, die Rehpinscherdame, rollte sich auf seinem Schoß ein und steckte ihren kleinen Kopf in sein offenes Hemd.
Bald fiel Moreno in Schlaf.
Mit den Hunden träumte er um die Wette.
Heinrich saß drüben in der Bar und hörte dem schwarzen Pianisten zu, der Ragtime spielte.

Mit dem Pianisten hatte Heinrich in den letzten Monaten wenig gesprochen. Sie trafen zwar immer wieder zusammen, der Wandermusiker und der Hundezirkus. In St. Louis, Chicago, Boston, New York oder Savannah. Der Hundezirkus reiste mit der Bahn und mit den Pferdewagen. Das bedeutete jedesmal einen Aufwand. Der Musiker besaß nur einen kleinen Koffer und spielte auch ohne Noten. Er reiste darum leicht und war stets ein wenig im Vorsprung. Ein Mann, der jeden Tag mit dem Abtreten rechnet, muß beweglich sein und erträgt nicht viel Gepäck.
»An seiner Stelle würde ich mir eine kugelsichere Weste kaufen«, spottete Moreno. Heinrich grinste.
Nun trank er Sodawasser mit einem Schuß Gin und Zitrone.

Die Amerikaner treiben Rinder zu Tausenden über Land zu den Verladestationen, schrieb Heinrich seiner Schwester. Man sieht die Herden vom Zug aus, hört das Donnern der Hufe und ein endloses Muhen. Sie düngen die Erde mit Kali aus Deutschland. Stickereien aus St. Gallen und Stoffbären von Steiff sind hier sehr beliebt. Die Amerikaner nennen sie Teddy. So hieß der frühere Präsident. Seine liebste Beschäftigung ist die Bärenjagd. Weil er für die Freiheit der Neger eintritt, tötet Teddy nie einen schwarzen Bären. Mir geht es gut. Heinrich.

Der schwarze Pianist bewunderte Heinrich. Er beurteilte den Unterschied zwischen einem Mann, der getötet hat, und einem Mann, der auf den Tod wartet, zugunsten des Mörders.
Das schmeichelte Heinrich.
Aber des Musikers Wertschätzung beruhte auf einem Irrtum.
– Heinrich ist gar kein Mörder?
Zwar floh er im Glauben nach Amerika, seinen Zimmergenossen erschlagen oder über die Treppe in den Tod gestoßen zu haben. Doch der Schneidergeselle, der vor dem Abtritt mit dem ausgesägten Fenster auf dem Bauch lag, war gar nicht tot. Das Blut, von dem Heinrich in seiner Verstörung annahm, es rinne aus seinem Ohr, floß aus einer Platzwunde. Als der Geselle aus der Ohnmacht aufwachte, brummte zwar sein Schädel, aber die Wunde war ausgeblutet. Geronnenes Blut klebte an seinem Gesicht, und das Hemd war verdorben. Er erinnerte sich nur schwach an den Kampf und überhaupt nicht mehr an den Sturz. Die linke Schulter tat ihm weh, höllisch schmerzte sie; der Arm war ausgekugelt.

Lange nach Mitternacht fand ihn der zweite Geselle, halb aufgerichtet, an die Tür des Abtritts gelehnt …
– Stöhnend und fröstelnd sitzt er im Mondlicht.
Der zweite Geselle hatte ein paar Gläser über den Durst getrunken und lachte sich schief. Er glaubte, sein Zimmergenosse sei genauso sternhagelvoll wie er selbst und schaffe die Treppe nicht mehr. Er setzte sich neben ihn und wollte dem blauen Leidensgefährten Gesellschaft leisten. Diese verdammte Treppe; er betrachtete die steilen Stufen plötzlich auch als ein unüberwindbares Hindernis.

»Mann, Heinrich, dummer Junge.«
Moreno sagte dies vor gut einem Jahr. Er ließ dabei seine Hosenträger auf die Brust schnellen und schien erleichtert zu sein. Nach Zug hatte er geschrieben, einem alten Freund und Vertrauten. Erkundigungen sollte der Mann einholen und postwendend Bescheid geben.
Es war an einem Tag des Herzflimmerns gewesen, am Tag nach einer Moreno-Freßorgie, als sie über Heimweh und Melancholie ein Gespräch führten.
Beim Schaufeln.
Sie hoben ein Loch aus, um den blonden Chow-Rüden Pingpong zu begraben, der als östlicher Traumdeuter und Gedankenleser vor jedem Publikum Erfolg eingeheimst hatte. Sie waren betrübt. Morenos Hundezirkus hat nämlich auch Feinde: Typen, die mit Kampfhunden über Land ziehen. In Seattle waren sie stationiert, als so ein verkommener Cowboy mit seinen mordlustigen Bullterriers auftauchte. Einer der Beißer richtete den Chow-Chow übel zu, das halbe Gesicht fehlte ihm, der Nacken war schieres Fleisch, der Rücken ein blutiger Klumpen. Moreno hatte Pingpong erschießen

müssen. Nun brachten sie den freundlichen Chinesen unter die Erde.
Als Heinrich den Boden über dem Hund festtrat, öffnete sich sein Herz.
Moreno war zwar schlecht in Form und übellaunig, aber er fällte nie vorschnell ein Urteil. Er hörte seinem Kostümschneider zu, geduldig, und versuchte ihn zu verstehen.
Sie haben zwar eben einen Hund begraben, doch Moreno weiß auch, wie zäh ein Leben ist.

Der Barpianist wollte in Heinrich einen Mörder sehen: endlich hatte sein Wahn einen Körper bekommen, endlich blickte er einem Mörder, wenn auch dem falschen, ins Auge.
Heinrichs Untat hatte ihn bestärkt und erleichtert; er sah sein Warten belohnt, es verlieh ihm Sinn.
Moreno wollte in Heinrich keinen Mörder sehen, im Gegenteil: ihm kommt die Geschichte reichlich verworren und seltsam vor.
Das Schicksal hat sich einen Scherz erlaubt, dachte Moreno, Heinrich ist sein Opfer.
»Hier in Zug weiß niemand von nichts.«
Moreno las Heinrich den Brief seines Freundes vor.
»Im Sommer 1910 hat der Schneidergeselle einen Unfall erlitten; im Rausch ist er die Treppe hinuntergestürzt.«

Die beiden Schneidergesellen saßen nebeneinander am Fuß der Treppe vor dem Abort, aus dessen Loch der Gestank von Heinrichs Exkrementen stieg, während dieser verzweifelt durch den Wald heimwärts lief.
Hätte Heinrich den Kopf nur nicht verloren, hätte er

doch den Gestürzten, den Dieb nicht einfach bewußtlos in seinem Blut liegen lassen, ja, hätte er seinen Puls richtig gefühlt, den Herzschlag ruhig abgehorcht und ihm Erste Hilfe geleistet, hätte ...

Aber nichts von alledem hat Heinrich getan.

Seine Feigheit war größer als sein Mut.

Kopflos vertraute er nur seinen Beinen.

Der eine Schneidergeselle kicherte blöd vor sich hin, der andere stöhnte vor Schmerz. Als der Betrunkene den Ernst der Lage begriff, war auch sein Hemd verdorben.

Blut, registrierte er mit einem Mal ernüchtert: Das ist ja Blut.

Er roch an seinen Händen und wandte sich dem Verletzten zu. Dem war das Kinn wieder auf die Brust gerutscht. Er faßte ihn an den Haaren und hob seinen Kopf an. Mit dem Daumen zog er ein Augenlid hoch. Im fahlen Mondschein überprüfte er, ob er neben einer Leiche saß oder neben einem Lebenden.

»Himmel, Arsch und Zwirn.«

Freilich war der Zwirndieb später klug genug, die Wahrheit für sich zu behalten. Ein Schneidergeselle, der einem anderen Faden von der Spule klaut, macht sich in seiner Zunft nicht eben beliebt.

Wieder bei Sinnen und endlich mit Aussicht auf Pflege, schützte er Trunkenheit vor. Sein Zimmergenosse war nicht nur ein tüchtiger Schneider und Zecher, er verbrachte seine Freizeit auch im Samariterverein und kam von einem geselligen Abend nach Hause. Das Pech des Zwirndiebs erweist sich als das Glück des Samariters. Eine ausgekugelte Schulter hat er nämlich noch nie einrenken dürfen. Ein heftiger Ruck, ein Dreh, ein Schrei, und der Arm saß wieder in der Gelenkpfanne.

Beide Männer schwitzten. Der Schweiß des glücklichen

Samariters ist warm, der Schweiß des armen Opfers ist kalt.
Nun wurde die Platzwunde einer Prüfung unterzogen.
Eine Haft brauchte sie nicht.
Der Helfer reinigte und verklebte die Wunde; darin war er geübt, das hatte er in seinen Kursen gelernt.
Doch der Ernstfall ist viel schöner; gern zeigte der Schneider sein Können, obwohl der Verletzte davon nicht viel mitbekam.
Lange vor dem Morgengrauen war die Verarztung ausgestanden. Die beiden Schneider schliefen in ihren Betten. Tief und ruhig der Samariter, in schwere Träume verstrickt der Dieb.
Hinterm Ohr bleibt dem unglücklichen Gesellen eine Narbe, die Schulter schmerzt bei wechselndem Wetter.

»Mann, Heinrich, dummer Junge.«
An der Bar hörte er dem Neger zu. Nochmals bestellte er ein Getränk. Coca-Cola mit Eis; Heinrich liebte dieses dunkle, süße Gesöff.
Er hat es nie übers Herz gebracht, dem schwarzen Klavierspieler die Wahrheit zu sagen. Warum sollte er ihn auch enttäuschen und seine Illusion zerstören? Weiterhin teilten sie ein Geheimnis; aber es besaß zwei verschiedene Seiten, und das machte Heinrich Zinn etwas befangen.
– Doch nun hängt er einem andern Gedanken nach?
– Morgen ist Samstag, morgen ist Kampftag. Er will sich dem Boxer stellen, Heinrich will Jack besiegen.

Nena hatte nur Spott für ihn übrig, sie war strikt gegen den Kampf. Sie fand Heinrich albern und Boxen dumm.

»Schlagen intelligente Männer einander die Nase blutig?«
Hundekämpfe, Männerkämpfe: Beides ist ihr gleichermaßen zuwider. Kraftprotze liebte sie nicht. Dieses Gehabe. Den anderen niedermachen. Nena drehte an ihrem Ehering, als habe sie noch Wünsche frei.
»Was bringt es denn, ihn zu besiegen?«
Moreno pflichtete ihr bei und war doch fiebrig. Er hatte sich umgehört, wie er sagte.
»Jack ist Berufsboxer.«
Er tingelte zwischen seinen Profikämpfen als Salon- und Jahrmarktsboxer an der Ostküste. Um in Form zu bleiben und Kasse zu machen.
»Als Profi hat er noch nie verloren. Er ist ein Puncher.«
Doch Heinrich Zinn war in einen Sog geraten. Sein Herz pochte dumpf.
Er hat die Boxer im Hafen und auf Coney Island gesehen. Ein junger Sizilianer hatte ihn einmal in einen der Schuppen mitgenommen, wo sie trainierten. Gym nannte er den Ort. Heinrich verkloppte den Sandsack. Heinrich streifte sich die dicken Handschuhe über und stieg zum Sparring mit dem Italiener in den Ring. Der tänzelte um ihn herum; er hatte keine Chance, an Heinrich heranzukommen. Heinrichs Arme waren einfach zu lang und zu stark.
Ein paar Wochen war er zum Training gegangen.
»Du hast ein gutes Auge.«
Zweifellos, sein Auge war gut, seine Gerade kam schnell, hinter seinen Schlägen steckte die Wucht von mehr als einhundert Kilo Körpergewicht. Doch Heinrich hörte mit der Schinderei auf. Vor dem ersten richtigen Kampf. Lieber war er ein Zauberer, lieber raufte er mit seinem Hund und lief mit ihm durch die Stadt, lieber führte er in den Kneipen seine Karten-

tricks vor und verwandelte Wasser in Whisky, lieber stellte er den Mädchen nach, prahlte ein wenig, lieber forderte er eine Frau mit duftendem Haar zum Duell heraus.

»Wetten, ich nähe vier Knöpfe schneller an eine Jacke als du.«

Freilich mutete keine der Schönen dem Mann mit den breiten Händen den Sieg zu. Der krümmte einen Eisenstab zu einem U, hatte seinem Hund das Zählen beigebracht und zog beliebig viele bunte Tüchlein aus seiner Tasche.

Das beruht auf Täuschung, überlegten die Frauen. Doch Knöpfe annähen muß einer können. Dabei gibt es keine doppelten Böden und Tricks. Sieh diese dikken Finger. Er schafft es nicht einmal, den Faden durchs Nadelöhr zu ziehen.

»Wetten, um einen Kuß?«

Die herausgeforderten Mädchen zögerten; schon klappte Heinrich das Messer auf, schnitt die Knöpfe seiner Jacke ab und zauberte Nähzeug auf den Tisch. Er lachte.

Auch die Amerikanerinnen liebten sein Lachen.

Heinrich gewann die Wette jedesmal.

Nun hatte Jack ihn herausgefordert. Boxen und Knöpfe annähen sind allerdings kaum vergleichbare Tätigkeiten. Oder am Ende doch? Im Prinzip. Ja, es ging um ein Prinzip. Heinrich würde auch diesen Wettkampf als Sieger beenden, ganz bestimmt.

Die Erinnerung an die Knöpfe lenkte seine Gedanken etwas von Jack ab. Sie stimmte ihn wehmütig. Mit hungrigen Augen schaute er sich nach einer Frau um. In Heinrichs Herz brannte die Sehnsucht nach einer neuen Locke.

9

Der Ring stand unter freiem Himmel. Eine ansehnliche Menge Zuschauer hatte sich versammelt. Die Leute schwitzten in der Nachmittagssonne, der Himmel zeigte sich wolkenlos, ein leichtes Lüftchen wehte, und die Körper der Möwen leuchteten auf, das Licht durchflutete ihre Schwingen, wenn sie sich im Sonnenlicht drehten. Die Vögel zeigten über dem Rummelplatz ihre Sturzflüge. Diese Loopings machten den Kunstflieger Pegoud lächerlich, der mit seinen »sensationellen Vorführungen« gerade die Aufmerksamkeit der Weltpresse auf sich zog und als »Neuerer der Flugtechnik« gefeiert wurde.

Der dicke Manager betätigte sich als Ausrufer, Ringrichter und Coach. Er pries seinen Mann lauthals an, nannte Jacks Gewicht, seine Größe, den Umfang von Brust und Oberarmen. »Reichweite einssechsundneunzig«, rief er und fuchtelte mit einer Handvoll Geldscheinen herum.
»Das ist der Preis für den Sieg über Jack.«
»Bizeps einundvierzig«, schrie er und nahm Wetten an.
»Nacken zweiundvierzig ...«
Jack lehnte in der Ringecke. Unter seinem Bademantel aus blauer Seide schauten muskelbepackte Waden hervor und schmale schwarze Boxerstiefel. Er hielt die Augen gesenkt, nur manchmal flammte sein Blick auf. Er forderte damit starke Männer heraus und warnte sie zugleich. Dieser Blick besaß die Macht, Kerls den Glauben an die eigene Kraft verlieren zu lassen.
– Jack flößt ihnen Angst ein.
Er kitzelte ihren Mut und nötigte sie zum Angriff.

– Sie stehen mit dem Rücken zur Wand.
Entweder seid ihr Männer und stellt euch zum Kampf, sagte sein Blick, oder ihr habt Schiß wie alle Feiglinge.
Jack wirkte gelassen, konzentriert. Er stand nun in der Mitte des Rings und reckte die Arme zum Himmel. Mit geschlossenen Augen drehte er sich rundum, als sei er ergriffen vom Taumel einer Vision.
Heinrich zog sein Hemd aus.
Mit nacktem Oberkörper schritt er zur Kampfstätte.
Jack mochte zwar ein trickreicher Profi und unbesiegter Kämpfer sein. Aber er war auch um einen halben Kopf kleiner und mehr als zehn Kilogramm leichter als Zinn.

Jack hieß mit Nachnamen Dempsey und wurde »Manassa Mauler« genannt. Er war der zukünftige Weltmeister im Schwergewicht. Allerdings stand dieser Triumph noch in den Sternen; er war ein Traum, von dem Jack Dempsey allein wußte.

Als Heinrich Zinn die Handschuhe übergestreift bekam, lag ein ausgeknockter Gegner neben dem Ring im Gras. Er wurde mit Wasser begossen. Ein zweiter Brokken versuchte sich aufzurappeln, tropfnaß und kreideweiß auch er.
Jack Dempseys Fäuste arbeiteten wie Dampfhämmer. Die Rechte aufs Herz, die Linke aufs Kinn.

10

Mit zerschlagenem Gesicht, die Füße eingegraben im Sand, hockte der junge Zinn nach dem Knockout am Ufer des Ozeans und schaute aufs Meer hinaus.
Sein Dobermann lag neben ihm.
Heller Horizont, der Tag war makellos klar. Die Weitsicht machte Heinrich zu schaffen.
– Dort, fern überm Wasser...
– Dieser Sog.
Mit einem Ruck zog er die Füße aus dem Sand. Verwurzelt bist du hier nicht, dachte Heinrich Zinn, fahr zurück nach Hause.

Das Meer lockte und ›Amerikas weiße Hoffnung‹ hatte Heinrich besiegt. Auf dem Körper schmerzten die getroffenen Stellen. Die Hände waren verstaucht, eine Blutkruste verstopfte seine Nase, er atmete schwer durch den Mund.
Heinrich hörte das Rauschen des Ozeans und hineingeschnitten die Rufe von Möwen.
Oder erzeugte sein Kopf diesen Lärm? Schrie seine Seele so grell vor Weh?
Hätte Heinrich seine Hände gebrauchen können, wäre er ins Meer hinausgeschwommen. Nun bot er sie dem Hund dar, damit er sie lecke.
Erschöpft ließ Heinrich Zinn sich auf den Rücken fallen. Über ihm dehnte sich schieres Blau, unter ihm brannte der Sand.
Heinrich schloß die Augen, im Schwarm der Sternschnuppen, die in seinem Kopf verglühten, tauchten Heimwehbilder auf.

Heinrich Zinn ist in Amerika verprügelt worden, windelweich geklopft und ausgeknockt von Jack Dempsey. Nun will er nach Hause. Mit dem Kampf hat er auch alle Illusionen verloren. Kein Muskel, kein Knochen, der ihm nicht weh tut. Aber er ist auch vollkommen ernüchtert.

Zwei Monate später wird Heinrich Zinn sich einschiffen, um nach Europa zurückzureisen.
Der Abschied von seinem Hund fiel ihm am schwersten. Der brave Dobermann durfte nicht mit auf die Alexandria.
Als erstes kauf ich mir zu Hause einen Hund.
Das wird er laut gegen den Wind rufen, wenn das Schiff sich vom Hafen entfernt und das Land sich verliert und das Meer rundum wächst.
In der Erinnerung wird Amerika sich bald in einen Schatten verwandeln. Es bleibt bloß ein schwarzer, zurückgelassener Hund.
Nachts, allein auf Deck, hört Heinrich Zinn den Dobermann bellen, rufen und fiepen; ganz nah, als schwimme sein Hund zwischen den dunklen Leibern der Delphine, die dem Schiff tagelang folgen.

Heinrich liebte die Beschaffenheit und den Geruch von Hundefell, spürte es gern an den Händen.
Wie jetzt die nasse Zunge.
Die Seele der Hunde und ihre Mannschärfe hatten es ihm angetan. Ihre Nase, ihr Gehör. Und wie sie blitzschnell aus dem Dösen hochfahren, als sei zwischen Schlaf und Wachsein kein Weg. Herumtreiber waren sie, unermüdlich wie er selbst. Nicht an Orte gebunden, anhänglich dem Herrn.

Der Geschlagene möchte jetzt in eine Höhle kriechen und unter träumenden Hunden schlafen. Draußen dämmerte ein neuer Morgen herauf.
– Von was träumen die Hunde, fragt meine Tochter.
– Von besseren Zeiten.
– Von Tagen ohne Halsband und Schläge.
In der Reihe der Heimwehbilder leuchtete ein Haus; es stand am Fluß, an der heimatlichen Reuß.
Und er lag am Meer. Erschöpft, ein paar tausend Kilometer vom Ort seiner Sehnsucht entfernt.
In diesem Haus, im Bett des Schleusenwärters, hast du zum ersten Mal mit einer Frau geschlafen. Vor der Flucht nach Amerika, vor der Ewigkeit von vier Jahren.
Dies fiel ihm nun ein, als das Blut in seinen Augäpfeln pochte und das Gehirn noch immer nachbebte von den Dampfhämmern Jacks.
Die duftende Locke Elisabeths.
Das lebendige Auge des Boxers.
Die geschmeidigen Hüften der Frau.
Die geschmeidigen Hüften des Mannes Jack und seine unsichtbaren Schläge: neun – zehn – aus...

Zwischen das Haus und den Fluß in die Heimwehbilder schob sich ein Baum. Er war älter als das Haus, ein Apfelbaum mit wilden Früchten.
Das Licht unter dem Baum, Licht unter Bäumen.
Gibt es milderes Licht?
Die Abendsonne auf dem Fluß.
Ein Fisch, der sich im Sprung in aufblitzenden Stahl verwandelt und zurückschlägt ins Wasser.
Der Duft des Baums nach dem Regen.
Riecht etwas besser?
Der Geruch von nassem Fell.

Der Duft vom nassen Haar einer Frau.

Im Schatten des Baums zwischen dem Haus und dem Fluß hatte Heinrich als Junge gelegen. Unter seinen flimmernden Blättern wird er sitzen als Mann und als Greis.

Von einem kalten Hauch wurde Zinn gestreift, als Jack ihn so vernichtend traf, als Heinrich blitzartig erkannte,
Knockout,
Dempseys Rechte knallte mitten in seine Erkenntnis. Gerade in dem Augenblick, als ihm ein Licht aufging, löschte Dempsey alle Lampen Heinrichs aus. Es blieb gar keine Zeit zu reagieren. Ansatzlos kam Dempseys Schlag und zertrümmerte Heinrichs Bewußtsein. Nicht die geringste Chance besaß er gegen diesen Killer und Koloß von Mann.
Nun lag er geschunden am Strand, sein Speichel war rot gefärbt, wenn er ausspuckte.

Heinrich Zinn stand endlich auf.
Zum Glück sind alle Knochen noch heil, tröstete er sich.
Bleiern zwar, jedoch ganz. Und das arme Herz hämmerte im zitternden Fleisch.
Er ging zum Meer, watete hinaus und schaute seinem Hund zu, der im Spiel nach der Gischt schnappte.

Das Schiff, das ihn zurückbrachte nach Hamburg, hatte Tabak geladen, Baumwolle, Stahl und Menschen.
Für Heinrich Zinn war diese Reise nicht die erste Rückfahrt in seinem Leben. Nach der Zirkus- und Bärenzeit

hatte sein Vater Bremgarten nochmals verlassen, um in Paris die Besucher der Weltausstellung zu photographieren.
Nun kehrte Heinrich zum dritten Mal zurück. Vermöbelt, besiegt, per Schiff. Und gerade rechtzeitig zum Ausbruch des ersten großen Kriegs.
Wäre er in Amerika geblieben, wenn er das gewußt hätte?
Nein, dachte er, nein.

Heinrich Zinn schob Wache an der Grenze. Er hielt den Karabiner mit beiden Händen um den Lauf, schaute über den Rhein in ein dunkles Land. Dort kannte er Menschen, die nun Feinde sein sollten. Manchmal drang der dumpfe Lärm von Geschützen herüber, und am Nachthimmel leuchteten die todbringenden Garben auf. Er kaute eine Krume Brot so lange, bis der Geschmack am Gaumen haften blieb. Er schluckte, schluckte nochmals und leer und befeuchtete mit der Zunge die Lippen.
Er fürchtete, auf Männer schießen zu müssen, denen er einmal eine Zigarre aus der Nase gezogen hatte. Die Brotration betrug 600 Gramm pro Mann und Tag. Heinrich hörte von der russischen Armee, die bei Tannenberg vernichtet wurde, sah Bilder von Verdun. Der junge Füsilier, mit dem Heinrich auf Kontrollrunde ging, schwämte von einem neuen Buch; es hieß »Der Heizer« – darin wandert einer nach Amerika aus; ein gewisser Franz Kafka hatte es in Berlin veröffentlicht. Beim Stichwort Berlin kam Heinrich Zinn die blonde Schuhverkäuferin in den Sinn. Hieß sie nicht Klara? Hatte sie nicht einen Leberfleck zwischen den Schulterblättern? Die beiden Soldaten überprüften das Munitionsmagazin und den Park mit den Fahrzeugen, die

Unterkunft der Truppe, die Küche und die Vorratskammer...
Fremde Flieger waren zu hören.
Ferne Geschütze.
Nein, so hatte Heinrich sich das Leben nicht vorgestellt.
Ganz bestimmt hatte die Schuhverkäuferin einen Leberfleck zwischen den Schulterblättern; so groß wie der Nagel von Heinrichs kleinem Finger.

Ein Krieg geht zu Ende

1

Der Militärdienst an der Grenze dauerte meistens drei Monate; zwischen den Einsätzen war Heinrich Zinn Geselle eines Schneiders in Zürich.
Er ging zu Fuß durch die Stadt zur Arbeit. Unterwegs traf er immer wieder Frauen, die mit ihren Kindern vor den Geschäften standen und weinten, weil sie nichts kaufen konnten.
Am Sonntag, auf Spaziergängen, wenn er seine Freundin durch vornehmere Gegenden führte, sah Heinrich leerstehende Villen mit vergitterten Fenstern in Parks hinter vergitterten Toren. In prächtigen Sälen fanden Bälle statt (dafür schneiderte Heinrich Anzüge). Im Arbeiterquartier, wo er ein Zimmer gemietet hatte, waren die Waschküchen bewohnt. Und im Volkshaus versammelten sich die aufgebrachten Arbeiter.
Am frühen Abend war es in der Stadt oft seltsam still. Dann hörte man die Totenglocke läuten. Aber nicht einmal beim Sterben herrschte Gerechtigkeit.
In der Altstadt, in der Nähe des Ateliers, für das Zinn nähte, wohnte auch ein kleiner energischer Mann. Der war oft unterwegs zwischen Spiegelgasse und Bibliothek, meist in Eile und in Gedanken …
– Lenin?
Doch Heinrich hatte kein Ohr für Lenins Ideen; er war dem Programm des Corso-Theaters mehr zugeneigt als dem der Weltrevolution. Flugblätter, die er hin und wieder unter seiner Zimmertür fand, faltete er zu Einlagesohlen und steckte sie in die Schuhe. Auch der Gewerkschaft trat er nicht bei; sein Meister hätte das nicht geduldet, die Kundschaft kam vom reichen Zürichberg, Herren, die sich reserviert, aber freundlich

gaben. Über Politik sprachen sie bei der Anprobe nicht, und wenn Heinrich das Tuch zuschnitt, das sie ausgewählt hatten, zeugte es meist von gutem Geschmack. Auch waren sie nicht knauserig und schenkten diesem Riesen, dem sie kaum zur Schulter reichten, einen silbernen Batzen als Trinkgeld. Heinrich spürte, daß man von unten auf einen anderen herabschauen kann.

Zum Militär rückte er jeweils nur ungern ein. Die europäische Dienstverdrossenheit, diese Unlust für den Staat zu sterben, erfaßte auch die Schweizer Armee. Die Schweiz wiederum schien Heinrich nicht das Land zu sein, das die Sozialisten auf Flugblättern und in der Zeitung anprangerten.

Heinrich besuchte nie politische Versammlungen. Auf Vorträge hatte er keine Lust und nähte am freien Abend lieber Kostüme für die Chormädchen des Corso.

Revolution und Umsturz in Zürich? Ihm schien der Gedanke absurd.

Gerechtigkeit? Alles ist ungerecht verteilt. Jeder schnappt sich, was er kann.

Mehr Lohn, der Achtstundentag? Schön wäre das.

Heinrich verstand eine Menge von Hunden und der Zauberkunst, er nähte blind das »Tutu« für eine Akrobatin auf der Kugel: er redete manchmal von Mata Hari, und als die schöne Tänzerin hingerichtet wurde, dachte er lange an sie und an Paris.

Genosse Lenin aber: wer ist das?

Mata Hari hatte nackt getanzt, und Heinrichs Vater wünschte sich um die Jahrhundertwende nichts sehnlicher, als eine Nacht mit ihr zu verbringen.

Während Heinrich an einem föhnigen Sommernachmittag wieder einmal den Tornister packen mußte und den gerollten Militärmantel daraufschnürte, saßen Lenin und ein Führer der Sozialdemokraten am See auf einer Bank.
Im Föhnlicht erhoben sich die Alpen zum Greifen nah, das Wasser blendete.
»Ich glaube, die Schweiz ist das revolutionärste Land der Welt.«
Lenin sprach das R so schnarrend aus.
»Ich habe gelesen, daß euer Staat den Soldaten die Gewehre und sogar Munition nach Hause mitgibt.«
Heftig schlugen Wellen gegen das Ufer, ein weißes Schiff entfernte sich und tutete, als es im flirrenden Glast der Ferne verschwand.
»Ausgezeichnet ...«
Die Wellen verebbten, und auch die Rauchspur über dem See löste sich auf. Es blieb nur das Blendwerk der Föhnlage, die beiden Männer mußten die Hand schützend vor die Augen halten.

2

Auf einer anderen Bank, an einem anderen See: Vor zwölf Jahren hätte Lenin in Lausanne neben einem Italiener sitzen können.
– Oder neben einer Frau?

Zu Beginn des Jahrhunderts, als Elisabeth ins Welschland reiste, um dort in einem Modehaus vornehme Kundschaft zu bedienen (und ihr Glück zu machen), nahm die Schweiz Emigranten großzügig auf; auch die verfolgten Führer der russischen Sozialdemokratie.
Mit ihrem Schulfranzösisch hatte es Elisabeth nicht leicht; und sie schätzte es wenig, daß ihr vor allem Italiener vom Bau schöne Augen machten, Männer mit braungebrannten Rücken. Ihr stand der Sinn mehr nach einem Herrn mit Klavierspielerhänden. Salem Gold und ein Feuerzeug imponierten ihr, ein Sonnenschirm und Konfekt. Die Vorstellung eines Ehemanns, der nach Salami, Oliven und Schweiß roch, war ihr ein Greuel.

In ihrer Freizeit spazierte Elisabeth häufig am See. Lenin und der Italiener hätten ihr begegnen können. Nach dem Russen hätte Elisabeth sich wohl kaum umgedreht.
– Umgedreht?
Verstohlen vielleicht, einen Blick wagten junge Damen schon damals, falls ein Mann ihnen gefiel.
Der Italiener hätte die schöne Elisabeth ganz bestimmt bemerkt.

Hier geht Lenin.
Geht achtlos an Elisabeth vorbei.
Dort sitzt der Italiener auf einer Bank.
Lenin lüftet nach einem anstrengenden Denktag den Kopf aus und möchte sich am See entspannen. Doch er geht auch an der Bank vorbei, weil er sie mit niemandem teilen will.
Benito ist Handlanger und Sekretär der italienischen »muratori e manovali«. Lenin reist in Sachen Revolution, auch Mussolini hält in Lausanne einen Vortrag.
Lenin setzt sich nicht zu Mussolini.
Mussolini steht auf...
Geht er nach rechts, geht er nach links?
Er folgt Elisabeth.
– Sucht auch sie eine freie Bank?
Benito hätte sich zu Elisabeth gesetzt, ihr den See lyrisch beschrieben, die Liebe und den Sozialismus erklärt, damals ist der spätere Duce auch Dichter gewesen. Vor vier Monaten war er in die Schweiz eingereist; nichts in der Tasche als ein Medaillon mit dem Bildnis von Karl Marx.
– Mussolini trägt eine Lavallierekrawatte.
– Das entgeht Elisabeth nicht.
Schon damals lebten in der Schweiz zahllose Fremdarbeiter. Und da Italiener überall ihr Italien aufbauen, fand Mussolini schnell Anschluß. Die Frauen legten ihm Mortadella aufs Brot und wuschen seine Wäsche, die Männer besorgten ihm Arbeit und neue Hosen, und weil er Lehrer war, mußte er bei politischen Versammlungen das Protokoll führen. Er schrieb aber auch Zeitungsartikel.
Im Café Torlaschi saßen die Italiener zusammen und redeten das sozialistische Paradies herbei: voller Gerechtigkeit, Spaghetti und Mandolinen.

– Und Lenin hatte kein Musikgehör?
– Er liebte Beethoven.
Die Sonate Pathétique, die Appassionata, übermenschliche Musik sei das, sagte er damals und gestand nach der Revolution: »Ich kann nicht häufig Musik hören, sie wirkt auf meine Nerven, ich möchte Dummheiten sagen und die Menschen liebkosen ... Aber heute darf man niemanden liebkosen: man würde uns die Hand abschlagen; man muß auf die Köpfe einhauen, unerbittlich, obwohl wir im Ideal gegen jede Gewalt sind. Hm, hm, welch verteufelt schwieriges Handwerk.«
Lenin saß wohl am liebsten allein am See. Er hatte in dieser Zeit eben eine Gürtelrose überstanden und trug einen weichen Strohhut, er war nervlich angespannt, denn die russischen Revolutionäre lagen sich in den Haaren. Zu den Italienern unterhielten sie kaum Kontakte. Mit Mussolini hatte Lenin nur seine schlechteste Eigenschaft gemein: den unbedingten Drang zur Macht.
– Du meinst den Hang zu schweren Stiefeln.
Der Hang zu schweren Stiefeln hätte beide Männer bei Elisabeth unbeliebt gemacht. Sie besaß eine Vorliebe für elegantes Schuhwerk. Und für hübsche Reisekoffer. Ihren gedachte sie nun bald wieder zu packen. Sie wollte zurück nach Hause, in die kleine Stadt am Fluß. Ihr Vater hatte ihr geschrieben: Im Café am Bogen wird eine Stelle frei.

Als Elisabeth aus dem Welschland zurückkehrte, war Heinrich dreizehn Jahre alt; mit dem Wurf eines Hufeisens konnte er einen herumstreunenden Hund töten.
Die Zinns wohnten seit einigen Monaten wieder an der Reußgasse; der Vater tat sich nach Paris mit der Schneiderei schwer.

– Spukte Mata Hari noch in seinem Kopf?
Auf dem Gelände der Weltausstellung und in den Gassen von Montmartre hatten sie die Besucher fotografiert. Auf der ersten Rolltreppe der Welt war Heinrich Zinn ins neue Jahrhundert gefahren, ins Zeitalter der Räder und Konservendosen, und auf den Straßen von Paris sah man den ersten Mercedes.
»Nichts für Nasenbohrer«, lachte Heinrichs Vater.
Länger als zwei Jahre fotografierten Johann und Heinrich Zinn Touristen, dann hatten sie die Nase voll von billigen Hotels. In Lausanne hätten sie ihre Nachbarin Elisabeth besuchen können, Heinrich hatte sie nicht vergessen, im Gegenteil, in Paris hatte er zum ersten Mal von ihr geträumt. Doch eine Unterbrechung der Rückreise hätte weitere Ausgaben bedeutet. Und Vater und Sohn hatten Heimweh nach Bremgarten. Johann Zinn erhoffte sich ein ruhigeres Leben in der kleinen Stadt. Er war ein vierundfünfzigjähriger Mann mit zerbröckelnden Zähnen ...

3

Heinrich steckte den Marschbefehl in die Tasche und ging, den Tornister auf dem Rücken, zum Bahnhof. Beim großen Brunnen vorm Hauptportal blieb er stehen. Er tauchte die Hände ins Becken, das Wasser glitzerte auf. Es war gut, das Gesicht zu benetzen, die Föhnhelle hatte ihn schwindlig gemacht, der steife Kragen der Uniform engte seinen Hals ein.

Als der mit Soldaten besetzte Zug Richtung Grenze fuhr, saß Lenin immer noch am See und dachte über die vielen wunderbaren Gewehre in Schweizer Schränken nach.
Vom Zug aus erblickte Heinrich den Rheinfall, und in Schaffhausen, wo er umsteigen mußte, begegnete er einem Hundeführer der Sanität. Sein deutscher Schäfer war nervös und zerrte an der Leine. Heinrich fiepte und beruhigte die Hündin. Lenin hatte sich nach Hause begeben und formte am Schreibtisch den Stoff, der Rußland sprengen sollte.
– Die Polizei ließ ihn gewähren?
– Man glaubte, er sei ein Eiferer ohne Einfluß und Macht.
Lenin eilte auf Versammlungen mit raschen Schritten zum Rednerpult. Kahlköpfig, rötlich der Bart. Die Hände unter die Achseln geklemmt stand er da, dieser Vorwärtsmensch, der Widerrede organisch nicht ertrug und dem eine einfache menschliche Fähigkeit fehlte; er konnte nie nachgeben.
Unermüdlich schrieb er seine Aufsätze, ging halblaut redend im Zimmer auf und ab oder debattierte mit seinen Anhängern im »Schwänli«, während im Café

Odeon die Dadaisten Dame spielten und gegen den »Wahnsinn der Zeit« und die »grandiosen Schlachtfeste und kannibalischen Heldentaten« protestierten.
– Wußte Lenin von ihnen?
Er ging durch Zürich mit seiner Schiebermütze, den Kopf voller Leninismus. Wieder zu Hause schrieb er: »Die Massen müssen wissen, daß sie in einen bewaffneten, blutigen, verzweifelten Kampf ziehen.« Mit Leichtfüßen, Tänzern, Kabarettisten und Dichtern pflegte er keinen Umgang. Hätte er von ihnen gewußt, sie wären ihm zu harmlos erschienen.

Als in Rußland die Revolution ausbrach, verließen Lenin und seine Genossen Zürich. Mit der Bahn reisten sie durch Deutschland, das den Umsturz im Feindesland begrüßt und mit viel Geld auch geschürt hatte.
Aber schon ein paar Monate später schossen deutsche Soldaten und Rotgardisten aufeinander. Bei den Kämpfen in der Ukraine wurde auch ein kleiner Hundezirkus aufgerieben.
Das Reich steckte nun kein Geld mehr in die Revolution der Bolschewisten. »In Frankfurt sammeln Kinder Altpapier«, las Heinrichs Freundin aus einem Brief vor, »Leerglas, Lumpen, Metall, Frauenhaar, Gummi und abgebrannte Glühbirnen ...«
Im November 1918 dankte der deutsche Kaiser ab. Das war, als hätte der liebe Gott persönlich den Hut nehmen müssen.

Im Wiener Café an der Bahnhofstraße saß Heinrich Zinn mit einem Mann. Der kam ihm alt vor. Moreno war in die Schweiz zurückgekehrt, deprimiert und abgerissen; im russischen Bürgerkrieg hatte er seinen Hundezirkus verloren.

»Heilandsack, wärst du doch in Amerika geblieben.« Heinrich suchte Moreno zu trösten, zusammen beklagten sie den Tod von Pudeln, Schnauzern und Doggen. Daß in der Schweiz auch ein Volksaufstand drohte, schienen sie in ihrer Trauer kaum zu bemerken.
Die Arbeiterführer beschlossen den Generalstreik, und der Staat spielte seine Macht aus. Eine Armee bewaffneter Soldaten stand dem Heer der Streikenden gegenüber, die ihr Gewehr zu Hause gelassen hatten.
– Gott sei Dank.
Heinrich Zinn lag in seinem Zimmer auf dem Bett und schmiedete Pläne.
Auf der Bahnhofstraße marschierten Soldaten in Viererkolonne. Offiziere, den blanken Degen in der Hand, führten die Züge an. Das Haus am Fluß spielte in Heinrichs Plänen eine Rolle. Und Moreno. In der Straßenbahn fuhren Soldaten mit, das Bajonett aufgepflanzt.
Moreno und Heinrich trafen sich auf dem Lindenhof, sie gingen auf und ab unter den Bäumen, Heinrich trug seine Absichten vor.
»Ich bin zu alt«, Moreno blieb skeptisch, »und woher nehmen wir das Geld?«
Die Armee durchstreifte Vororte. Arbeiter warfen den Pferden Knallkörper vor die Beine.
Heinrich wollte Zürich verlassen, im Haus am Fluß möchte er wohnen und mit Moreno den Hundezirkus neu aufbauen.

Das Bankenviertel wurde abgeriegelt, die Armee sperrte Brücken und brachte Maschinengewehre in Stellung ...

4

Im Jahre 1920 zogen noch Schafherden durch Zürich, und am Abend waren Lampenanzünder mit langen Stangen unterwegs. Heinrich Zinn zählte runde dreißig Jahre. Die Zeit der Grenzwachen und der Mantelfabrik, wo er zuletzt Futterstoffe zugeschnitten und eingenäht hatte, lag hinter ihm. Er arbeitete nun als Theaterschneider für das Corso. Frauen führte er aus, je nach Saison und Tageszeit zu einer heißen Schokolade an der Bahnhofstraße; oder ins Automatenrestaurant.
Die Bahnhofstraße war eine Lindenallee, blaue Tramwagen befuhren sie (hörst du das Klingeln, das Quietschen der Räder) und Pferdefuhrwerke (riechst du den Schweiß, die Pferdeäpfel) und hin und wieder ein Automobil. Heinrich war immer noch Untermieter, von seinem Zimmer aus sah er auf die Limmat. Am Ufer rammelten nachts die Katzen, und unter den Bäumen knutschten Liebespaare (manchmal kicherte ein Fräulein, um dessen Taille Heinrichs Arm lag; er küßte sie, daß sie schweigen mußte). In schlaflosen Nächten schaute Heinrich vom Fenster auf die träge dahinziehende Limmat hinunter. Der Ausblick fixierte seinen Traum vom Haus am Fluß.

»Bitte, Madame«, sagte er zu einem der Chormädchen, »ihr Kostüm sitzt um den Busen noch nicht.«
Mit Moreno spazierte er am See; der kleine Dicke hatte Mühe, dem Langen zu folgen. Zwei weiße Doggen begleiteten die Männer, und umkreist von den Hunden, ging etwas geheimnisvoll Fremdes von ihnen aus.

Im Dolderpark wurde »Der fidele Bauer« aufgeführt. Heinrichs Lieblingsoperette blieb die »Rose von Stambul«. Wenn die Soubrette aus Berlin (seine neueste Locke) sang: »Geh, sag doch Schnucki zu mir«, wußte er nicht mehr wohin mit den Händen. Er hatte Erkundigungen eingezogen und mit Moreno das leerstehende Haus am Fluß besucht.
– Ist es zu haben?
– Ja, zuerst zur Miete...

In Deutschland starben Kinder an Rachitis und Tuberkulose. Heinrichs Freundin schickte Mehl, Bohnen und Speck nach Hause und bekam von einem Verehrer die erste Jazzplatte geschenkt: Tiger Rag. In München versprach Hitler, alle Not zu beenden, und verkündete das Programm seiner Partei. In Zürich herrschte der heißeste Sommer seit Menschengedenken. Heinrich spazierte am See, fern sah er die Alpen und hielt Odettes Hand in seiner Pranke.
»Schau«, sagte Odette, »die Hitze hat den ewigen Schnee weggeschmolzen.«
Deutschland galt wieder als ein guter Nachbar. Die Polizei entwaffnete gerade die Bevölkerung; Wagen voller Handgranaten, Pistolen und Maschinengewehre wurden weggeschafft.
»Kommst du mit«, fragte Odette.
Odette wollte zurück nach Berlin. Dort sah sie ihre Zukunft bei einer Revue, die stehende Bilder baute und Tänzerinnen suchte.

Vielleicht erkannten die Frauen die neue Zeit zuerst. Ihre Röcke wurden kürzer, das Haar schnitten sie ab. Sie befreiten sich vom Korsett und besuchten lieber die Fechtschule als einen Kochkurs.

Das Grammophon lief, in Odettes Zimmer lernte Heinrich Rag und Shimmy.
– Mit seinen großen Füßen?
– Er tanzte geschmeidig und schwungvoll.
Tiefgelegte Taillen waren Mode und Reiherfedern auf dem Hut. Pelzbesatz trug die Frau und Stirnreifen. Odette gefiel das schon mächtig.
– Und erst der Charleston?
Unterm Hängekleid verschwanden die weiblichen Formen. Mann entdeckte das Bein. Die Beine avancierten zum erotischen Zentrum der Zeit.
– Und Odette hatte klasse Beine ...

Die Sozialisten forderten Gerechtigkeit, sie träumten von der Gleichheit, und die Fanatiker waren bereit, für das Heil nach ihrer Fasson zu sterben (und zu töten). Doch von den gewöhnlichen Leuten wollten die meisten bloß leben. Nach dem Krieg glaubten sie, ein Recht darauf zu haben.
Piccadilly Four und Rose von Stambul,
Nackttanz und politisches Kabarett,
Hyänen der Lust und Charly Chaplin.
Die zwanziger Jahre liefen: Odette wollte dabeisein. Doch bald wird sie aus Geld Papierflugzeuge falten müssen. Und das Pendel schwingt zurück. Nach dem Ausschlag nach links schlägt es nach rechts. Für Benito Mussolini stehen schon die schweren Stiefel bereit. Er benötigt sie für seinen Marsch nach Rom.

Vor die Wahl gestellt (Frau oder Hunde, Berlin oder Zürich), bedachte Heinrich eine dritte Möglichkeit. Einen Tag lang erwog er die Auswanderung nach Amerika.
Odette lachte ihn aus und Moreno winkte ab.

Heinrich entschied sich für den Hundezirkus und Moreno. Nun brauchte er Geld.
– Hat er eine Idee?
Heinrich produzierte Schürzen in drei Größen und drei Farben. In der Stadt hatte er ein Haus gemietet.
Hunde und Näherinnen, in allen Räumen junge Hunde und Stoffballen mit Blumenmustern und ratternde Maschinen. Hausierer fuhren über Land und verkauften die Schürzen. Neben diesem Geschäft vertrieb Heinrich Zinn auch Ramschware: Hosen, Hemden und Wäsche. Das Haus verwandelte sich in ein Lager, Hündchen schliefen auf Packen mit Billighosen aus Amerika.
Aus Berlin telegraphierte Odette: »Rieschen, ich bleibe.«

5

Zwei Wasserflugzeuge stürzten in den See, an dessen Ufer Heinrich mit einer neuen Odette flanierte. Er trug nicht Stiefel und russische Pluderhosen (dazu einen roten Schal, was modisch war), sondern einen grauen Zweireiher mit hochgeschnittener Taille und einen Stetson mit Hutband.

Die Stadt franste aus, Bauland wurde erschlossen, die Ziegelindustrie bekämpfte Häuser mit Flachdach: Diese Architektur sei Ausdruck einer kommunistischen Denkweise...

Neue Unternehmer widmeten sich dem Abbruch alter Häuser. Doch die Wirtschaft kam nicht richtig in Gang, sie serbelte dahin. Obdachlose schliefen auf Parkbänken. Der Milchmann mußte vergrämten Frauen Schulden anschreiben. Kinder stritten um Kartoffeln, ihre Väter drehten Daumen und trafen sich am See, schauten den Schiffen hinterher oder bildeten einen Kreis um Moreno, der jungen Hunden beibrachte, durch Reifen zu springen. Sie hatten den Kragen des Hemds abgenommen, um ihn zu schonen.

Dennoch standen die Zeichen für den Erfolg eines Hundezirkus ganz gut. Gerade wenn es den Leuten schlecht geht, benötigen sie den Trost der Gaukler, Tänzer und Musikanten, gerade nach einem Krieg, wenn das Schwere sich verflüchtigt: Jetzt wollen wir leben; liebes Leben, laß dich packen...

In der Badeanstalt fiel Heinrich auf, ein Riese. Er sprang ins Wasser, schwamm in den See hinaus. Auf seinem Rücken ritt eine Zwergpudeldame. Wieder am Ufer erntete das Paar Applaus, die Pudeldame bedankte sich artig und machte als Dreingabe das Männchen auf Heinrichs breiter Hand.

Die Rechte aufs Herz, die Linke aufs Kinn; in Amerika erkämpfte sich Jack Dempsey mit dieser Schlagfolge Ruhm, Millionen und Unsterblichkeit.
Heinrich hat sich für Sport nie interessiert, aber als er am Radio hörte, Dempsey sei nun Weltmeister, war er erregt und auch erleichtert.
»Gegen einen Dempsey darf man verlieren«, erklärte er, nachdem Jack diesen Zweimetermann Jesse Willard auf die Bretter geknallt hatte.
Genau besehen stand Jesse Willard nicht länger als Henry, der Bär aus der Schweiz.
»Diese Rechte, Jack war kleiner als ich, sein Hammer traf immer mein Herz, ein verdammtes Heimweh hab ich verspürt, und als die Linke folgte, war ich schon längst zu Hause...«

Caruso starb in Neapel. Moreno strich die Nummer, in der eine dicke Bulldogge als Parodist eine Arie jaulte, aus dem Programm. Dem ersten Menschen gelang der dreifache Salto von Trapez zu Trapez, das Geschäft mit den Schürzen klappte.

6

Zinn, Moreno und die Hunde zogen im Haus am Fluß ein. Es war genau das richtige für den kleinen Zirkus. Hier konnten die Hunde sich austoben und den Mond anbellen, im Fluß schwimmen und Steine apportieren. Einer der Hunde war ein Dobermann; er gehörte Heinrich und hieß Amerika.

Sieben Jahre dauerte die Friedenszeit schon.
Heinrich Zinn lag im Gras am Fluß. Er war jetzt fünfunddreißig Jahre alt und besaß ein eigenes Haus. Daß er Vater war, wußte er noch nicht.
– Hat er Elisabeth nie mehr gesehen?
– Doch, kurz nach dem Krieg.
Elisabeth arbeitete nach dem Tod des Mannes in der Papierblumenfabrik. Das Haus am Fluß mußte sie räumen.
Heinrich Zinn besuchte Elisabeth an einem freien Sonntag. In Marie erkannte er das eigene Kind nicht. Er lud Elisabeth in die Dorfwirtschaft ein, sie gab ihm einen Korb. Sein Besuch machte sie nervös, und Heinrich fühlte sich in ihrer Küche unbehaglich. Er wußte nicht wohin mit den Beinen, und immer das Kind, das störte...
»Die Ohren, wir konnten gar nicht miteinander reden, Marie hat so große Ohren gemacht.«
Heinrich verabschiedete sich bald und förmlich. Elisabeth begleitete ihn nicht einmal zum Bahnhof. Sie nahm ihr Rad aus dem Schuppen, Marie setzte sich hinten drauf, und fuhr auf holprigen Wegen über die Wiesen zum Haus des Lehrers. Der erwartete sie nämlich um vier Uhr zum Kaffee. Den vor Heinrich versteckt ge-

haltenen Kuchen schnitt sie für den Lehrer auf. Witwer war der Mann, aber nicht viel älter. Er hatte ihr das Rad seiner Frau geschenkt, damit sie nicht mehr zu Fuß zur Arbeit mußte. Täglich zwei Stunden sparte sie ein. Und ein Rad verschenkte man damals nicht einfach so.

Marie war nun fünfzehn. In einem Jahr wird sie von zu Hause weglaufen und plötzlich vor Heinrich stehen.
»Du bist mein Vater.«
Zum Beweis zeigte sie ihm ihren Wirbel.
»Meine Haare wachsen genauso wild wie deine . . .«

Am Fluß im Gras lag er jetzt aber und las den letzten Brief von Odette. Sie schrieb von ihrer Verlobung und daß die Polizei in Berlin die Kartoffeläcker bewachte. Trotz Revuetheater und Jazz froren die Leute und litten Hunger. Es gab nicht genug Brot und zu wenig Milch für die Kinder. Auch die Operette half nicht gegen Alpträume. Das letzte, was Odette ihm schrieb, war ein Abzählvers:

Eins zwei drei vier fünf Millionen
meine Mutter die kauft Bohnen
zehn Milliarden kost das Pfund
ohne Speck
du bist weg

Das Haus am Fluß war geräumig. Im Erdgeschoß wohnten die Hunde, unterm Dach hielt Heinrich Tauben.
Moreno besaß wieder ein Zelt, einen Wohnwagen und einen neuen Traktor. Der Hundezirkus ging von Frühjahr bis Herbst auf Tournee.
Von den Vorstellungen im Reich konnte Heinrich

nicht nur Gutes berichten. Der Hundezirkus und die Nationalsozialisten harmonierten nie.
»Sie haben die Straße terrorisiert«, sagte er. »Das ist am Anfang das schlimmste gewesen.«
Morenos Troß konnte nicht mehr ungehindert von Ort zu Ort reisen.

Viele Jahre seines Lebens hatte Heinrich Zinn auf Straßen verbracht. Unterwegs mit Moreno durch ein furchtbar lautes Deutschland, dachte er darüber nach.
Er fuhr den Traktor. Ein drückend warmer Tag ohne Wind setzte ihm zu. Die Löcher in der Straße verhinderten, daß er einschlief; das Lenkrad scheuerte seine Hände wund. Heinrich hatte die Herumfahrerei satt, er haßte die braunen Straßen und schwor sich, diese Tour sei die letzte.
Er wollte seßhaft werden.
Das Haus am Fluß, die Umgebung von Wasser, Himmel und Wald; es war genau das richtige auch für ihn. In den Sommermonaten belebte er den Schürzenhandel und schneiderte bei Gelegenheit für Herren, im Winter betreute er Künstler, entwarf für sie neue Kostüme und sorgte für Morenos Hunde...

Heinrich Zinn hatte das Haus am Fluß gekauft, zuerst den blauen Anstrich erneuert und eine Pension für Artisten eingerichtet. Der stärkste Mann der Welt stemmte Hanteln im Keller (und sägte in der Freizeit Brennholz), im Garten übte der Kunstschütze (er warf kirschengroße Gipskugeln auf die Höhe der Baumwipfel und schoß sie herunter), in der Reuß, bis zu den Knien stand er im Wasser, trainierte der Jongleur mit seinen Bällen und Keulen...

Winterquartier für Künstler und Tiere bot Heinrich Zinn an. Einmal war der jüdische Zirkus von Odessa bei ihm zu Gast, ein anderes Mal Europas größte Zwergenshow (sie spielten Fußball auf der Wiese am Waldrand).

Aus allen Ländern kamen die Artisten; die schönste Zeit in Heinrichs Leben begann. Er war Hausmeister und Beichtvater, Kostümschneider und Berater, Trainingspartner und Liebhaber.

– Sie übten neue Tricks für die nächste Saison.

Einer der ersten Gäste war ein tschechischer Entfesselungskünstler mit seiner Familie.

– Er hatte eine kleine Tochter?

– Sie hieß Vera.

Vera war ein biegsam gelenkiges Mädchen. Es lernte übers Seil zu gehen...

7

Von Jahr zu Jahr kamen weniger ausländische Artisten zu Zinn ins Winterquartier, um sich auf die neue Spielsaison vorzubereiten (vor allem die Künstler aus Osteuropa blieben aus): dafür mieteten sich mehr und mehr Künstler ein, die fliehen mußten und nun bleiben wollten.
– Sie baten um Asyl.
In Deutschland war die große Hetze in Gang. Moreno gab seinen Zirkus auf; er konnte nicht mehr. Und Heinrich bekam Geschichten zu hören – es gruselte ihm.

Einmal saßen alle Hausbewohner in der Küche vor dem Radio. Sie hörten die Berichte von der Konferenz in Evian, die der amerikanische Präsident einberufen hatte. Ihr Thema war die jüdische Not. Die Radiohörer waren ganz still, einzig der Zauberer konnte sich nicht beherrschen, unablässig mischte er Karten. Seine Fingerfertigkeit störte, und die Schlangenfrau beugte sich zu ihm hinüber und fischte ihm das Spiel aus der Hand.
Die Delegierten wollten diese Not nicht sehen.
Heinrich Zinn stand am Herd und machte Kaffee für alle.
Als es um Kontingente ging, schränkten die weiträumigen Staaten Südamerikas, die USA und Australien die Zulassung ein; sie dachten nicht daran, ihre Grenzen zu öffnen.

»Keiner will die Mischpoke haben«, schrieb der Völkische Beobachter. Und in den Münchner Nachrichten

konnte man lesen: »Wenn ihnen die Juden in Deutschland so sehr am Herzen lägen, könnten sie sie ja haben. Wir geben sie gerne ab ...«
Doch kein Land wollte sie haben. Oder es wurde Kaution gefordert: Bolivar, Sol, Pesos, Franken und Gold.
»Man ist der Verantwortung ausgewichen«, schrieb der Daily Herald. Und die New York Times stellte fest: »Wenn zweiunddreißig Nationen, die sich Demokratien nennen, über einen Plan, ein paar hunderttausend Flüchtlinge zu retten, nicht einig werden, dann schwindet jede Hoffnung, daß sie überhaupt je eine Einigung über irgend etwas zu erzielen vermögen.«

Die Welt wiederholt sich

1

Die Welt wiederholt sich, so gut es eben geht.
Wieder Krieg und wieder Elend. Heinrich Zinn saß im Halbschatten des Apfelbaums. Er war nun ein Mann von fünfzig Jahren und hatte sein Haus im Rücken; er döste wie der Hund, der zu seinen Füßen schlief. Herr und Hund träumten, während Zinns Tochter Marie ihren Geliebten umarmte.
– Er war Italiener und Deserteur.
An diesem Nachmittag wurde ich gezeugt. Das Paar nutzte eine seltene Gelegenheit für die Liebe. Zärtlich und ohne es zu wollen, setzten sie mein Leben in Gang.
Bevor der Italiener ins Lager zurück mußte, tranken sie Wein und aßen Butterbrote. Beim Abschiedskuß hatte ich mich bereits fest in Maries Gebärmutterwand eingenistet: als Kind einer unvorsichtigen Stunde.

Nie lebte Zinn ohne Hund.
Alle seine Hunde nannte er Amerika, Dobermänner waren es immer, wachsam, treu und ungestüm.
– Bissig, fragt meine Tochter.
– Nicht ohne Grund.
»Die meisten Hunde«, beliebte Zinn zu sagen, »träumen von mehr Liebe, als sie erhalten. Darum wedeln sie nicht nur mit dem Schwanz, sie schwenken ihr ganzes Hinterteil.«

Er trug einen Panamahut, sein Gesicht lag ganz im Schatten, er spielte mit dem Lasso, als seine Tochter den Rock auszog und ihr Italiener die Hose über die Stuhllehne warf. Er ließ das Lasso ziellos kreisen, als sie zusammen still lagen und das Flüssige durch die dünne Haut des Gallertigen sickerte ...

– Als dein Countdown begann, sagt meine aufgeklärte Tochter.

Dieses Lasso lernte ich dann hassen. Mit dem verdammten Lasso fing er nämlich ein, was er wollte: auch mich. Er handhabte es sicher (noch als alter Mann), er wird es auch auf dem Sterbebett nicht aus den Händen geben und mit der letzten Kraft seines Lebens den Priester fesseln, der mit Klingeln und Weihrauch anrückt, um ihm die Beichte abzunehmen ...

»Auch beim Menschen ist das Gesäß ein zentraler Ort«, erklärte Zinn seine Theorie vom Hintern.

»Allerdings verbunden mit einem Problem.«

»Problem?«

»Du kannst ihn nicht sehen.«

»Doch alle Männer starren dir drauf«, wandte Irma Lang ein.

Zinn lachte.

Mit einer leichten Bewegung des Handgelenks ließ er das Lasso kreisen. Ich duckte mich. Und war schon gefangen. Das Seil preßte mir die Arme gegen die Rippen und schnitt mir in die Brust. Großvater zog mich zu sich heran, hielt das Lasso mit einer Hand fest und versetzte mir einen Nasenstüber. Ich versuchte ihm in den Finger zu beißen, warf den Kopf in den Nacken, und einmal spuckte ich vor Wut auf den Boden.

»Na, kleiner Indianer«, sagte er ohne Zorn und gab mich frei. »Genauso stolz und mutig spuckte der Häuptling Sittling Bull einem Feind vor die Füße, hugh. Aber doch nicht auf die Schuhe, Heilandsack.«

Großvater kniff mich in die Wange, säuberte seine Schuhe mit einem Taschentuch. Ich war zornig, hilflos und schämte mich. Ich ahnte keineswegs, daß ich dieses Lasso fünfundzwanzig Jahre später erben würde. Seither nehme ich es überallhin mit. Es ist noch heute, zusammen mit dem elfenbeinernen Kästchen, mein liebster Gegenstand. Von beidem habe ich mich nie trennen können.

Aus dem seichten Wasser, ein paar Schritte vom Ufer entfernt, erhob sich eine Sandbank. Im Winter war sie eine Schneeinsel, im Frühjahr wurde sie von der Reuß überschwemmt. Meine Mutter badete dort mit mir und dem Jungen, den sie eines Tages nach Hause brachte und der mein Bruder werden sollte.
– Artur.
Bei dieser Sandbank würde ich gern mit meiner Tochter schwimmen.

Nun hängt das Lasso an der Lehne meines Stuhls, als diente es mir, alles Vergangene einzufangen.
Geschichten und Träume,
Traurigkeit und unbeschwerte Tage.
Ich sehe das gebrochene Licht unter dem Baum in jenem letzten Monat, als der Bulldozer durch den Wald gefahren kam, und blicke in die Augen des toten Amerika.
– Hast du das alles erlebt, fragt meine Tochter?

Heinrich Zinn erzählte mir von den Bären, der Seiltänzerin und vom empfindsamen Zauberer, der unter Verstopfung litt und die einzige Toilette stundenlang besetzt hielt, bis ihn die Schlangenfrau hinauswarf und zur Verrichtung seines mühseligen Geschäfts in den

Wald schickte. Und er erzählte mir vom Militärschriftsteller und von den kranken Soldaten, von Serge Rosny, von Karel, Artur und vom gelackten Friseur, der behauptete, hinter dem Wald, in der Biegung des Flusses, befinde sich ein KZ.
»Nachts hört man Schüsse«, sagte er und seifte einem Kunden den Bart ein.
»Exekutionen?«

Als Irma einzog, roch das Haus nach Äther und Desinfektionsmitteln. Das Militär hatte das Erdgeschoß beschlagnahmt und ein Lazarett eingerichtet. Darin fieberten Schweizer Soldaten mit Grippe, während Beinbrüche heilten. Hier schliefen Simulanten, marode Füße und manchmal Melancholiker, krank wegen der Dienstvorschrift, die ihnen verbot, den Kragen des Uniformrocks zu öffnen. Im Keller hauste der Militärschriftsteller, ein pensionierter Oberst und Chirurg, ein Glatzkopf, der Kindern, die von der nahen Stadt her kamen, Bonbons schenkte.

Irma Lang war Krankenschwester und wollte ihr Alter verheimlichen. Doch der Paß verriet Heinrich Zinn ihren Geburtstag.
»Schnüffler, du«, schimpfte sie.
Zinn lachte und kniff sie in die Seite.
»Happy birthday to you«, sang er mitten im Krieg und schenkte Irma eine Tafel Milchschokolade von Lindt.
»LA-DO-RE«, sang nun sie und freute sich riesig.
Im Radio war die Rede von den Erfolgen der Wehrmacht und den Grenzen eines neuen Europa. Den Schwätzer stellten sie ab, Heinrich suchte auf einem anderen Sender Tanzmusik.

»LA-DO-RE ist meine Lieblingsschokolade, Heinrich, warum weißt du das«, fragte Irma, als er sie um die Taille faßte zum Tango...
»Laß das jetzt, Zinn.«

Irmas Stimme war ein weicher Alt, doch sang sie selten. Vielmehr gab sie sich verschlossen, als eine in sich gekehrte Frau und bedacht auf Reserve. Sie wußte mit Soldaten umzugehen, sie kannte ihren Blick aus Erfahrung, die stets nach Frauen hungernden Augen. Wenn ein Versehrter trotz Fieber und Gips ihr an die Wäsche wollte, wurde sie rabiat.
»Elender Bock, Mann.«
Mit einer raschen Bewegung verscheuchte sie freche Hände, doch ohne nachtragend zu sein.
Nachts las Irma die Seiten eines Tagebuchs, dessen Schlüssel sie am Hals trug. Manchmal hatte sie nur Stichworte notiert.
»Die Zeit fehlte mir«, sagte sie später, »und oft die Kraft.« Nun schrieb sie Sätze und Gedanken zu Ende und weinte sich aus. Irma verabscheute es, wenn ihr Tränen die Tinte verschmierten, und sie benutzte darum einen Bleistift.
Ihr Haar wusch sie im Zimmer, aber sie fönte es nie. Unten am Fluß warf sie Kieselsteine ins Wasser, während die Sonne ihre Mähne trocknete. Amerika begleitete Irma, Zinns Dobermann war ihr Beschützer und Freund. Er lag neben ihr, den Kopf zwischen den Pfoten. Die Sonne heizte sein Fell. Und das von Karel auch. Der Junge setzte sich zu Frau und Tier, als gehörte er dazu. Karel war ein mageres Kind mit unerforschlichen Träumen. Irma gefielen seine langen Beine und der überaus große Mund. Karel hatte einen Haarwirbel an derselben Stelle wie Heinrich.

– Hatte er denn mit fünfzig noch Haare?
Allerdings. Graumelierte Haare. Die kämmte er mit Pomade nach hinten. Den Nacken hatte er ausrasiert. Weißes Haar bekam er erst, als er alt war und harthörig, als der graue Star ihn plagte, die Beine nichts mehr taugten und er am Stock gehen mußte: dichtes weißes Haar mit einem Wirbel rechts über der Schläfe.
– Du meinst, Irma schlief mit Zinn?

Die Soldaten blieben nie lange im Krankenzimmer. Ein weißbezogenes Bett ist zwar bequemer als ein Strohsack; doch im Lazarett galt Lichterlöschen um neun. Der Oberst inspizierte es täglich, immer trug er Uniform, obwohl ihn nichts dazu verpflichtete. Irma mochte ihn nicht besonders. Der Mann hatte eine Studie über die Schlacht bei Tannenberg verfaßt und sie als Kriegsspiel auf die Schweiz übertragen. Er verglich den Infanterieangriff nach dem Exerzierreglement unserer Armee mit dem der deutschen und der japanischen, arbeitete an einer Schrift »Krieg ohne Gnade« und machte sich Gedanken über den Soldaten der Zukunft. Auch mit der Bedeutung von Schußwunden beschäftigte er sich. Wehrmänner mit Durchfall und Husten waren ihm ein Greuel. Er teilte Soldaten in zwei Gruppen ein: Helden und Weichlinge. Von den Helden redete er mit Zärtlichkeit. Den Weichlingen müßte man die Eier polieren. Mit Zinn pflegte er wenig Kontakt, Zivilisten irritierten ihn, sie paßten nicht in sein Weltbild. Er inspizierte also das Lazarett und kam Irma in die Quere...
– Schweif nicht ab. Ich habe dir eine Frage gestellt.
Sie nimmt mein Lasso und beginnt damit zu spielen. Sie läßt das Lasso kreisen, wirft es mir über den Kopf und zurrt es über meiner Brust fest.

Heinrich Zinn schenkte Irma Schokolade, er faßte sie um die Hüfte, sie tanzten in der Stube und tranken aus einem Glas, sie setzte sich seinen Panamahut auf, er gab ihr sein Taschentuch, wenn sie weinte, und sein Hund war ihr ergeben wie ihm, sie tupfte ihm Haarschuppen von der Jacke, er kaufte ihr Kölnisch Wasser und Strümpfe, sie brachte ihm den ersten reifen Apfel und schenkte ihm ihre Tabakmarken, sie schnitt ihm die Haare und er massierte ihren Nacken, wenn das Kopfweh sie plagte, sie kochte ihm frische Steinpilze und fütterte seinen Kakadu: genügt das?

2

Meine Mutter war nur wenig jünger als Irma Lang und eine zeitlebens unglückliche Frau.
– Übertreib doch nicht.

Mutter arbeitete in einer Fabrik, die Fahrräder herstellte, und bewohnte in einem hohen Haus in Nachbarschaft der Tauben ein Zimmer. Schon als ich in ihrem Bauch strampelte und sie mit schmerzenden Brüsten und unangenehm berührt die ersten Milchflecken auf ihrer Bluse auswusch, wußte sie: Die Mansarde ist zu eng für zwei.
Sie faßte einen Plan. Sie wollte mich bei Zinn unterbringen und hoffte, ich werde in Sicherheit sein, geborgen bei Großvater, im Wald, am Fluß, in diesem verwunschen wilden Haus.
Es herrschte Krieg, und sie verdiente ihr Brot in Schaffhausen, in der Grenzstadt, wohin es sie verschlagen hatte.
– Warum?
Ich weiß es nicht genau. Ich vermute, ein Mann war im Spiel, und weiß nur, daß sie häufig aus den Fingerbeeren blutete. »Ich suche mir einen neuen Job«, klagte sie. Es störte Mama, immer schmutzige Hände und abgebrochene Fingernägel zu haben. Früher hatte sie in einem Restaurant als Serviererin gearbeitet. Ein kokettes, ein fröhliches Mädchen soll sie gewesen sein. Aber auch gutmütig. Gleich verliebt, wenn ihr ein Kerl schöne Augen machte. Mutter hatte ein Faible für Männer mit schwarzem Haar, die gut singen konnten und ein Motorrad besaßen.

– So einer war dein Vater?
– Ja, aber ohne Motorrad.

Wenn immer sie es schaffte, besuchte Mama mich am Wochenende. Sie war klein, zäh und ausgesprochen weiblich. Zu ihrem Vater stand sie vor meiner Geburt in einem ganz verzwickten Verhältnis. Sie hielt sich häufig in seinem Haus auf, sie nannte ihn immer nur Zinn und schwankte zwischen Groll und Zuneigung. Stieg sie in Schaffhausen in den Zug, liebte sie ihn wie einen lang entbehrten Vater, wenn sie im Haus am Fluß ankam, sah sie oft nur den Mann, der es versäumt hatte, für sie ein Vater zu sein. Sie blieb verdrossen und unnahbar, sie setzte sich auf die steinerne Haustreppe, rauchte Parisiennes und schob den Rock über die Knie, als sei ihr heiß. Sonne und Wind durften ihre Beine liebkosen. Karel saß neben ihr und aß Thunfisch aus der Dose.
– Karel?
Meistens brachte sie Karel spanischen Thunfisch, den er über alles liebte und gierig verschlang. »Obwohl wir nie Hunger litten im Krieg«, erzählt Mutter später. Mit Zinns Militärmesser riß Karel die Dose auf, einmal schnitt er sich in den Finger und tupfte mit Brot das Öl und sein eigenes Blut auf, bis das Blech blank war ...

– Und Heinrich Zinn saß am Fluß?
Im Halbschatten des Apfelbaums hängt er seinen Gedanken nach, ein Mann, der viel weiß, der die Welt gesehen hat und nun müde ist. Oder auch nur schläfrig. Immerhin. Zinn gab sich diesen gequälten Anstrich. Als hätte das Leben ihn besiegt. Auch litt er unter einer Lähmung der Lider, seine Augen blieben immer halb geschlossen. Das verstärkte den Eindruck,

er sei matt, erschöpft und arrogant. Er hatte wieder Nachricht bekommen von Freunden. Sie wurden belästigt und verfolgt: die Koloratursängerin, der Messerwerfer, das wahrsagende Kind ohne Ohren. Es reisten Gäste an mit schäbigen Koffern und mageren Körpern. Einer stotterte und vergrub im Garten eine Kassette. Eine Frau ertränkte sich in der Reuß, sie hinterließ ein seidenes Kleid, einen Hut mit blaugefärbter Feder und einen Jungen.

– Karel.

– Ja.

»Sie war eine wunderbare Seiltänzerin«, schwärmte Heinrich und schwieg dann eine Weile.

Sie kam schwarz über die Grenze ... und wurde ausgeschafft. Doch sie kehrte zurück. Verbittert und verstört. Und sollte erneut ausgewiesen werden.

»Sie brachte gerade noch die Kraft auf, sich in die kalte Reuß zu retten.«

Gelegentlich schlossen die Frauen, Mutter und Irma, sich zusammen in Maries Zimmer ein. Karel hörte sie albern und lachen, Karel hörte sie schimpfen und weinen, hörte den Plattenspieler, spähte durchs Schlüsselloch und sah sie tanzen: Was machst du mit dem Knie lieber Hans, mit dem Knie lieber Hans beim Tanz. Oder sie tauschten Schuhe und Kleider, obschon Irma ein Stück größer war. Sie kämmten einander die Haare hoch und tranken diesen süßen Bananenlikör, den meine Mama wie schon ihre Mutter Elisabeth, die dunkle, die vertrocknete Schönheit, besonders gern mochte. Mit Lale Andersen summten sie: Unter der Laterne, vor dem großen Tor ...

Karel wurde abgeholt von der Fremdenpolizei.
Zinn wehrte sich, er wollte den Jungen adoptieren, er schrieb Briefe und suchte die Behörden auf. Vergeblich. Zinn erfüllte die Bedingungen eines Ersatzvaters nicht. Das bekam er brieflich bestellt, mit Stempel und Unterschrift: Karel muß in ein Lager für Flüchtlingskinder.

– Marie vermochte Zinn nicht zu trösten.
»Mir ging es selber schlecht«, sagte sie.
Ihr eigenes Unglück wog schwer genug, die gescheiterte Liebe, eine Schwangerschaft. Was Marie in der Grenzstadt hörte, wenn sie Speichen in Felgen spannte, was sie an ganz gewöhnlichen Tagen sah, erzeugte Angst. Und es stumpfte sie ab. Wer hilft mir, fragte sie, wer steht mir bei?

»Ja, was hätte ich tun können«, fragt Mutter.
Da ist sie schon eine alte Frau, gebeutelt vom Leben. Im Heim trinkt sie mit den anderen Insassen dünnen Kaffee. Oder sie sitzt vor dem Fernsehgerät und schaltet ab, wenn das Schauspiel ihres eigenen, bereits Geschichte gewordenen Lebens auf dem Programm steht. Sie liebt zwar das Lied von Lili Marlen noch immer, aber den Namen Hitler kann sie nicht mehr hören. Das ekelt sie an. Oder die Bilder von heute. Übereinander gehäufte Leichen von kurdischen Kindern, Frauen und Männern, wühlen ihre Erinnerungen auf.
Oder die Tamilen in der Baracke, 1989 an der Reuß; der Iraner mit dem zerschossenen Arm, der den Arzt fragt, wann er zurückdarf in den heiligen Krieg. Der kleine dicke Türke, den ein paar Skinheads vor dem Fast-Food-Stand niederschlugen und aufs Pflaster trampelten …

– Döner Kebab.
– Alles nur Wiederholung für sie.

Inmitten einer Schar von Greisen saß meine alte Mutter und erinnerte wohl hin und wieder auch den fröhlichen Nachmittag, dem ich mein Leben verdanke, als sie ihren Geliebten umarmte (den Kerl mit der schönen Stimme), während ihr Vater unterm Apfelbaum saß: Panamahut, Lasso.
Zinn war ein Fänger: einer, der blind fängt.
Geschichten und Menschen.
In den zwanziger Jahren, als er das Haus allein ausgebaut, Wände angestrichen, Betten gezimmert und ein Bad gekachelt hatte, als die Artisten sich bei ihm wohlfühlten und die Pension ein familiärer Betrieb war, glaubte Zinn: Das ist mein Platz auf dieser Erde.
Aber jetzt, Heilandsack, die Welt war voller Prunk und Scheiße, man konnte einem Menschen den Boden unter den Füßen wegziehen oder das Haus zertrümmern: am hellichten Tag.

Zinn ließ seine Gedanken ausschweifen. Auf dem Apfelbaum träumte der Kakadu von Caracas. Es gab Menschen, für die bedeutete der Duft von Kaffee Glück, ganz zu schweigen von Schokolade. Zinn dachte an Frauen mit Hustenanfällen, an schluchzende Männer und versteinerte Kinder. Die Zeit hatte sie in Stein verwandelt. Heinrich wünschte sich ein Abkommen mit dem Schicksal. Beschirm uns vor den Auswüchsen des Lebens, redete er ihm zu, während das Nachmittagslicht im Wald versickerte.
– Behauptest du heute.
Indes notierte der Militärschriftsteller: Die von unserer Armee verwendete Munition besitzt eine zu geringe

Durchschlagskraft, die Infanterie bedarf dringend neuer Geschosse. Nicht Dum-Dum, aber ein größeres Kaliber, das den Gegner länger außer Gefecht...
– Erzähl von Karel, unterbricht mich meine Tochter, setz ihn wieder auf die Steintreppe neben Mutter.

»Freiheitsberaubung ist das, hugh«, schrie ich meinen Großvater an und spuckte ihm auf die Schuhe. Was fällt dir bloß ein, schreie ich meine Tochter an. Bind mich sofort wieder vom Stuhl los. Ich verstricke mich heillos in alten Geschichten, und wenn ich innehalte mit Erzählen, muß ich feststellen, ich bin ja gefesselt. Die eigene Tochter hat mich mit dem blöden Lasso am Stuhl festgebunden.
– Karel schneidet sich am Deckel der Thunfischdose, wiederholt meine Tochter und lockert das Lasso.
Steif sitze ich da, langsam geht sie um mich herum und wickelt das Seil auf.
Karel ging dann ins Lazarett, und Irma betupfte die ausgeblutete Wunde mit Jod.
»Aua...«
»Sei nicht zimperlich, Kleiner.«
Das Jod brannte im Fleisch, die Verarztung schmerzte mehr als die Verletzung. Denn nun war er befriedigt. Vorher hatte die Gier auf Fisch den Schmerz gar nicht aufflammen lassen. Irma fuhr ihm ins Haar, ihre Hand bedeckte die ganze Fläche seines Schädels und war hart und kühl wie ein Helm. Sie lockerte den Griff, strich über seine Stirn und klemmte seine Nase zwischen ihren Fingern ein. Karel schnappte nach ihr und kriegte ihren Daumen zwischen die Zähne.
»Aua.«
»Siehst du, Kleine.«
Mit verbundenem Finger saß er wieder neben Mutter

auf der Treppe. Sie las die »Annabelle« und hatte von dem Zwischenfall gar nichts mitbekommen. Karel rückte ein wenig näher zu ihr, auch das schien sie nicht zu bemerken. Sie war so unerreichbar an diesem Nachmittag, verschlossen und ganz fern. In Gedanken versunken, die äußerten sich als Seufzer, wenn ich von innen gegen ihr Rippenfell boxte. Sprachlos war Marie, als besäße sie zwar Gaumen und Kehle, aber keine Zunge. Lippen schon, um vor dem Umblättern eine Fingerspitze zu befeuchten. Eine Frau ohne Mann, eine Mutter mit ungeborenem Kind. Karel rieb die Schulter an ihrem bloßen Oberarm. In einer Aufwallung schlang er den Arm um ihren Hals und drückte heftig zu.

»Aua.«

Sie hatte so zierliche Füße. Die sanftesten Augen. Die rundesten Brüste. Nur die Stimme war rauh, und eine Kette falscher Perlen deckte ihre Kropfnarbe zu.

Jahre später, wenn sie mich an sich preßte, spürte ich weniger die Fülle ihrer Brust denn das Kantige des Brustbeins. Stand sie da mit geschlossenen Beinen, konnte ich zwischen ihren Oberschenkeln durchschauen, oder die Hand durchstrecken. Ihre Waden waren behaart und wurden rasiert, wenn sie einen Freund hatte und wieder einmal in eine glücklose Liebe (Liaison nannte sie jede ihrer Affären) hineinrasselte. Durfte ich mit dem Fön ihr Haar trocknen, war ich glücklich. Einmal nahm ich ihren Ring, das einzige Überbleibsel meines Erzeugers, aus der Nachttischschublade und steckte ihn mir übers Schwänzchen. Das begann sich zu regen, es machte Männchen, und ich brachte das goldene Ding nicht mehr von meinem kleinen Ständer herunter.

Zwischen Mutter und Irma saß also Karel wieder ein-

mal auf der steinernen Treppe, zwischen zwei Frauen; seine rechte Hinterbacke und Maries linke Hinterbacke, seine linke Hinterbacke und Irmas rechte Hinterbacke: da schoß Strom durch. Die Dose Thunfisch war ausgeschleckt, der Finger diesmal heilgeblieben. Flieger pflügten den Himmel des späten Nachmittags, die Frauen redeten von Lippenstift.
Karel war selig, fast blöd vor Sattheit und Glück. Übermütig kniff er rechts und links in weibliches Hinterbakkenfleisch.
Und bekam eine geknallt.
Heinrich Zinn lachte. Er war dazugekommen. Alles Düstere schien sich verflüchtigt zu haben; er hatte es abgeschüttelt wie ein Hund Flöhe. In jener Zeit schwankte er zwischen einem übellaunigen Trübsinn und der Heiterkeit des Gelassenen, der trotz seiner Ohnmacht ja leben muß. Er lag zwar mit der Behörde im Clinch, aber das Haus am Fluß bildete eine Oase in bitterer Zeit; obwohl rundum die Welt brannte, ging es seinen Bewohnern gut.
– Einmal abgesehen von Karel?
Doch die Lage konnte sich morgen schon ändern; und davor hatten alle auch Angst.
Zinn schwieg beim Radiohören, Irma faltete die Zeitung viermal und schnitt Klosettpapier zu. Nachts, wenn die Erwachsenen wachlagen (allein, oder – egal wer bei wem) und es draußen ganz still war, glaubten Irma und Heinrich den Geruch des Todes zu riechen, diesen süßlichen Hauch, der vom Wind über die Grenze getragen wurde oder in den Kleidern der Menschen und Freunde haftete, die für kurze Zeit im Haus wohnten. Von drüben gekommen. Zuflucht suchten sie, Rettung. Zwischenstation blieb ihnen vergönnt, mehr nicht. Vielleicht eine Atempause. Der Hauch

drang in die Träume ein, die Schlafenden wälzten sich unter der Last der Bilder.

– Karel, hat er nichts bemerkt?

Er war ein Kind. Er lag nur selten wach und schlief einen anderen, einen tieferen Schlaf. Was weiß ich von seinen Träumen. Er hat mit den Zähnen geknirscht. Man hörte das Geräusch durch die Wand. Der Junge schlief auch, als sie ihn holten.

– Karel schlief allein?

– Ja?

– Warum müssen Kinder allein schlafen? Und die Großen kriechen zusammen?

»Warum«, schrie Heinrich Zinn wütend und ohnmächtig über den schwarzen Fluß in den schwarzen Wald, »warum ist die Welt derart mies, warum ist sie ungerecht und voller Niedertracht?«

3

›Man hörte nachts die Geschosse, die Detonationen immer näher. Auch nehmen die Kopfschüsse zu. Doch der Gasbrand ist unser ärgster Feind. Die Toten kommen nicht mehr in Einzelgräber. Ob zu Hause wohl alles in Ordnung ist? Das fragte ich mich immer wieder. Ja, dachte ich dann, und es war mir ein Trost. Wir alle sind übermüdet. Die Ärzte trinken zuviel, denn Wein aus Frankreich ist reichlich vorhanden. Verfluchtes Fleckfieber, verfluchte Granatsplitter: aber am meisten Angst haben die Soldaten vor den Partisanen. Die metzeln sie nieder mit ihren scharfen Messern‹

Irma saß wach am Tisch in ihrem Zimmer. Sie mußte den Bleistift nicht führen; er schrieb von selbst.
Und wie von selbst war sie nachts nach dem Schreiben einmal hinübergegangen ins Zimmer von Zinn. Er rückte zur Wand, er machte ihr Platz in seinem Bett ohne ein Wort. Irma weinte sich aus an seinem warmen Hals. So werden Frau und Mann ein Paar.
Zinn hielt die Frau in den Armen, am Hals bemerkte er Nässe, ihr Herz schlug stark und ihm war, die Zeit laufe rückwärts, er werde jünger und Irma, die neue Frau, verwandle sich.
Irma lag seitlich an Zinn geschmiegt, das angewinkelte Knie über ihn gelegt, getröstet allein schon wegen der Paßform ihrer Körper. Heinrichs Leib fühlte sich weich an, er war fülliger als Irma, ihre Muskeln waren fester, so gab ein Körper dem anderen nach, behaarte Haut schloß sich an glatte Haut.
Die Menschen brechen einander nicht immer die Knochen. Manchmal schenken sie sich auch Wärme.

– Warum ist Irma so außer sich geraten?
– Sie war an der Front.
Irma Lang diente als Krankenschwester in Rußland. In einem deutschen Lazarett. Die Trümmerleiber der Schlacht um Stalingrad kamen in ihre Obhut.
– Und wie gelangte sie nach Rußland?
– Eine Rotkreuzmission reiste dorthin.

Man hörte nachts das Rauschen der Reuß und manchmal knallten auch Schüsse. Die Schweiz war damals ein Land mit einem Geheimnis. Der kleine Mann lebte gut, er bekam ordentlich Brot und Zerstreuung. Zwar mußte er sein Gewehr aus dem Schrank nehmen und zum Grenzdienst einrücken, doch dieser Pflicht kam er nach; es war nicht angebracht zu murren. Im Vergleich mit anderen Soldaten (so Irma, und sie mußte es wissen) ähnelten unsere Wehrmänner fetten Katzen. Zwar mußten sie Schützengräben ausheben, Bunker bauen und Panzersperren errichten, zwar wurden die Alpen ausgehöhlt und mit Kriegsgerät und Munition gefüllt, man baute komplette Spitäler ein und Radiostationen, man trug Fahnen und warme Unterhosen in die Berghöhlen. In emsiger Geschäftigkeit entstand tief im Gebirge ein Zentrum der eigenen Stärke, eine Macht im Massiv der Alpen.
Kommt der Feind: Unsere Armee ist bereit.
– Machst du jetzt auf Propaganda?
In den Kavernen, im Kern meterdicken Granits, lagerten Milchpulver, Kaffeepulver, Suppenpulver, Seifenpulver, Fußpulver, Wundpulver und Schießpulver für mindestens eintausend Jahre.
– Nach deutscher Zählart?
Abertonnen Pulver. Stürzen die Berge nicht ein, sind wir unbesiegbar. Ja, die Berge stürzen eben niemals

ein, das ist ein Naturgesetz. Sollte der Feind kommen, sprengen wir Brücken, Tunnels und alle Industrieanlagen dazu.

– Mußte Heinrich Zinn nicht einrücken?

– Er war schon über fünfzig und reagierte allergisch auf Pulver.

In jener Zeit, als Irma zum ersten Mal nachts in sein Zimmer kam, belastete ihn die Ungewißheit wegen Karel. Er kämpfte um den Jungen. Auch wenn Irma neben ihm lag, still angeschmiegt, und er aus ihrem Atem schließen konnte, nun schläft sie, kreisten seine Gedanken um Karel. Er dachte dabei auch an sein Haus. Ist es nicht eine Insel? Ja, dachte er, sofern man beim Besuch der Fremdenpolizei einen gültigen Paß vorweisen kann.

Einerseits teilte das blaue Haus am Fluß das Geheimnis der Schweiz: Es war ein Ort, den es gar nicht geben dürfte.

– So verschont?

Andererseits verriet das blaue Haus dieses Geheimnis und schürte die Ahnung: alles könnte Illusion sein.

»Dem Jungen geht es gut bei mir«, sagte Zinn bei der Fremdenpolizei, »er ist gesund, es fehlt ihm an nichts.«

– Bloß ein Stempel fehlte in seinem Paß.

Die Behörden wollten kein Einsehen haben, aber korrekt sein, und Zinn begriff nicht, warum man ihm den Jungen wegnehmen mußte.

– Mußte?

So sagten es die Herren in den amtlichen Büros. Zinn verfluchte sie. Sie kamen ihm so selbstgenügsam und satt vor.

»Vielleicht sind sie nur Angstbeißer«, sagte Irma.

»Nein, Ärsche«, antwortete Heinrich.

4

»Schüsse nachts?« fragte der Friseur.

Er schlug Schaum in der silbernen Schale und seifte Zinn den Bart ein. Amerika wartete hinter dem verstellbaren Stuhl, der Hund legte sich nie hin beim Friseur. Heinrich beobachtete ihn im Spiegel, gespannt stand Amerika da, unruhig, mit bebenden Flanken.

Zwei Waldparzellen südlich vom Haus des Heinrich Zinn, beim Geißhof, am Lauf der Reuß, befand sich ein Arbeitslager für jüdische Flüchtlinge.

»Die Krummnasen stechen dort Torf«, sagte der Friseur.

Heinrich Zinn war im Bild, er brauchte nicht unterrichtet zu werden und blieb maulfaul. Der Friseur nahm an, sein Kunde sei schlechter Laune. Er schärfte das Messer am Riemen und rasierte Heinrich Zinn ohne ein weiteres Wort. Der Alte mit dem Hund war der erste Bart des Morgens, und es gehörte zu den Erfordernissen seines Metiers, auch schweigen zu können.

»Wünschen der Herr noch Parfüm?«

Schon hatte er den Zerstäuber zur Hand und Zinn preßte Augen und Mund zu.

Schüsse nachts?

Dem Webstuhlmechaniker der Spinnerei hatte der Friseur den Papierkagen umgelegt und beim Nackensäubern gefragt: »Werden im Geißhof Häftlinge exekutiert?«

»Nicht daß ich wüßte.«

»Polen und Tschechen?«

»Gewandläuse, Heil Hitler.«

Der Webstuhlmechaniker war der letzte Kunde des

Tages, jeden Freitag ließ er sich nach Feierabend den Nacken bis zum Rand der Ohren kahlrasieren. Man munkelte, in seinem Schlafzimmerschrank, sauber gefaltet zwischen der Bettwäsche, bewahre der Mann eine Fahne mit Hakenkreuz auf.
Als der Mechaniker bedient war, wischte der Friseur die Haare zusammen, säuberte das Waschbecken und seine Geräte. Dann verriegelte er die Tür, ließ den eisernen Rolladen herunter und zählte das Geld in der Kasse. Neun Bärte, sieben Nacken, sechsmal Haarschnitt, einer bloß waschen. Insgesamt ein einträglicher Tag.

Der Friseur fällt niemandem besonders auf. Aber er ist verrückt. Das Gefährliche liegt darin, daß seine Normalität und der Alltag ihn tarnen. Von den meisten Bürgern der Stadt unterscheidet er sich auf keinerlei Weise. Er lebt wie sie, er geht seiner Arbeit nach und erlaubt sich am Feierabend ein Bier. Er besucht am Sonntag die Messe und einmal jede Woche die Probe des Männerchors. Er raucht maßvoll Zigarren, schwimmt gern in der Reuß und betrinkt sich jährlich nur einmal, beim Maskenball des Turnvereins; er ist seiner Frau ein treuer Gatte, liebt kleine Kinder und verdrückt gern süße Kuchen. Er sammelt Briefmarken (alle Länder Europas), gilt als beliebter Theatercoiffeur und hat noch nie einen Menschen geschlagen. Man sagt ihm eine ruhige Hand nach und bäurische Schlauheit; ein gesunder Sinn fürs Geschäft mangelt ihm nicht. Sauber sei er, wird ihm attestiert, tüchtig und diskret. Seine Verrücktheit besteht lediglich darin: er ist kein Mann ...
– Sondern?
– Ein Echo.

Der Friseur behauptet von nichts das Gegenteil, das ist sein Prinzip. Niemals hat er sich den Luxus einer eigenen Meinung geleistet. Daran hält er stur fest; er ist ein Genie der Anpassung, der leibhaftige Einseifer. Wenn er einem Faschisten den Schnauz stutzt, redet seine Zunge braun, wenn er dem Pfarrer den Nacken kahlschabt, redet seine Zunge fromm. Er ist parteilos und neutral. Ein williger Zustimmer. Bloß nicht anecken. Trinkgeld ist Trinkgeld, dies hat ihn seine Erfahrung gelehrt. Er verkörpert das Prinzip der Neutralität und beherrscht den Schmus meisterhaft. Dabei ist diese windige Krämerseele höchst einfühlsam und bewandert auf dem Terrain der Eitelkeit. Und er besitzt die verblüffende Gabe, eine Art von Hellsicht, genau das, was sein jeweiliger Kunde denkt, laut auszusprechen.
»Dum-Dum«, sagt er zum Militärschriftsteller.
»Dum-Dum«, antwortet der Oberst, »verbietet das Kriegsrecht, aber alle setzen diese Geschosse ein, die Deutschen haben sie schon in Spanien erprobt.«
»Auf Francos Seite?«
»Ja.«
»Nur wir besitzen sie nicht?«
»Nein, wir verwenden sie noch nicht.«

Amerika mied den Friseur; das Mensch hatte nämlich auch keinen eigenen Körpergeruch.

5

Unser Leben gleicht der Reise
eines Wandrers in der Nacht

Irma Lang konnte dieses Lied nicht ausstehen. Und liebte es doch, Melodie und Worte rührten sie zu Tränen und machten sie wütend.

In jenem Winter, als sie die Soldaten im Hause Zinns pflegte, lagen die Lichtung und das Gebäude eingeschneit, die Bäume bogen sich unter der Last des Schnees, die aus dem schwarzen Wasser der Reuß ragenden Steine trugen dicke Kappen aus Schnee. Am seichten Ufer schimmerte eine Eisschicht und lockte: Komm.

Wenn am Nachmittag die Sonne den Nebel durchbrach, rutschte Schnee vom Dach und von den Bäumen, nachts zog die Kälte Eis über die Wege und Felder. Das splitterte, krachte, und die Füchse bellten den Mond an. Im Krug gefror das Waschwasser. Bevor Heinrich das Nachtgeschirr aus dunkelblauem Email leeren konnte, mußte der Urin auftauen.

Er hatte sich gegen die Einquartierung von Militär gewehrt, Heinrich Zinn zog Ballettschühchen den Marschstiefeln vor und wollte kein Lazarett unter seinem Dach beherbergen. Damals schlug er sich schon mit den amtlichen Stellen herum und fing an, den Staat zu verabscheuen. Die Behörden hatten die Schweiz in ein kleines häßliches Vaterland verwandelt.

»Lazarett?« Irma Lang schüttelte den Kopf: »Verglichen mit der Ostfront ist das eine Ferienstation.«

Zinn befand sich außer Haus, als die neue Kranken-

schwester anreiste, ein Jeep brachte sie. Es war der Militärschriftsteller, der Irma begrüßte. Doch sie blieb unberührt vom Charme des alten Haudegen, trug ihren Koffer selbst aufs Zimmer und schloß sich dort zuerst einmal ein.
Auch wenn Heinrich Zinn zu Hause gewesen wäre, hätte er ihrem seltsamen Auftritt kaum Beachtung geschenkt. Sie war ja eine Zugeteilte, kam dienstlich, und es wäre ihm nicht in den Sinn gekommen, sich um sie zu kümmern.
Oder etwa doch?
Als er Irma am folgenden Morgen sah, traf ihn ein Lächeln wie der Schlag von Jack Dempsey. Irma machte ihm bewußt, daß er ein Mann war ohne Frau. Zinn spürte seine Knie weich werden, schloß die Augen und erblickte rosa Rosen: das Muster der Tapeten in der Gesellenkammer von Zug, zwanzig bist du damals gewesen, zum ersten Mal von der Liebe geschüttelt, ja, und als er wieder aufschaute, war die Krankenschwester verschwunden.

Ein Vierteljahr wollte Irma im Haus an der Reuß bleiben, so lange hatte sie sich zum Krankendienst verpflichtet. Ein Vierteljahrhundert soll daraus werden.
In dieser Zeitspanne wächst eine Walnuß heran zu einem prächtigen Baum; eine Frau mit glatten Schenkeln und schmaler Taille bekommt Orangenhaut; einem Mann erschlaffen die Armmuskeln, zwischen Bizeps und Schulter kann man die Haut mit zwei Fingern greifen.
– Fünfundzwanzigmal die Jahreszeiten, stell dir das vor.
Und was geschieht in dieser Zeit mit einer kleinen Stadt, einem kleinen Land, den Wäldern und dem

Fluß? Was geschieht mit den Büchern und Bildern und der Erinnerung?
Irma Lang schloß sich in ihr Zimmer ein, setzte sich aufs Bett und zündete eine Zigarette an. Sie schmollt, dachte der Militärschriftsteller und zog sich zurück zu seinen Überlegungen »betreffend Wunden durch Spitzgeschosse«. Die Kriegschirurgie war das Steckenpferd des ehemaligen Arztes.

– Du hast ihn geliebt, den Nußbaum im Garten?
– Heinrich Zinn, der Zauberer, hat Karel die Walnuß aus der Nase gezogen.
Der Junge steckte sie in die Erde. An diesem Tag im Herbst glaubten sie beide noch an eine Zukunft. Also an Gerechtigkeit. Und als Irma rauchend vor dem unausgepackten Koffer auf dem Bett saß, steckte diese Walnuß unter dem Schnee in der gefrorenen Erde. Noch keiner wußte, daß im Frühjahr wirklich ein Bäumchen zu wachsen beginnt.
– Das ist wohl im Augenblick kaum das Problem.
– Nein, an die Walnuß denkt nun keiner, obwohl ich ein Bäumchen für so unwichtig nicht halte.
– Auf jeden Fall findest du es erwähnenswert.
– Ja, zweifellos.
– Und dafür läßt du anderes weg?
– Richtig.
Meine Tochter sitzt in ihrem Zimmer auf dem Boden und steckt ein Puzzle zusammen. Ich helfe ihr dabei, suche Teile, die mir ins Bild zu passen scheinen, aus der Schachtel heraus und gebe sie ihr.

›Die Wache fand einen Wahnsinnigen im Schnee. Partisanen haben ihm die Augen ausgestochen und die Schuhe abgenommen. Die Nase und die Ohren abgeschnitten, die halbe Zunge und das ganze Geschlecht. Aus Rache brennen die Deutschen einen Weiler nieder, drei Familien, mehr als zwei Dutzend Menschen, und alle Tiere getötet‹

Irma Lang ließ den Koffer drei Tage lang verschnürt auf dem Strohteppich im Zimmer stehen; sie öffnete ihn erst, als es unvermeidlich wurde.
Ihr »Tagebuch von der Ostfront« war so ein lächerliches Ding, in rotes Leder gebunden, mit Schloß und Schlüsselchen versehen, dem in der Regel Mädchen ihre Geheimnisse anvertrauen. Sie hatte es vor der Abfahrt gekauft und schon auf der Bahnreise mit ihren Eintragungen begonnen: Flüchtige Notizen, Stichworte, hingeworfene Sätze und Gedanken zwischen Staunen, Erbarmen und Wut.
– Tristes also, sagt meine Tochter. Sie hält ein Puzzlestück in der Hand, das Fragment eines Auges.
– Was soll das eigentlich geben?
– Ein Bauernhof, sagt sie und zeigt mir die Vorlage.

Nun lag das Tagebuch auf dem kleinen Tisch, und sie betrachtete es feindselig und irritiert wie eine Mutter, deren rosiges Baby sich in ein Scheusal verwandelt hat. Schon auf der Reise war ihr unbehaglich. Die freiwillige Ärztemission der Schweiz ist deutschem Kriegsrecht unterstellt. Irma überlegte, das Tagebuch zu verbrennen, als wäre es möglich, Erinnerungen willentlich zu vernichten.

›Endlos die Ebenen, Birken als Anhaltspunkte. Selten seh ich ein Haus, fast nie Menschen, auch kein Wild‹
Aus ihren Notizen formte sie Sätze, nachts, wenn die

anderen Hausbewohner schliefen. Das bannte nicht den Horror, aber es ließ ihn erträglich erscheinen.
›Bei einem Halt, irgendwo in Polen, begegnen wir einem Lazarettzug der Deutschen. Kopfverbände schauen aus den Fenstern. Wir verteilen Schokolade und Zigaretten‹
Irma verließ ihr Zimmer, um ein Glas Wasser zu holen. Amerika lag vor ihrer Tür, er schlief nicht, das merkte sie gleich, der Hund hielt Wache für sie.
›Weiter: stundenlang durch Heide, so langsam – Krähen folgen. Fruchtbare Ebenen. Dörfer zwischen Kiefern. Tot? Die Männer jassen. Tee und Rum, bis die Spielkarten klebrig sind. Ziellose Leere. Weit angelegte Städte, Klinkerbauten, in den Dunst geduckt. Erneutes Warten. Und plötzlich Bewegung. Eine Menschenschlange. Tappt über den Bahnsteig. Bewaffnete Aufsicht: Viehtreiber. Männer, Frauen und Kinder mit kleineren Bündeln. Ärmlich gekleidet, Mütter mit Kopftuch, das Gesicht fast verhüllt. Kinder drängen sich an ihre Röcke. Einer schreit ›Halt‹. Ein leerer Zug rollt heran. Die Gestalten rennen los, stumm. Und stürmen die Wagen. Unser Zug ruckt an, die Krähen bleiben zurück. Auch die SS, die Polizei. Gott sei Dank. Regen klatscht gegen das verhangene Zugfenster. Abendbrot im Eßwagen: Fette Wurst und Roggenbrot mit reichlich Butter‹

Irma wiegte sich beim Nachdenken wie ein gefangenes Tier. Tränen verschmierten die Tinte. Nun benutzt sie den Bleistift. Sie kaute darauf herum, sie spitzte ihn an mit einem Messerchen.
›Mitternacht, ich werd geweckt. Die Beresina. Beim Überfahren der Brücke Gesang: Unser Leben gleicht der Reise eines Wandrers in der Nacht. Lange schlaflos

danach, heftiges Heimweh. Ich eß Schokolade und trinke starken süßen Rum.
Traumlos stumpfe Nacht. Der folgende Tag kommt freudlos.
Der Föhrenwald bleibt zurück, weiter im Osten, Rübenfelder, eintönig, weit und breit keine Menschenspur. Ab und zu ein rostender Motorpflug. Rauhes, ungerodetes Gehölz soweit ich seh, mit Tannen und krüppligen Birken durchsetzt. Fern eine Wolkenwand. So hoch, sie will vornüber stürzen.
Gefangenentransport.
Offene Kohlewagen, die Köpfe russischer Soldaten ragen heraus. Tausende. Wie Tiere. Bärte und Schmutz, entstellte Gesichter.
Endlos wieder das Land und ewig schwarz die Erde, brach. Sumpf und Steppe. Zerbombter Bahnhof. Stunden Halt. Kinder barfuß den Wagen entlang.
Brot und Zigaretten.
Schneefall wird Regen.
Leichen auf dem Nebengeleise, russische Soldaten. Ich zähl und muß weinen. Auf der Flucht erschossen? Erfroren im Viehwagen?
Warten auf eine Lokomotive. Materialtransporte überholen uns. Lange Gefangenenzüge kommen aus der Gegenrichtung; bestimmt 20 000 Männer.
Russenkinder. Ich blick durchs Zugfenster auf durchscheinende kahle Schädel. Ein Knabe bietet eine Gans feil. Möchte dafür Zigaretten. Ein Arzt gibt ihm eine Schachtel. Was will er mit der mageren Gans? Wir können nicht kochen und sind gut verpflegt‹

Tagsüber versorgte Irma im Haus am Fluß kranke Schweizer Soldaten. Oder sie unternahm ausgedehnte Spaziergänge mit Karel und Amerika. Sie stapften

durch Schnee, bis endlich der Frühling kam. Schlüsselblumen pflückten sie, Bärlauch für Salat. Irma saß nun häufig bei Heinrich in der Küche. Und lag nachts bei ihm, angeschmiegt. Da war schon Sommer. Mutter kam von Schaffhausen. Mit mir im Bauch. Die Zeit auf der steinernen Treppe begann, die Freundschaft der Frauen. Thunfisch, Lippenstift, Stöckelschuhe, graues Brot, Radio und Filmwochenschau. Und der zermürbende Papierkrieg um Karel.
»Heilandsack«, fluchte Zinn, »sie nehmen mir den Jungen weg.«
Er schneiderte nun wieder für Zivilpersonen Hosen und Röcke und für seine Irma ein feuerrotes Kleid aus einem Stoff, der bei der ersten Wäsche schrumpfte: die Not hat den Mini erfunden, nicht die Mode.
»Unsere Briefe«, erzählte Irma, »wurden von der Zensur geöffnet. Wir durften keine Ortsnamen nennen.«

›Tief in Rußland. Riesiger Abstand von Dorf zu Dorf. Und nur Tod, Leichenhaufen auf den Geleisen der zweiten Spur.
Noch zweihundertfünfzig Kilometer bis zum Bestimmungsort. Neunhundert Verwundete warten.
Lazarettzüge, Lazarettzüge, Lazarettzüge.
Ankunft. Der Bahnhof zerstört. Schrotthaufen, Eisen und Blech. Das waren Stukas. Zerschossene Tanks, Flugzeugwracks, ausgebrannte Eisenbahnwagen. Alles steckt in Schlamm.
Urlauber; sie müssen zurück an die Front. Verschlossen, wortkarg. Für eine Zigarette sagen sie einen Satz: Nur Wahnsinnige fahren freiwillig nach Rußland.
Durch Trümmer schlepp ich Koffer und Rucksack zum Bus. Zuerst über eine Notbrücke, dann durch schmut-

zige breite Straßen fahren wir der eigentlichen Stadt zu. Chaos. Der Anblick: schieres Grauen. Was an Häuser erinnert: zerschossene Kamine, Kachelöfen und Grundmauern, der Rest ist Schutt‹

Irma wurde mit ihrem Tagebuch nicht fertig, nicht mit ihren Träumen am Tag und nachts. Sie biß Zinn in die Schulter, sie rannte mit Amerika durch den Wald, sie war nicht eben beliebt bei den Männern im Lazarett.
Zickige Ziege.
»Du schnüffelst ja Äther«, schimpfte Zinn und schwieg dann.

»Den ersten Brief schloß ich mit diesem Satz«, erzählte sie Zinn und zupfte an seinem Brusthaar, daß es weh tat: KEIN SCHNEE. NEBEL, ELEND, LEICHEN – OH MEINE SCHWEIZ.
Das war eine verschlüsselte Botschaft, sie verriet ein Geheimnis. Die Anfangsbuchstaben der Wörter, von hinten nach vorn gelesen, ergaben den Aufenthaltsort: SMOLENSK.

›Der Himmel grau. Tief versink ich im Schlamm. Das wird eine Stiefelputzerei geben. Ruinenfelder. Nun ein rotes Backsteinhaus mit zerscherbten Fenstern. Das Lazarett. Hunger. Erste Mahlzeit. Es gibt Reis mit Zwetschgen. Und dann eine Ohrfeige: Unser Chef dankte dem Führer, daß wir am Kampf gegen den Bolschewismus teilnehmen dürfen …‹

»Wir bekamen eine Armbinde mit Hakenkreuz«, sagte Irma: »Dagegen half alle Auflehnung nichts, wir hatten uns militärisch zu fügen.«

›Sonntag. Molotowplatz. Gelangweilte SS-Gruppen.
Was seid ihr denn für ein Verein?
Wir sind die Mitglieder der freiwilligen Ärztemission.
Macht doch keine Sprüche. Euch hat der Führer hergepfiffen‹

6

– Smolensk erinnert mich an die Erdbebenbilder aus Armenien, sagt meine Tochter. Oder an die zerschossenen Straßenzüge von Beirut.
Sie packt eine Tafel Schokolade aus, LA-DO-RE summt sie und fragt: Möchtest du auch ein Stück?

Am Ende ihres Lebens war Irma Lang eine krumme Frau, die am Stock ging. Ihr Gesicht ähnelte einem Schrumpfkopf; Zähne wie weiße Flußkiesel und gleichfarbenes Haar. Immer steckte sie die Rotkreuzbrosche an. Mit siebzig begann sie wieder die Uniform zu tragen und schrieb Briefe an Staatspräsidenten. Als sie von dem japanischen Soldaten hörte, der fünfundzwanzig Jahre nach dem Krieg noch immer in seiner Stellung im Busch ausharrte, schloß sie sich den ganzen Tag in ihr Zimmer ein, um einfach nur zu weinen – genauso wie im frühen Herbst fünfundfünfzig, als die letzten deutschen Soldaten aus der russischen Kriegsgefangenschaft entlassen wurden, zehntausend Männer...
Ich war dabei, als Irma starb, zufällig, ich hatte sie besucht auf der Durchreise. Sie freute sich; wir aßen Schwarzwäldertorte. Sie starb mit einer roten Kirsche im Mund. So sanft und schnell, ich merkte es zuerst gar nicht und redete weiter, als ihr Herz aussetzte. Irma lächelte, und bevor das Lächeln endete, war sie tot. Ich half dann, sie in den Sarg zu betten, und legte ihr eine Taubenfeder, die ich in der Brieftasche bei mir trug, auf die Hobelspäne unterm Sargkissen aus blaßrosa Satin.
– Die Taubenfeder von Mailand?

Irma hatte eine spitze weiße Nase im Tod und ganz eingefallene Wangen (nun war ihr die Zahnprothese viel zu groß), nicht den geringsten Ansatz einer weiblichen Brust und weißlichblaue Hände mit gelben Fingernägeln ...

– Hör auf. Erzähl sie wieder lebendig, schön und jung.

Ich habe meine Notizen, Fotos und Bücher geordnet, die Briefe, Protokolle und Aufzeichnungen. Das hat mich traurig gestimmt und ins Kinderzimmer getrieben. Dort herrscht zwar stets Unordnung. Teddybären sitzen auf einem Rollbrett, Autos sind zu einem Turm aufgeschichtet, die Puppenstube erweckt den Eindruck, ein Vater sei Amok gelaufen und habe die Wohnung zertrümmert; die Seinen liegen verstreut herum und strecken Arme und Beine von sich. Ich spiele gern mit meiner Tochter. Ich darf hier bauen und zerstören. Eine Welt, die einem nicht gefällt, zerlegt man in ihre Teile und errichtet sie neu in einem nächsten Anlauf. Das Puzzle besteht bereits aus seinen vier Ecken und einem fertigen Stück in der Mitte. Doch bin ich nicht in bester Laune. Ein Winter ohne Schnee, zuwenig Kälte auch, und jeden Tag dieser elende Hochnebel, das stimmt mich verdrießlich. Ich bin nun Mitte vierzig, es fällt mir nicht schwer, an den Tod zu denken.

– Such lieber die Wolkenteile für den Himmel zusammen und leg sie mal da hin.

Angst, freilich hab ich Angst davor. Das ist der Punkt, an dem ich mich treffe mit meiner Mutter, diese Angst vor dem lausigen Sterben.

Vom Fenster des Kinderzimmers aus sieht man die Straße und ein Nachbarhaus. Es ist renoviert worden.

Gestern war es grau, heute leuchtet es grün. Morgen wird es vielleicht blau gestrichen. Mein Haar ist dann weiß. Schon viele Menschen haben in dem Haus gewohnt. Der Mann, der bei offenem Fenster mit einem Expander arbeitete. Eine Frau mit umwerfend kurzen Röcken. Das Geschirr zertrümmernde Paar. Mehrmals wurde ein Sarg herausgetragen. Manchmal parkt die Ambulanz davor, vor ein paar Wochen kam die Feuerwehr mit mehreren Löschwagen.
– Das Haus hatte Glück.
– Vielleicht geht es eines andern Tages in Flammen auf.
– Oder ein Kran mit Bleikugel macht es nieder.
Wenn ein Hausbewohner stirbt oder umzieht, werden die Räume desinfiziert und frisch gestrichen. Auf der Straße ging jeden Tag ein alter Mann vorbei. Ein Huster. Er ist gestorben. Dafür sehe ich nun eine alte Frau. Seit Jahren kenne ich sie, aber erst jetzt merke ich, daß die Frau alt geworden ist und den Verstorbenen ersetzt hat. Die Amsel, die am Morgen immer sang im krüppligen Baum, ist tot. Die Katze eines Nachbarn hat sie erwischt; der Tiger war fett, träge und heimtückisch schnell. Nun ist auch die Katze verschwunden.
– Geschafft von einem Auto, sagt meine Tochter und meckert: Fürs Puzzle fehlen Teile. Das Pferd hat keine Ohren, und im Hintergrund pflückt eine Frau ohne Kopf Äpfel.

Das Grab von Heinrich Zinn ist nun aufgehoben und der Marmorstein wurde zertrümmert. So arbeitet das städtische Bauamt dem Vergessen in die Hände. So ertappe ich mich, wie ich auf dem Friedhof Felder abzähle, sieben Reihen pro Jahr, und den mutmaßlichen Liegeplatz berechne, der mir einst bestimmt ist,

falls ich mich gemäß Statistik verhalte und nicht vor oder nach, sondern zu meiner Zeit...
– Raff dich auf. Pack die Schlittschuhe in den Sportsack und begleite mich auf die Eisbahn. Es macht nämlich keinen Spaß, einen armen alten Vater klagen zu hören, wenn dazu noch die wichtigsten Teile des Puzzles fehlen.

Ich ziehe meine Kreise auf der glatten Fläche wie verlangt im Uhrzeigersinn, aus dem Lautsprecher ertönt ein unsäglicher Sound, ein Musikbrei zum Weinen. Meine Tochter fährt mir um die Ohren.
– Fang mich doch, alter Stock.
Hätte ich nur Zinns Lasso mitgenommen.
Läufer, überall Körper in Bewegung, kraftvoll und tänzerisch im Spiel. Dabei mein Kind. Ich erkenne in seinen Schritten und Gesten die eigenen von damals, und die Zeit bekommt einen Riß, ich fahre als Junge auf dem Weiher im Wald. Mutter hat mir und Artur Schlittschuhe gekauft. Der Krieg ist vorbei, und am Rand des kreisrunden Weihers, in dessen Tiefe einmal ein Schloß versunken sein soll, winselt Amerika, der Hund wagt sich nicht zu uns hinaus. Irma ruft ihn, lockt das Tier, lacht und foppt den Dobermann, der seine Furcht nicht überwindet und als Wachhund und Hüter tierisch unglücklich ist, uns außerhalb seiner Schutzzone zu sehen.
– Artur?
– Artur war der Sohn von Serge Rosny?
– Ein Jude?
– Seine Mutter war Jüdin, Rosny Deutscher.
Ich sehe mich dastehen auf dem Eisfeld mit leicht eingeknickten Füßen, und meine Tochter zieht einen immer enger werdenden Kreis um mich, bevor sie meine

Hände faßt und mich auffordert zum Walzer, der aus dem Lautsprecher scheppert: Komm Tanzbär, tapsiger. Ringsum Sprungfolgen, Pirouetten, Schrittfiguren, Himmel, Wald und das matte knirschende Eis unter den Kufen. Ich fühle mich mit einem Mal leicht. Mir scheint, die Erde dreht sich aus Spieltrieb und Freude.

– Nicht so wild.

Der Mann, der da auf dem Hosenboden hockt und Sterne sieht und glasscharf spürt, wo genau das Steißbein seinen Sitz hat, bin ich, ist der Junge, den Irma nun tröstet. Die Tränen wischt sie ihm ab mit dem wollenen Handschuh, Amerika bellt, knurrt und überwindet sich, und Artur lacht sich schief, das Tier streckt alle viere von sich, es rutscht nach dem ersten mutigen Sprung auf dem Bauch über die Eisfläche zu mir, winselnd vor Schmerz.

Amerika humpelte dann, und ich auch, zurück zum Haus am Fluß, wo Heinrich Zinn im Atelier saß und nähte. Er hatte das ehemalige Lazarett zu einer Schneiderei umgebaut. Der Kakadu hockte auf seinem Ständer und pfiff mit dem Radio die Hits der Saison: Blueberry-Hill... Mao und Stalin küssen einander die feisten Männerwangen. Am 38. Breitengrad ist der Teufel los, und in Deutschland bricht Panik aus: man fürchtet einen Angriff des Ostens. Die Amerikaner reden von einer Wasserstoffbombe mit ungeahnter Zerstörungskraft; ihr Präsident droht sie gleich den Chinesen an. Picasso malt sein »Massaker in Korea«, SS-Offiziere hängen am Galgen, in Landsberg. Oder sie baden in der Karibik. Die Deutschen murren über den Aufwand für die Besatzungsmächte: jeder Mann arbeitet jährlich einen Monat dafür. Mutter besorgt

den Haushalt im Haus am Fluß und hilft ihrem Vater in der Schneiderei. Manchmal fährt sie mit Irma nach Zürich. Im Kino läuft »Der dritte Mann«, der Film bringt sie zum Weinen. Aber sie wollen auch »Die Sünderin« sehen, in diesem Film tritt eine Schauspielerin nackt auf.
– Ging man damals deswegen ins Kino?
Hildegard Knef löste einen Skandal aus, die Kirche und die Freiwillige Selbstkontrolle warfen dem Film Unmoral und Nihilismus vor. Doch überall wurde er ein Kassenschlager.

– Steh endlich wieder auf.
Etwas steif fahre ich zum Rand des Eisfeldes, Steiß und Füße tun mir weh. Jetzt ins Restaurant. Wo ein Tamile hinter dem Büffet steht (und ein Türke in der Küche), wo ein Jugoslawe und eine Vorarlbergerin bedienen und italienische und spanische Kinder lärmen: Cola, Cola, Cola light.
– Hi, grüßt meine Tochter.

7

Einmal betraten sie den Salon mit den roten Kunststoffsesseln zu dritt: Heinrich Zinn, Karel und Amerika.
»Haareschneiden«, sagte Zinn.
Als der Friseur nach der Arbeit den Boden saubermachte, drückte sein Gesicht Bedenken aus, Unsicherheit und ein wenig auch Angst. Die kurzen schwarzen Haare von Amerika, die kurzen schwarzen Haare von Karel und die kurzen grauen Haare von Zinn lagen zu einem Knäuel vermengt auf seiner Kehrschaufel.
– Hat er Amerika geschoren?
– Nein, inzwischen ist Frühling geworden, der Hund wechselte das Fell.
Der Friseur war ein Fachmann, er besaß ein Meisterdiplom und verstand etwas von Haar. Lange betrachtete er das Knäuel, bevor er die Schaufel in den Eimer leerte. In seinem Kopf bockten die Gedanken. Das Haar des Hundes, das Haar des Jungen: Das Judenhaar ist dem Hundehaar ähnlicher als dem Haar des Mannes, Judenhaar scheint eher Tierhaar denn Menschenhaar zu sein. Da sich gerade kein Kunde im Salon aufhielt, schnitt er sich selbst ein Büschel vom Kopf. Der Friseur war ein paar Jahre jünger als Heinrich: sein Haar ist braunmeliert und, ja, es stellte sich auf den ersten Blick heraus, Menschenhaar wie das von Zinn. Er ließ die Strähne auf den Knäuel fallen. Leicht wie eine Flocke schwebte sie herab und war gleich fest mit dem Knäuel vermischt. Ein unangenehmes Gefühl, als sei er ertappt worden, befiel ihn. Das Wort Rassenschande blitzte in seinem kleinen Gehirn auf, er bekam einen roten Kopf.

– Er mußte doch wissen: alte Männer haben dünnes Haar, Kinder und Hunde aber dickes.
– Darum riechen Kinder nach dem Regen wie Hunde, bestimmt wußte er das, nur im Augenblick...
Er wollte es nicht wissen, er hatte es verdrängt und vergessen, vielleicht als der Frühling begann und das Schmelzwasser den Fluß anschwellen ließ, als in allen Gärten die Forsythien gelb leuchteten und die Schwalben zurückkehrten aus Afrika, blind war er, geblendet, er hörte zuviel Radio (und den falschen Sender), er hatte die Bilder der tönenden Kino-Wochenschau im Ohr, Marschmusik und stramme Reden, den Stechschritt der Truppen und den Donner siegreicher Geschütze.
Die Verwundetenzüge und die Gefangenentransporte, die Irma verfolgten, fürchtete der Friseur nicht. Wagen nach Wagen rollte durch Irmas Träume, Tote wurden herausgeworfen.
– Wollte er auch sie nicht wahrhaben oder wußte er nichts davon?

Heinrich Zinn spazierte durch die Stadt. Er hielt Karel an der Hand, Amerika trottete bei Fuß. Maienluft. Die Frauen trugen leichte Kleider, Kniestrümpfe die Kinder, Männer gingen ohne Jacke. Offene Fenster, offene Türen, der Winter wurde ausgelüftet. Der Lärm von Arbeit und Alltag, das Rauschen der Reifen auf dem Kopfsteinpflaster der Straße, wenn ein Auto vorbeifuhr. Beim Bäcker kaufte er dunkles Brot, das noch frei erhältlich war, beim Milchmann holte er Milch, auch sie ohne Marken. Sorgfältig schöpfte eine junge Frau mit roten Händen sie in den Eimer. Marken brauchte er dann beim Krämer für Reis, Fett und Schokolade. Und beim Metzger Hans. Zinn wollte ein Fest feiern und Koteletts braten für Irma, den Jungen und sich. Drei Stück, dick, nicht zu mager, mit reichlich Knochen für Amerika. Zinn bekam, was er begehrte. Es war genug Fleisch da. Außerdem ein Zipfel Wurst. Den schenkte der Metzger Karel, einfach so, Zinns Jungen, an dessen Mutter er sich in einer fast an Liebe grenzenden Art Wehmut erinnerte: die Seiltänzerin ist so gewesen wie seine pausbäckige Frau in ihrer Jugend...

– Und er selbst?

– Er ist immer noch vierschrötig wie damals, als er Heinrich das Liebchen mit Wurstanschnitten abspenstig machte.

– Sophie, die mit dem Veilchenblick?

Eine ländliche Stadt, friedliche Bilder, und ringsum in Europa wütete der Krieg.

– Ein Fest?

Ja, das Lazarett wurde aufgelöst an diesem Tag. Ein Jahr war Zinns Haus vom Militär besetzt gewesen, nun durfte er wieder darüber verfügen. Soldaten trugen Pritschen ins Freie, beluden Lastwagen der Armee: Wolldecken und Wäsche, Verbandskisten und Behälter, ärztliches Besteck und Medikamentenschränke; alles Zubehör, den ganzen Lazarettkram.

Als die drei vom Haareschneiden und Einkaufen heimkehrten, war das Erdgeschoß geräumt. Der Dunst von Jod, Chloroform und Äther schwelte noch darin, er hatte die Zimmer imprägniert. Auch stank es nach Eiter, Fieber, Grippe und Männerschweiß, verdünnt mit Urin.

– Irma war noch da?

– Irma wartete auf Zinn.

Als Irma sich meldete für den freiwilligen Dienst an der Ostfront, suchte sie nicht ein Abenteuer; sie brauchte Distanz von zu Hause.
– War sie nicht auch neugierig?
– Bestimmt, und sie wollte helfen.
Ihr Helferherz, ihr Krankenschwesternherz war angesprochen von dem, was sie gehört hatte. Doch es war auch verletzt. Diese Wunde teilte sie mit meiner Mutter.
– Ein treuloser Arzt?
– Nein, ein Dorfschullehrer.
Sie hatte ihn kennengelernt nach einem romantischen Konzert in der Aula des Schulhauses. Ein Pianist aus der Stadt spielte Schumann und verzauberte sie mit den »Kinderszenen«. In diesem Zustand verfiel sie einem Irrtum: sie wähnt sich vom Charme des Lehrers berührt, dabei ist sie verwandelt von Schumanns Musik.
– Und der Lehrer?
Er teilte mit Irma die falsche Annahme und fühlte sich geschmeichelt von ihrer Zuneigung. Unverhofft spielte ihm Schumann eine Geliebte zu.
– Aber der Kerl hatte schon Kinderszenen zu Hause.
– Leider, ja. Vier Kinder zwischen drei und neun.
– Dieser Schuft. So ein Betrüger.
– Sei nicht so hart.
Der Lehrer meinte Irma nämlich auch zu lieben. Schumann hatte ihn ebenso betört. Oder unzurechnungsfähig gemacht. Und die Verkörperung all dessen, was Schumann in seiner Seele befreit hatte, stand vor ihm, einem Traum entsprungen, einer mehr als einhundert Jahre alten Partitur, eine junge Frau aus Fleisch und Blut namens Irma; indes seine Barbara zu Hause schmutzige Wäsche wusch, Mittagessen kochte, dem

Kleinsten den Hintern sauberwischte und dem Größten einen Holzsplitter aus dem Fuß zog.
– Eine furchtbare Liebesgeschichte.
– Aufgrund eines romantischen Mißverständnisses.
Der Lehrer war beschwingt. Herz und Kopf; er fühlte und dachte nur noch Irma. Nach dem Unterricht blieb er bis spät in seinem Schulzimmer sitzen und hörte Schumann-Platten. Die Melodien und Klänge ergriffen ihn, Frau und Kinder, so kam es ihm vor, wurden auf ihnen, wie ein Schiff auf leisen Wellen, davongetragen und verloren sich in der Ferne. Irma aber stieg über Tonleitern zu ihm herab. Augen, Lippen, Hals und Stimme. Er konnte sie berühren, mit ihr sprechen, er konnte sie in die Arme nehmen.
Omnia vincit amor, schrieb der Liebhaber.
Alles besiegt die Liebe, las die Geliebte.
Aber es störte Irma dennoch, daß der Lehrer einmal bei einem Stelldichein einen Schnuller in seiner Jakkentasche hatte und ein anderes Mal eingetrockneten Brei am Hosenbein. Der Mann roch einfach wie ein verdammt untreuer Familienvater. Schöngeistig und gierig war der Lehrer. Gerade weil er darauf bestand, mit ihr zu schlafen, während das Radio Schumann spielte, entdeckte Irma: Die Musik ist viel zärtlicher und einfühlsamer als der über dir schnaufende Schwitzer. Sie öffnete die Augen. Er hielt die seinen geschlossen. Haare wuchsen ihm aus den Nasenlöchern. Irma mußte weinen. Die Musik im Radio und der Takt des Lehrers taten einander weh. »In meinem Körper drin«, wird sie später Marie gestehen. Irma empfand den Beischläfer als Last, als Belästigung. Er hinderte ihre Seele daran, in B-Dur aufzugehen. Das Radio spielte Schumanns Frühlingssymphonie, Forsythien und Weidenkätzchen wollte sie sich vorstellen, das

frühe Grün der Buchen, die ersten Schwalben am Himmel. Doch das Gewicht des Lehrers hinderte sie daran, es verwandelte ihren Körper in ein Eisfeld.

Irma wartete. Auf Zinn wartete sie, der mit dem Hund und dem Jungen ausgegangen war. Die Patienten und der zugeteilte Arzt hatten das Lazarett verlassen, die Lastwagen der Armee waren abgefahren, und ein offener Jeep hatte den Militärschriftsteller abgeholt. Sie saß auf der steinernen Treppe mit Blick auf den Fluß. Der rauschte. Irma war aufgewühlt, das Geräusch der Reuß vermochte sie nicht zu besänftigen. Sie erhob sich und ging auf ihr Zimmer. Im Haus rief der Kakadu, seine Stimme klang dumm und viel zu laut. Irma dachte an das Weggehen, an dieses Muß, an Abschiede. Sie dachte daran wie an ein Virus, eine Krankheit, und wünschte sich etwas Heilendes.
Eine Geste, ein Wort.
Dachte sie und rauchte wie am Tag ihrer Ankunft auf dem Bett. In der Mitte des Zimmers stand ihr Koffer: damals hat sie ihn gar nicht auspacken wollen, nun sträubt sich alles in ihr gegen das Einpacken.

»LA-DO-RE«, summte Zinn.
Er klopfte an Irmas Zimmertür.
– Hat sie ihm aufgemacht?
– Dreimal mußte er anklopfen und LA-DO-RE singen.
– Es hat so lange gedauert, weil Irma ihr Gesicht noch in Ordnung bringen wollte, sagt meine Tochter, ich kenne das, es ist schrecklich, sich so verheult zeigen zu müssen.
»Ich komme«, rief sie, »wart einen Augenblick.«
Irma möchte auch nicht, daß Heinrich den Koffer sieht. Ihr ganzes Elend steht da nämlich mitten im

Zimmer. Erleichtert hört sie ein Knurren und seine Schritte auf der Treppe nach unten. Ja, sie macht ihr Gesicht zurecht, schminkt sogar die Lippen, Irma gibt dem Koffer einen Tritt und geht dann hinunter zu Zinn in die Küche.

Er umarmte Irma und gab ihr die Schokolade. Dann packte er die Einkäufe aus, legte die Koteletts auf den Tisch und begann sie fürs Braten vorzubereiten.
»Dieses Haus«, sagte Zinn (da zerlief schon das Fett in der Pfanne), »ist ein Ort zum Bleiben. Und du bleibst jetzt hier.« Zinn gab das Fleisch in die Pfanne.
»Falls du willst, Irma.«
»Klar will sie«, bestimmte Karel.

8

Die drei Koteletts sind längst gegessen. Wenn es ganz still ist, gelingt es mir, das Geräusch zu hören: Amerika zermalmt unterm Tisch die Knochen.

Und ich sehe Irmas Koffer. Er schwimmt auf der Reuß davon, das große schwarze Ding wird immer kleiner und verschwindet endlich ganz. Der Koffer schwimmt mit dem Fluß zum Meer und sinkt auf den Grund. Seither dient er einem alten Tintenfisch als Höhle.
Irma hat Karels »klar will sie« als Befehl aufgefaßt, es war, als hätte ihre innere Stimme laut gesprochen.
– Wer angekommen ist, benötigt keinen Koffer mehr.

Irma hätte den Koffer auch auf den Dachboden tragen können. Aber dies wäre ihr wie ein Verrat vorgekommen. Wer einen Koffer auf dem Dachboden stehen hat, glaubt noch nicht stark genug daran, wirklich angekommen zu sein. Darum trug sie den Koffer zum Fluß und stieß ihn ins Wasser.
»Schwimm zum Meer«, sagte sie.
Karel jauchzte, er warf mit Steinen nach dem Koffer. Zinn sang aus vollem Hals.
»LA-DO-RE.«
Erlöst verdrückten sie die Schokolade. Amerika bellte, eine Zeitlang trabte er am Ufer neben dem Koffer her. Ein Gegenstand, von dem sein Hundehirn dachte, er gehöre zum Haus, schien unwiderbringlich verloren zu gehen.

Als der Koffer endlich außer Sicht war, spürten alle (ausgenommen Amerika) das Glück: Zinn (weil Irma bleibt), Irma (endlich ist sie angekommen), Karel (er wähnt sich zugehörig). Arm in Arm, Karel in der Mitte, gingen sie zum Haus zurück, sie lachten und schwatzten, Karel hatte den Geschmack von Schokolade im Mund, Zinn pfiff durch die Finger, Irmas Kopf und Herz waren ganz leicht.

Der Glückliche denkt nicht über das Glück nach, kein Verliebter erörtert das Wesen der Liebe. Liebesgeschichten betrauern verflogene Lieben. Der Erzähler benutzt die Vergangenheitsform, er ist ein Zerschellter, dem die Klippe zum Stoff geworden ist. Eine Liebe, die blind gelingt, schreit niemals nach ihrer schriftlichen Form.

– Glück macht also satt?

Es bleibt ja nicht, nie. Es bedeutet das Flüchtige und wäre als Zustand unmöglich. Der Mensch erträgt Unglück länger und besser als Glück...

Karel wurde abgeholt, bevor sein Haar nachwachsen konnte. Ein paar glückliche Tage blieben ihm noch, dann fuhren Beamte der Fremdenpolizei mit einem Auto vor, genau wie Heinrich Zinn und Irma es im schlimmsten Fall befürchtet hatten.

»Sie haben mir den Jungen geraubt«, schrie Zinn, »die Halunken haben ihn entführt.«

Zwei Männer in ziviler Kleidung und bewaffnet.

Heinrich Zinn war außer sich. Er lamentierte, er ballte die Fäuste und schrie. Aber das wirkte auch lächerlich. Ein fünfzigjähriger Mann in Unterwäsche fuchtelte herum vor zwei sportlichen Typen, von denen einer die Pistole auf ihn richtete.

Irma hatte ihren Koffer auf die Reise geschickt; nun mußte sie dem Jungen das Köfferchen packen. Sie weinte und ihre rechte Wange begann zu zucken. Dieser Tick wird sie bis an ihr Lebensende verfolgen, sobald sie an das Schreckliche denkt, bebt und klopft ihr Gesicht. Etwas Wäsche, eine Hose, eine Jacke und insgeheim Zinns Taschenuhr packte sie für Karel ein, schluchzend und mit nervöser Wange, während die Waffe auch sie in Schach hielt.

– Amerika?

Der Dobermann blieb eingesperrt in der Küche, er tobte hinter der Tür, sprang gegen sie, heulte auf vor Wut und mußte den Jungen dennoch aufgeben wie schon den Koffer.

– Hätte er die Polizisten angefallen?

Wie Heinrich Zinn. Mit bloßen Fäusten ging er auf den Mann mit der Pistole los. Der fing ihn ab und schlug ihm den Griff der Waffe gegen die Brust.

– Blut?

– Nein, Schlüsselbeinbruch.

Karel beobachtete die Vorgänge mit unerwarteter Ruhe. Gefaßt schien er und aufmerksam.

– War er nicht verzweifelt?

Karel wußte seinen Gemütszustand zu verbergen. Wie ein gelassen altgewordener Mann nahm er das Unvermeidliche hin; ohne ersichtliche Angst trug er die Last des Ungewissen, den Fluch, ein zehnjähriger Mensch zu sein ohne gültige Papiere, ein kleiner stempelloser Niemand.

Karel beobachtete nicht nur Heinrich (kreideweiß das Gesicht, er kann den Arm nicht mehr heben, auch scheint etwas in ihm zerbrochen zu sein) und die Beamten (der Schläger sucht Zinn zu beschwichtigen), Karel behielt auch die flennende Irma im Auge. Nichts durfte ihm entgehen. Die Hauptsache war nämlich, daß alles in den Koffer kam, was ihm gehörte. Das

Taschenmesser mit zwei Klingen und Schere, eine Schnur, der Kompaß, das alte Feuerzeug seiner Mutter. Sachen waren nun wichtiger als Gefühle, ein Bleistift mit Gummi nützlicher als Angst und Tränen, die silberne Taschenuhr (er bemerkt sie wohl) nötiger als der Schmerz von Zinn und Irmas Kummer.

Kofferpacken war für Irma ein Alptraum.
– Für uns bedeutet es Ferien, Sils-Maria oder Meer.
Für Karel ist es ein Warnsignal: Sieh dich vor. Wieder beginnt ein Abschnitt, in dem du auf dich selbst angewiesen bist. Er besaß Erfahrung, ein trauriges Wissen hatte ihn hart gemacht. Kofferpacken markierte das Ende der Geborgenheit, den Schritt vom Leben zum Überleben. Kofferpacken hieß auf Notstrom umschalten, hieß: sei auf der Hut.
Karel schien keinen Augenblick daran zu denken, sich nun wie ein Kind an Zinn anzuklammern. Hoffnung wäre Kraftverschleiß, Widerstand zwecklos. Was geschah, mußte sein. So nahm er das Köfferchen und folgte dem ersten Beamten die Treppe hinab zum Auto.
Amerika heulte und kratzte an der Küchentür. Heinrich Zinn setzte sich auf den Boden. Ein paar Minuten hatten genügt, ihn in einen wimmernden Greis zu verwandeln. Irma schloß sich in ihr Zimmer ein und goß kaltes Wasser über ihr Gesicht; mit Schlägen versuchte sie ihre Wange zu beruhigen, den Tick. Es war der Tick, der Tick machte sie wahnsinnig.

Karel saß im Auto hinter den breiten Rücken der Polizisten. Der Schläger gab ihm ein mit Wurst belegtes Brot und fuhr los. Karel hatte sein Köfferchen auf den Knien. Er hielt es fest am Griff. Auf dem Deckel lag das

Wurstbrot. Auch im Dunkeln verbot er sich das Weinen. Er schaute nicht zurück zum Haus. Er dachte weder an Zinn noch an Irma. Er erinnerte sich an seine Mutter. Unter dem strahlenden Licht des Vollmonds sah er sie auf einem Seil über den Fluß gehen. Sie schwankte nicht, mühelos wahrte sie das Gleichgewicht und lächelte ihm zu.

Karel, Junge.

Ja, Mutter.

Iß jetzt dein Brot.

Er aß sein Brot, es schmeckte gut. Er kaute bedächtig, während das Auto sich in rascher Fahrt vom Haus am Fluß entfernte und Amerikas Geheul verstummte. Er schluckte einen Bissen, als Heinrich Zinn für kurze Zeit die Besinnung verlor und Irma das Gesicht mit einem kalten nassen Tuch bedeckte. Karel verdrückte sein Wurstbrot ohne Gier. Er aß mit der Sorgfalt eines Jungen, der den Hunger kennt. Was du geschluckt hast, kann dir keiner mehr nehmen. Alles ist erträglicher, wenn man satt ist. Das Auto holperte durch den Wald und kam bald vom Schotter auf Asphalt, der Schläger gab Gas. Auf der Hauptstraße wurde das Polizeiauto bald zum Fahrzeug unter anderen. Und nach dem großen Lärm der Ereignisse senkte sich eine tiefe, eine todesähnliche Stille auf das blaue Haus am Fluß herab, in dem nun alle Lichter brannten.

9

Hell erleuchtete Häuser, die irgendwo in der nächtlichen Landschaft stehen, sind für mich ganz ohne Geheimnis.
Wenn andere ein Herzklopfen verspüren (man könnte unter Räuber fallen oder endlich Zuflucht finden), bleibe ich ganz kühl, gar kalt.
– Du denkst an Karel?
Ich fahre mit meiner Tochter auf Schlittschuhen von Sils-Maria nach Maloja. Das Eis bewegt sich und kracht, ist geborsten und zerfurcht, aber es trägt.
– Tausend Mann auf Pferden würde es tragen.
– Uns zwei dazu.
Ein Netz aus Sprüngen und Rissen, Stufen von Weiß zu Schiefer unterm wolkenlosen Himmel. Fern, wo die beiden Talflanken die Weite schließen, erhebt sich ein blauer Berg.
– Wie heißt er?
– Ich weiß es nicht.
Ich weiß nur: wir könnten hingehen zu ihm, wir könnten ihn sogar besteigen.
– Dann verwandelt er sich in einen ganz gewöhnlichen Berg ohne Geheimnis.

Wir bleiben aber auf dem See, gleiten dahin und schauen ihn nur an, bewundern sein Blau unter dem helleren Himmel. Wir stellen uns dahinter das Meer vor, denn dort muß Italien liegen. Wir sehen weit entfernt ein Postauto fahren, Kurs St. Moritz–Milano.
– Ist etwas nur dann ein Geheimnis, fragt meine Tochter, wenn ich allein davon weiß. Oder bleibt es Geheimnis, wenn ich es teile?

Für mich also bleibt der blaue Berg ein Geheimnis, ich will es gar nicht lüften. Hingegen einsame Häuser nachts, in denen alle Lichter brennen; im Gegenteil, sie berühren in mir den panischen Punkt und ich denke...

– Ganz ruhig bleiben, sagt meine Tochter.

In erleuchteten Häusern ist meistens irgend etwas Unangenehmes vorgefallen, niemand zündet ohne Grund alle Lampen an, auf ein erfolgloses Suchen deutet soviel Licht hin, auf eine fluchtartige Abreise, auf eine vernunftlose Hektik verweist es, auf ein schreiendes Unrecht, einen Verrat, der ganz hell beleuchtet sein will.

Zinn erwacht; ein stumpfer Schmerz hindert ihn, den rechten Arm zu bewegen. Gleich wünscht er sich, wieder abtauchen zu dürfen. Aber er bleibt wach, kraftlos und kleinmütig. Schweiß strömt über sein Gesicht. Er spürt, daß er sich übergeben muß, rappelt sich hoch und geht zur Toilette. Zinn erbricht sich über der Schüssel. Und setzt sich dann hastig darauf, weil auch der Durchfall ihn schüttelt. Nun sitzt er da: zerschlagen und entleert wie als Lehrling in Zug, als er unter der Treppe auf dem Abtritt hockte und sterben wollte. Und alles tut ihm weh, jeden Knochen spürt er, jedes Gelenk, jeden Muskel wie damals, als er am Strand bei Savannah nach Jacks Hieben im Sand lag.

»Ich hätte am liebsten geweint wie ein Kind«, erzählt er mir Jahre später. »Aber ich hatte keine Tränen.«

– Er ist zum Weinen zu alt, er ist zum Kämpfen zu alt, erklärt meine Tochter und fährt weiter neben mir auf den fernen blauen Berg zu; er war für alles zu alt.

»Es war für alles zu spät«, erklärte Heinrich Zinn, als er wieder einmal anfing, von dem Vorfall zu erzählen. Hinterm Haus baute er mir eine Seifenkiste; beim Brettersägen holte ihn das Vergangene ein.
Ob er eine Jacke zuschnitt im Atelier, ob er beim Wein im Sternen saß, manchmal im Traum, auch beim Liebemachen mit Irma, wenn er Zeitung las, Kartoffeln schälte oder sich die Schnürsenkel band. Karel konnte ganz plötzlich einfach anwesend sein. Ein Geruch, ein Bild, ein kleiner Gegenstand (Anglerschnur, die Haselflöte, ein Messerchen) und Karel ist da. Oder Jack Dempsey. Auch eine Klara mit Leberfleck. Ferner ein kleiner dicker Hund.
Wir sammeln Dinge im Haus und im Kopf. Das Vergangene, ob es auf dem Dachboden herumliegt oder im Gedächtnis ...
– Du meinst, das ist vernetzt?
– Ihn plagte ein schlechtes Gewissen.
Irma hatte ihn notdürftig verarztet. Den Arm in der Schlinge, war er am anderen Tag losgezogen. Seine Odyssee begann. Er wurde vorstellig beim Bürgermeister und bei der Fremdenpolizei.
– Hat er ihnen Saures gegeben?
Hätte er gern. Doch die Behörden wußten sich stark hinter einem Schild aus Paragraphen. Herr Zinn habe den Beamten nicht nur beschimpft und bei der Ausübung seiner Pflicht behindert; mit den Fäusten, also tätlich, sei er gegen ihn vorgegangen.
– Notwehr?
– Ja, der Polizist hat sich aus Not gewehrt.
Heinrich Zinn will den Schlag als Amtsmißbrauch gedeutet wissen. Mann, so eine verquere Ansicht der Sachlage. Die Schuld am gebrochenen Schlüsselbein soll er sich gefälligst selbst zuschreiben.

»Glimpflich ist das ja abgelaufen«, sagte der Bürgermeister.
– Der Schläger hätte auch schießen können, räumt meine Tochter ein.
»Bestimmt«, erklärte der Chef der Fremdenpolizei. »Keine vorgesetzte Stelle hätte dem Mann einen gezielten Schuß übelgenommen.«
»Die Polizei hat meinen Jungen entführt«, ereiferte sich Zinn.
»Ihren Jungen?«
Die beiden hohen Beamten fragten es kopfschüttelnd und mit dem matten Lächeln, das nur Amtsinhabern so vollkommen gelingt. In getrennten Büros, an verschiedenen Tagen und Orten, fragten sie es auf dieselbe herablassende Weise. Dann eröffneten sie dem alten Mann mit dem Arm in der Schlinge, der in seinen wirren Anschuldigungen Recht und Unrecht verwechselte, ihren gleichlautenden Befund: »Sie, Herr Zinn, haben einen fremden Jungen widerrechtlich in Ihrem Haus festgehalten, somit gegen das Gesetz verstoßen und also eine Straftat begangen.«
– Was antwortete Zinn?
Vorläufig redeten noch die Beamten, ihr Sermon: Wenn er, Heinrich Zinn, schon das Wort Entführung in den Mund nehme, habe er sich selbst als Entführer zu betrachten.
Zinn verschlug es die Sprache. Nur über ein kümmerliches Restwort verfügte er noch. Das stieß er aus, einen Schimpfnamen.
»Sie Arschloch ...«
Schrie er im Büro des Bürgermeisters, und einen Tag später und eine Stadt weiter betitelte er den Vorstand der Fremdenpolizei genauso.
– Schon wieder Beamtenbeleidigung.

Mit der Absicht zu weiterer Tätlichkeit, dem Vorsatz gar zur Körperverletzung. Doch mit seinem behinderten Arm war es ihm unmöglich, einen schweren Aschenbecher mit der erforderlichen Kraft und gezielt zu werfen.

– Widerstand gegen die Staatsgewalt.

»Ich hätte die hochrangigen Idioten umbringen können«, sagte Zinn, wieder zu Hause.

Ein ungeahnter Trieb regte sich: töte sie. Und kippte um. Verwässerte. Wurde ein Gemisch aus Kälte, Wut und Hilflosigkeit. Ja, was verkörpert Ohnmacht elender als ein gläserner Aschenbecher, der nach dem Wurf über den Fußboden schlittert und nicht einmal zerbricht. Mit seiner Mordlust konnte er sich zu Hause rasieren, er konnte im Garten den Boden damit umgraben (und der Spaten wäre doch eine Waffe), Zwiebeln schälen konnte er mit seiner Wut, Schicht nach Schicht nach Schicht...

Irma wendete sich in diesen bösen Tagen wieder vermehrt ihrem Tagebuch zu. So löste ein Unheil das andere ab. Amerika blieb lange Zeit verstört. Er schnappte nicht mehr nach dem Zitronenfalter, der zwischen Haus und Fluß sein Revier behauptete, der Sommervogel hätte sich dem Hund auf die Nase setzen können, ohne behelligt zu werden. Amerika vertrieb nicht einmal mehr die Vögel aus dem Kirschbaum im Garten.

– Seit zwei Monaten fehlt Karel dem Haus.

– Die Polizei hat ihn ins Flüchtlingslager gebracht.

– Dort ist er ausgerissen.

– Aber nicht zu Irma und Zinn zurückgekehrt?

– Nein.

Aus dem zugefrorenen See ragt eine Insel. Krüppelkiefern sieht man und niederes Gehölz. Steinbrocken liegen herum, eine Felsmauer erhebt sich. Braunes Gras bedeckt den Boden. Sonnenwarm muß es sein. Wir erklettern die Insel, packen den Proviant aus und stärken uns mit Engadinerwurst, dunklem Brot und Tee. Uns geht es gut. Aber im Unterland liegt Industrieschnee, so nennt man das jetzt. Übermütige Hunde, die ihn fressen, sterben an Bauchweh. Meine Tochter zieht die Schlittschuhe aus, eine Ferse ist wund gescheuert. Sie betupft die rote Stelle mit Speichel. Ich klebe ein Pflaster darauf. Fern und unverrückt steht der blaue Berg im Nachmittagslicht: ein Schirmherr.

Diese Insel wäre für Karel genau richtig gewesen. Umspült von tiefen Wassern und unter dem machtvollen Schutz des Bergs sind die Unbilden der Gegenwart gebannt, und das Ungewisse der Zukunft vermag nichts zu verändern.

– Eine Hütte mit Vorrat, wünscht ihm meine Tochter.

– Amerika als Freund, ergänze ich.

– Ein Überlebensmesser, sagt sie, mit Säge, Dosenöffner und Schere.

– Ein kleines Radio und ein Lasso.

– Besser Anglergerät als ein Lasso, wendet sie ein.

– Ringsum Haifische, scharf auf die Fremdenpolizei.

10

Zutritt für Hunde verboten, schrieb der Friseur auf ein Kartonschild und hängte es vor die Ladentür. Das geschah noch im Frühjahr, nachdem er Heinrich Zinn und Karel die Haare geschnitten hatte. Zinn saß auf dem verstellbaren Stuhl, und der Junge kraulte beim Warten das Fell Amerikas. Nur ungern erinnerte sich der Friseur an diese Kundschaft, an das unliebsame Knäuel Haar, auf das er ein Büschel eigenes streute.
Die Gesetze der elektrischen Statik machten dem Fachmann unerwartet zu schaffen: wie ein Magnet zog das Knäuel das Haar des Friseurs an und hielt es fest. Der Friseur stellte eine Überlegung an und wußte in seiner Verwirrung nicht, ob das, was er folgerte und dachte, unzulässig war oder Gebot der Zeit.
Die unterschiedliche Beschaffenheit von Haar ist ihm noch nie derart aufgefallen wie an diesem Tag. Aufgestoßen ist sie ihm. Er ließ den Rolladen herunter, um Kasse zu machen, und schloß das Geld in den Wandtresor hinter dem Kunstdruck von Mona Lisa, deren Lächeln er zum ersten Mal auf sich bezog. Verdammich, gilt es mir und was soll es bedeuten? Und was steht der Eimer blöd in der Ecke? Pedal und Mechanismus, der Deckel springt auf, wenn ...
– Ich kenne die Dinger, unterbricht meine Tochter..
Alles, so wollte es dem Friseur scheinen, hegte die Absicht, ihn zu verwirren und zu verfolgen. Der Stuhl, Scheren, Messer, das ganze Handwerkszeug und vor allem die Spiegel. Die vertrauten Dinge hatten sich gegen ihn verschworen.
– Ihn plagt auch ein schlechtes Gewissen.

In seinem Kopf streiten Stimmen. Fisch das dumme Knäuel aus dem Eimer, warnt eine, schaff es dir vom Hals. Eine andere widerspricht: Leg es in deine Tabakdose, sperr es in den Tresor.
Der Friseur kam sich vor wie ein Mann, der ein heimliches Laster entdeckt weiß. Jahrelang frönte er ihm im Dunkeln. Nun wird es ans Licht gezerrt. Er sah sich verraten und bloßgestellt. Er war auch wütend. Ein nichtsnutziger hundehaariger Junge brachte ihn in solche Verlegenheit. Dabei hatte der Friseur doch nichts Böses getan. Nur einen kleinen Vergleich angestellt und einen Schluß gezogen. Lag darin seine Verfehlung? Ist es derart riskant, mehr sein zu wollen als ein Echo?
Der Friseur setzte sich auf den verstellbaren Stuhl. Im Spiegel musterte er sein Gesicht.
– Hat der schwungvolle Gedanke den Bogen seiner Nase verändert und ihm ein kühnes Aussehen verliehen?
– Nein, äußerlich ist dem Friseur nichts anzumerken. Seine Nase hat ihre Kartoffelform behalten.
Insgeheim ging er seine Stammkunden durch. Wer würde ihn bestätigen, wer ihm widersprechen? Ihr geschätztes Urteil, meine Herren, führte er ein Selbstgespräch, soll den unangenehmen Fall klären. Der Friseur befragte also seine Kunden, aber mit wachsendem Unbehagen. Das Haarknäuel spaltete die Herren in zwei Gruppen. Die Mehrheit hat immer recht, glaubte der Friseur. Ihr Wille ist Gesetz in diesem Land.
Aber die Minderheit bezahlte fürs Rasieren denselben Preis. In Gedanken seifte er seinen Stammkunden den Bart ein und ließ sie nicken oder den Kopf schütteln. Er schabte ihnen die Wangen glatt und sah im Spiegel, daß

er nickte mit den Jasagern und den Kopf schüttelte mit den Neinsagern.

Später saß er im Sternen. Nach einer Flasche Rotwein fragte er sich: Wer hat mir eigentlich die Suppe eingebrockt?
– Der Hund, rät meine Tochter.
– Ja, der Friseur kommt auf den Hund.
Wäre nicht das Hundehaar gewesen, hätte er den belastenden Vergleich niemals angestellt und die Folgerung nicht gezogen. Nur wegen Amerikas Fellwechsel ist der Friseur vom Echo zum Rufer geworden. Der Dobermann war der Anlaß für das Dilemma des Mannes, für seine Verstrickung in einem eigenen Schluß.
– Von dem ja keiner etwas weiß, höhnt meine Tochter.
– Doch, der Friseur selbst.
Er weiß davon, das genügt ihm. Judenhaar – Hundehaar. Und er hörte Stimmen in seinem Kopf, sie quälten ihn, und er haßte das Haarknäuel. Gerade weil es im geschlossenen Eimer lag, erschien es so überdeutlich vor seinem inneren Auge.
Herr Richter, Herr Pfarrer, Herr Doktor, führte er seine stillen Zwiegespräche weiter, und rief laut: Fräulein, bezahlen.

Der Friseur ist ein Krämer, Politik kümmert ihn wenig, zwar meldet das deutsche Radio auch in seinem Salon die Siege des Heeres, und manche Kundschaft kommentiert, den weißen Latz umgebunden oder das Kinn auf die Brust gesenkt, damit der Nacken schön frei liegt, das Weltgeschehen mit klugen Bemerkungen.
Stalingrad.
Judendeportationen.

Anpassung oder Widerstand.
Emigranten.
Keiner ist doch gegen Juden, nicht in seinem Salon. Aber muß man Juden mögen? Mag der Direktor der Spinnerei sie, mag der Rektor der Bezirksschule Juden?
»Sie sind etwas seltsame Menschen«, sagte der Friseur am anderen Tag (da hängt schon das Schild an der Tür) zu seiner ersten Rasur, dem Herrn Notar. »Was aber nicht heißt«, fuhr er fort und besprühte den Mann mit Parfüm, »daß wir meinen, ihr Volk gehöre ausgerottet.«
»Es gehört aber auch nicht in unser Land«, sagte der Notar mit geschlossenen Augen. Und der Friseur, als er ihm den Umhang aufknöpfte und abnahm: »Gewiß nicht, da haben Sie recht.«

Der Friseur wohnte mit seiner Frau über dem Salon und führte ein ruhiges, von den Abläufen seines Handwerks geregeltes Leben. Routine oder Langeweile, er stellte sich die Frage nie, wozu auch. Das Alter eines Baums bemißt sich nach den Jahresringen; der Friseur setzte Hüftspeck an, jedes Jahr ein Gürtelloch mehr. Er sammelte Briefmarken. Seine Leidenschaft aber galt der Verdauung, auf sie richtete er all sein Bestreben aus: glücklich lebt, wer gut verdaut, Glück und Verdauung sind Zwillinge. Bei der Ausscheidung ihres Endprodukts wird er auch sterben, ein paar Jahre nach dem Krieg. Auf der Toilette wird der Hirnschlag ihn bei heruntergelassener Hose treffen. Der Friseur muß mit einem unabgewischten Hintern über den Fluß ans andere Ufer. Jetzt aber spielte er noch jede Woche im nationalen Fußballtoto und führte eine örtliche Annahmestelle wie alle Friseure.

Am selben Abend noch, an diesem Tag des fatalen Haarknäuels, als er um Mitternacht nach Hause kam, schlief seine Frau. Unruhig schlurfte er in der Wohnung umher und wagte es nicht, sie zu wecken. Er zog sich aus, streifte das Nachthemd über, stand vor dem Ehebett. Was würde seine Frau ihm wohl raten? Als er aus den Pantoffeln schlüpfte, kam ihm die rettende Idee. Du mußt das Übel mit der Wurzel ausreißen; dies würde seine Frau ihm raten. Er zog die Pantoffeln wieder an und setzte sich an den Stubentisch. In Blockschrift schrieb er auf ein Kartonschild: Zutritt für Hunde verboten.
Er betrachtete sein Werk und ging dann zu Bett. Eine Weile noch trudelten seine Gedanken wie Papierflieger im Kreis. Als er eine Hand hinüberschob und im warmen, bei jedem Atemzug bebenden Busenfleisch seiner Frau vergrub, fanden auch sie einen Landeplatz.
Nein, gegen Juden hatte er nichts. Juden waren nur nicht gerade sein Fall. Dobermänner übrigens auch nicht. Er hegte kein Vorurteil gegen Menschen, er hatte nichts gegen Hunde. Nur manche Rasse war ihm weniger sympathisch. Ein Vorbehalt schien ihm angebracht und klug zu sein. Die meisten von uns mögen den sanften Irish Setter lieber als den heimtückischen Deutschen Schäferhund.
– Aber keiner, erregt sich meine Tochter, schlägt aus diesem Grund die Deutschen Schäferhunde tot.
Gewiß nicht, da haben Sie recht, antwortet der Friseur im Traum und lächelt.
Stellen Sie sich vor, kleines Fräulein, mischt der Notar sich ein: Alle Deutschen Schäferhunde, die sich verfolgt wähnen, würden von der Schweiz aufgenommen. Abertausende von Deutschen Schäferhunden und überall ihre Kacke?

– Flüchtlinge, sagt meine Tochter.
– Humanitäre Tradition, erwähne ich kleinlaut.
Der Deutsche Schäferhund wird doch nicht aus politischen Gründen verfolgt, redet der Fahrradhändler weiter. Hat die Fremdenpolizei doch erklärt. Bloß aus Rassegründen. Ja, mögen Sie Deutsche Schäferhunde? Kleines Fräulein, das Boot ist voll, es schwimmt schon auf Scheiße.

11

Mutter ließ sich von der Fahrradfabrik beurlauben und gebar mich im blauen Haus unter der kundigen Hilfe von Irma. Das Fenster stand offen zum Fluß... Im selben Zimmer, in dem sie mich empfangen hatte, im Zimmer, in dem Heinrich vor mehr als dreißig Jahren seine erste Locke geschenkt bekam.

Die Geburt war wider Erwarten leicht; im letzten Augenblick soll ich mich aus der Steißlage befreit haben, um Kopf voran in die Welt zu stürzen, die zuerst nichts war als das blutige V-Tal der Mutterbeine, aus dem mich Irma wie einen glitschigen Fisch herauszog.
Ein Schreihals und Brustbeißer soll ich gewesen sein. Ein wimmernder Karel-Ersatz für Irma und Zinn, nehme ich an. Bald abgestillt, bald im Wäschekorb, im Garten. Bewacht von Amerika, der knurrte, wenn ein Fremder sich näherte, wiederum zärtlich meine nackten Beinchen ableckte, wenn ich mich freigestrampelt hatte. Bald aus der Zaine und auf allen vieren im Gras, bald auf eigenen Füßen und groß genug, Amerika wie ein Pferd am Halsband zu führen.
– Und nun behauptest du, auch Erde gegessen zu haben, mault meine Tochter.
– Nein, Erde nicht, aber Hundeflocken.

Meine Mutter blieb nach der Geburt einen Monat im Haus am Fluß; dann mußte sie wieder in die Fahrradfabrik.
– Sie ließ dich zurück.
– Irma versorgte mich.
Es war besser so, bestimmt. Obgleich Heinrich Zinn

häufig abwesend war, unterwegs auf der Suche nach Karel. Von Amt zu Amt, von Lager zu Lager. Mit einem Foto des Jungen. Und immer noch trug er den Arm in der Schlinge. Er wollte diese Schlinge nicht ablegen. Er betrachtete sie als Beweis für das geschehene Unrecht. Sie war ein Mal.
Er hatte das Gefühl, durch eine neue Welt zu tappen, seine Vorstellungen waren überholt und alle Verhältnisse hatten sich verändert.

Zutritt für Hunde verboten, las Heinrich Zinn, als er wieder einmal den Friseur aufsuchte. Er kümmerte sich nicht um das Pappschild. Als der Friseur ihn darauf hinwies, winkte er brüsk ab.
»Dann kann ich Sie nicht bedienen, Herr Zinn«, erlaubte sich der Friseur zu sagen.
– Zinn ist nur gelegentlich Kunde, fragt meine Tochter.
– In der Regel schneidet ihm Irma die Haare, und das Rasieren besorgt er selbst.
»Den Nacken ausrasieren«, befahl Zinn.
»Aber ich ...«
Amerika knurrte.
Heinrich Zinn hatte ein Verfahren am Hals, ihm lag nichts an Freundlichkeiten. Faß, müßte er sagen, und der Hintern des Friseurs wäre verloren. Den Nacken will er ausrasiert haben, basta. Zinn gedachte nach Bern zu reisen, in die Landeshauptstadt, um wegen Karel Neruda beim Bundespräsidenten vorzusprechen.
– Karel Neruda?
– Ein tschechischer Waisenjunge.

Der Vorsteher der Fremdenpolizei bezeichnete den Zustrom der Flüchtlinge aus dem osteuropäischen Raum als ein besonders dringliches Problem. Härte aus Vorsicht schien der Behörde geboten. Man beschwor gar einen »Heiligen Egoismus«. Grenze dichtmachen hieß das, volksfremde Elemente unterwandern die Heimat.

Die meisten Flüchtlinge aus dem Osten sind Juden. Karel Neruda (kleingewachsen, schmal, dunkles struppiges Kurzhaar, enger Augenstand, etwas gebogene Nase) aber ist der vaterlose Sohn, das uneheliche Kind der tschechischen Seiltänzerin Vera Neruda, die sich in die Reuß gestürzt hat: aus Angst vor der Ausweisung.

Karel Neruda war kein Jude.

Daß der Friseur bei seinen Haarvergleichen Karel für einen jüdischen Jungen hielt, ist die Pointe seines Irrtums. Es setzte seiner Dummheit die Krone auf.

– Karels Vater ist unbekannt, vielleicht ...

– Karel war nicht beschnitten.

– Ihr habt die Geschichte immer wieder neu aufgewärmt?

– Aufleben lassen, sage ich.

Doch es war auch ein Zwang. Und mehr. Ein Bedürfnis, das Geschehene nicht zu vergessen.

Ich war der Neugierige, ich habe Karel ja nicht gekannt, für mich ist der kleine Junge immer nur die Mitte einer Erzählung gewesen. Ich fand es schrecklich, was ihm zugestoßen ist. Aber ich spürte auch einen Kitzel ...

Karel Neruda, zehn Jahre alt, vermißt.

Zinn zeigte das Foto in den Büros der Fremdenpolizei

und in den Büros der Lagerverwaltungen. Ohne Erfolg. Achselzucken, Häme, Kälte.
»Ich fühlte mich plötzlich sehr alt und gebrechlich«, wird er mir gestehen, »erschöpft.«
Da bin ich schon ein Mann, und er ist ein humpelnder Greis. Jahre wird er brauchen, um sich von dem Schlag zu erholen. Nun, auf der Suche nach Karel, schöpfte er Kraft nur aus dem zunehmenden Haß.
Er hätte um sich schlagen und schreien mögen. Faß, Amerika, zerreiß ihnen den Hintern. Er hätte die Beamten erwürgen können, außer sich war Heinrich Zinn, er stand vielleicht ebenso hilflos in den Amtsstuben wie ein Mädchen vor dem Lehrer, der lächelt und auf die Paragraphen der Rechtschreibung verweist.
– Vorschrift, Pflicht...
– Schweinerei.
Zinns Haß fehlte die Macht. Darum richtete sich der Stachel nach innen und begann ihn zu durchbohren.
– Wenn es damals Fernsehen gegeben hätte, fragt meine Tochter, wäre irgend etwas anders gewesen? Besser? Hätte das Fernsehen eingreifen können? Hätte das Fernsehen Karel gesucht und gefunden?

Mir fehlte es an nichts. Irma behandelte mich wie ein eigenes Kind, Mutter schickte Geld und Pakete und besuchte uns an ihren freien Tagen.
– Dein Vater...
– Mutter hatte den Kontakt abgebrochen.
Er war Kriegsgefangener, irgendwo in der Schweiz, in einem der Lager, er baute wohl Straßen mit einer Brigade oder gehörte zu einer Kolonie italienischer Deserteure, die Wiesen entwässerten oder Torf stachen, was weiß ich...

– Was wußte Mutter.
– Sie hat ihn nie gesucht, er hat sich nie mehr gemeldet.
– War sie geheilt von italienisch singenden Männern?
– Nein, Mutter blieb unheilbar.

»Entweder du liebst mehr – oder der Mann: die Liebe ist immer ungerecht«, sagte Marie zu Irma.
Kummer ist ein Zubehör der Liebe. Ihre Schwerkraft. Damit das Glück keine Sprünge macht und die Frau auf dem Boden bleibt. Marie und Irma redeten darüber, manchmal ernst und manchmal lachend. Mutters singender Schwängerer, wie Irma meinen Vater nannte, wenn sie sich amüsierten, erinnerte sie an ihren musikalischen Lehrer. Beide Kerle waren verheiratet, zusammengezählt hatten sie zwischen Basel und Rom mindestens neun Kinder gezeugt.

Als Irma den großen Koffer in die Reuß stieß und er meerwärts davonschwamm, glaubte sie, angekommen zu sein. Das Haus am Fluß war der Ort, Heinrich Zinn der Mann. Nach langer Suche schien sie fündig geworden zu sein, angelangt. Endstation, flüsterte und schmeichelte alles ringsum, bleib hier, sagten das Wasser, der Himmel, die Augen des Mannes, in denen sie alle Farbstufen der Nacht zu erkennen meinte, sagten der Junge, dessen kühle Hand sie hielt, und der Hund. Ein Vierteljahrhundert sollte dieser Glaube halten, aber schon nach ein paar Tagen wurde er zum ersten Mal angekratzt. In jener Nacht, als das Auto mit Karel im Wald verschwand, zweifelte sie an der Erfüllbarkeit des Wunsches, jemals ankommen und bleiben zu dürfen.

Fluß und Wald, die sanften Hügelzüge, das Haus unter dem Nachthimmel. Wiesland und Felder. Die Bilder drehten sich in Irmas Kopf. Der geliebte Mann niedergeschlagen. Die nahe Stadt. Eine Straße mit einem Auto. Darin sitzt ein Junge und ißt Wurstbrot...
– Eine schreckliche Zeit, sage ich, die Kindern das Weinen verbietet und sie lehrt, der Not zu trotzen mit dem Mut...
– Eines Tigers, meint meine Tochter.

»Ich schenkte dem Jungen ein Wurstbrot, er nahm es an. Demnach betrachtete er mich nicht als Feind. Willig ging er mit ins Lager, wo ihn der Verwalter übernahm und in die Kinderabteilung führte.« So stand es im Protokoll, dies sagte der Schläger aus. Und der Verwalter fügte hinzu: »Der Junge war ruhig und folgsam, keiner konnte annehmen, daß er türmt.«

Mürrisch und müde, gebrochen kam Zinn von der Suche zurück. Tag für Tag für Tag. Gedemütigt. Falls er auch über Nacht wegblieb, wohnte er in einer Pension und redet mit Emigranten, trank, um schlafen zu können, der große Mann mit den großen Händen und dem kummervollen Blick. Sein Rücken war gekrümmt. Wie eine buckelnde Katze sah er aus, wenn er am Tisch saß und mit Brot den Teller auswischte. Er redete wenig, wortkarg hockte er da, schluckte mit den Bissen auch, was es zu erzählen gegeben hätte, als sei es atemwürgend. Alles war lang in seinem Gesicht und hing herunter, beulen-, taschen-, beutelartig. Seine Armschlinge war von Eigelb bekleckert. Im Atelier ließ er die Arbeit liegen, bar jeder Geduld für Nadel und Faden. Sein Vater kam ihm in den Sinn: der hat das Surren der mechanischen Singer plötzlich auch nicht mehr ertragen. Die selige Monotonie. Ganz und gar sinnlos war das. Und ein falscher Schnitt mit der Schere ruinierte ein gutes Stück Tuch. Häufig schrieb er Briefe am Schneidertisch. Aber es fiel ihm von Tag zu Tag schwerer, die Anrede »Sehr geehrter Herr« zu verwenden. Ein ganzes Arsenal von Beleidigungen stand ja auch zur Verfügung. Schimpfnamen, Anwürfe brachte er zu Papier, gerichtet an Adressaten, die eine Briefmarke nicht wert sind. Darum zerknüllte er seine Briefe und Bittschreiben. Oder er ließ sie als Papierschiffchen reußab fahren. Er kam sich vor wie ein alternder Clown. Man lachte nicht über seine Tricks, er selbst war eine lächerliche Figur geworden. Der Clown schrie den Leuten die Wahrheit ins Gesicht. Sie klopften sich die Schenkel vor Vergnügen.

Irma verspürte keine Lust, sich ins Bett neben Heinrich zu legen. Er war so abwesend, abweisend. Auch roch er schlecht. Man hatte ihn erniedrigt und geschlagen, man hatte ihm nicht nur Karel genommen, sondern auch die Illusionen zerstört. Nur Amerika blieb Zinn ohne Vorbehalt treu. Irma machte sich Gedanken. Auch Schumanns Kinderszenen kamen ihr in den Sinn. Sie hörte das Klavierspiel; es war ein Trost. Sie erinnerte sich an die Fistelstimme des Lehrers, an ihre Nächte, wie sie wachlag, nachdem er hatte gehen müssen in ein anderes warmes Bett. Eine verflossene Liebe. Abgebrochen auch, weil Irma den Geruch der betrogenen Ehefrau auf seiner Haut nicht länger ertrug. Das Wissen um diese Frau war schlimm genug, aber daß er ihren Geruch mit in Irmas Bett brachte, war geradezu widerwärtig. Hast du ihr von mir erzählt, fragte Irma. Nein, gestand er. Du schläfst also auch mit ihr, hakte sie nach. Er mußte es zugeben. Umarmte also Irma mit dem Lehrer nicht auch seine Frau? Deren Schweiß war doch auf seiner Haut getrocknet? Ja, Irma leckte fremdes Salz von seiner Brust. Sie mußte daran denken, wenn sie mit dem Lehrer im Bett lag. Löste sich in der Umarmung der Schweiß seiner Frau gar in ihrem neu auf? Irma war die Vorstellung ein Greuel. Der Lehrer schläft mit zwei Frauen in einem Bett, so fühlte es Irma, oder sie lag mit einem Ehepaar zusammen. Sie wollte nur duschen, sich abduschen mit warmem Wasser. All den Schmutz abwaschen.

Es gibt Augenblicke des Übergangs. Beim Kuß hat Irma sie wahrgenommen. In der ersten Zeit sehnte sie sich nach den Küssen des Lehrers; plötzlich fand sie diese eklig. Die Zunge, die er ihr verliebt in den Mund schob, erregte sie nicht mehr, sie fand, der Kloß sei bloß widerwärtig. Irma fühlte sich besudelt. Die Scham wuchs, die Lust sank. Schlief sie nicht mit einem schmutzigen Kerl, der sie auch noch mit der Zunge belästigte. Und welche Frau mag den Geruch eines Mannes, den sie für feige hält und nicht liebt? Welche die eingetrockneten Sekrete und Säfte der Rivalin? So lag Irma doch elend unter dem Lehrer. Sie sehnte sich nach der Dusche. All den Dreck wegwaschen, ja. Sie glaubte sich verraten und verunreinigt. Jetzt gerade wieder. Als wiederholten sich die Ereignisse, als sei es ihr bestimmt, unter den Ritualen der ewigen Wiederkehr zu leiden. Heinrich Zinn war mürrisch, er roch nach unausgelüfteten Kleidern und Gedanken, sein Atem stank säuerlich, er hockte in der Küche am Tisch und kraulte Amerika. Früh ging er zu Bett, und Irma hatte nicht die geringste Lust, bei ihm zu liegen. Schon gar nicht unter ihm. Zugedeckt von seiner Masse Leib. Außerdem verdüsterte die Erinnerung an Smolensk Irmas Seele. Wenn Zinn im Bett auf dem Rücken lag,

die Hände wie ein Toter über der Brust gefaltet, und die Decke anstarrte, schlug Irma im Nebenzimmer ihr Tagebuch von Smolensk auf.
– Wie zur Strafe, meint meine Tochter.
Irma weinte, schrieb und dachte nach, aufgewühlt und zornig. Sie sah gehetzte Menschen und suchte Karel unter ihnen. Bevor sie das Licht auslöschte, versteckte sie ihr Tagebuch.
– Sie wollte alles vergessen.
Was du nicht verkraften kannst, hat Irma sich stets einzureden versucht, mußt du vergessen.
Aber woher die Kraft nehmen?
Hinter der verschlossenen Schranktür, unter der Wäsche, lag das Tagebuch mit dem kleinen Schlüssel. Irma sperrte es ein. Sie mußte ihre Träume vor ihm schützen.
Manchmal ertrug sie es im Haus nicht mehr. Dann rannte sie durch den Wald, schwamm im kalten Fluß oder beträufelte ein Taschentuch mit Äther und fächelte sich Vergessen zu.

12

›Sechs jüngere Frauen in Stöckelschuhen pickeln die zugefrorene Erde auf. Blut rinnt über ihre Hände. Unbeholfen heben sie eine Grube aus. Ohne Klage, ohne Laut. Ihre Strümpfe sind zerrissen, ich seh auch Schuhe mit abgebrochenen Absätzen. Ein Hohn: die Pelzmäntel, Fuchs und Zobel.
Jüdinnen aus Polen, sagt ihr Bewacher.
Ein frischer Transport. Aufgeteilt in kleine Gruppen. Einzelne Schüsse überhört man leichter.
Arme Teufel, sagt der Bewacher, von mir aus könnten sie leben bleiben.
Wirf doch die Flinte weg, sag ich, hau ab.
Befehl ist Befehl, sagt er.
Das ist Mord, ruf ich.
Und Abhauen Selbstmord, meint er.
Nach Tagen die zugedeckte Grube. Erdklumpen darauf und frisch gefallener Schnee‹

Der Sommer neigte sich dem Ende zu, die Blätter lösten sich von den Bäumen, Wald, Fluß und der Himmel veränderten ihre Farben. Der Herbst war plötzlich da. Zinn verbrannte Stauden im Garten. Er legte die Armschleife ab, Irma ließ sie verschwinden. »Er hat sie nicht gesucht«, sagt mir Irma einmal, »wir haben sie auch nie mehr erwähnt.« Im November fiel der erste Schnee, bedeckte die Bäume, den Garten und bemützte die Steine am Flußufer.
»Ergeben, wie die Landschaft den Schnee, soll der Mensch die Willkür der Behörden hinnehmen«, sagte Heinrich Zinn: »Heilandsack.« Der Satz erschreckte Irma, aber eine Antwort fiel ihr nicht ein. Der Fluß

dampfte, Nebel kroch ins Tal und breitete sich aus, ein schleichendes Gift. In den Schwaden verirrte sich der Zitronenfalter. In den Schwaden ging auch Irma, sie schob den Kinderwagen, in dem ich schlief, über den Weg in den Wald hinein bis zur kleinen Kapelle.
– Aus dem Nebel in den Weihrauch, sagt meine Tochter.
Vor dem Marienaltar zündete Irma Kerzen an. Sie setzte sich und hielt mich auf ihrem Schoß fest. Ich kann mich unmöglich daran erinnern, ich war erst drei Monate alt, aber ich erinnere mich trotzdem. Der Dämmerraum, das Kerzenlicht, der Frauenleib, ich erinnere mich daran wie an eine Zeit vor der Geburt.

›Todesherden‹
las Irma in ihrem Tagebuch.
›Eine Million deutsche Soldaten. Wintergrab. Die Zahl der Erfrorenen, mein Gott. Und Dutzende von Wunden auf dem Körper eines Mannes‹

Noch als alte Frau erzählte Irma davon: »Es war verboten, russische Lazarette zu besuchen; die Wehrmacht erteilte uns Befehle.«
›Gefrorene Erde. Granaten dringen nicht ein. Geschosse spritzen weg. Splitter durch Helm und Panzer. Stalinorgel. Ihr Druck reißt Lungen auseinander.
Kältetod. Hunderttausende in der Steppe. Schuhe zu eng.
Lokführer hängen die Maschine ab und fliehen. Dampflose Züge, überfüllt mit Verwundeten.
Partisanen sprengen Geleise und Wagen. Wer aus dem Zug flieht, wird ausgeraubt. Nackt muß er ins Wintergrab. Durchgekommene mit toten Gliedern. Fäuste am Gewehr angefroren. Wehe, wem so die Stunde. Wahn-

sinn oder Vereisung. Barfuß bei dreißig Grad unter Null. Mit marmorweißen Beinen durch Schnee. Unzählige Amputationen.
Kein Platz für Deutsche. Das russische Lazarett wird geleert. Ein Elendszug. Auf selbstgebauten Krücken über Eis. Unter Kolbenhieben. Die Beinstümpfe ohne Verband. Todesherden. Man führt die Russen in offene Sammellager, wo sie in der Kälte zugrunde gehen. Haufenweise russische und deutsche Leichen.
In Lastwagen, auf Lafetten und Panzern versuchen Soldaten als Verwundete getarnt nach Polen zu entkommen. Man knallt sie im Dutzend nieder. Oder Deserteure. Salve auf Salve. Unausgesetzt Exekutionen‹

Manchmal schrie Irma nachts, sie schrie im Traum.
Wer solche Ängste auszustehen hat, sucht eine warme Achselhöhle. Irma erwachte nämlich nicht beim Schreien, sie stürzte in die Hölle: ihre Schreie haben Schüsse zu übertönen und Sterbende zu retten.
– Sie schläft jetzt wieder bei Zinn?
Heinrich Zinn mußte sie am Ohr zupfen, um sie zu wecken. Das hatte schon ihr Beistand in Smolensk herausgefunden. Hielt man ihr einfach den Mund zu, wähnte sie sich Mördern ausgeliefert: die quälen sie noch vor dem Schuß.
Solange Irma träumte, duldete sie kein Gesicht, keine Hände, keinen Körper über sich. Heinrich zupfte sie am Ohrläppchen und fiepte wie eine Hündin. Mit denselben Lauten, die junge Hunde besänftigen, gelang es ihm, auch Irma zu beruhigen. War sie dann wach und still, zog sie Heinrich stumm und doch bestimmt an sich.

»Zuerst bin ich erschrocken«, sagte sie einmal zu Marie, »als du in Stöckelschuhen kamst.«
Oder als Zinn ein frisches Herz zubereitete...

›Heimreise. In Orscha kreuzt uns ein Zug mit schweizerischen Nationalsozialisten in deutscher Uniform: auf dem Weg an die russische Front...‹

13

Der See ist schwarz, sagen Einheimische von Sils-Maria in niederschlagsarmen Wintern. Sie meinen damit, der See sei tief gefroren, aber schneefrei, eine weite Fläche voller Risse und Narben. Man gleitet auf Schlittschuhen dahin, spürt die Schläge und Schrunden, hört das krachende Eis und das Glucksen des Wassers, ein hohles Geräusch. So klingt es, wenn jemand mit einem Schlegel auf eine Tonne haut.
Wenn ein neuer Riß das Eis sprengt und sich blitzschnell fortpflanzt, regt sich Furcht, und Bedenken melden sich. Ist der Tragfläche zu trauen oder brichst du ein und versinkst im See?
Nun flieht man die gefährdete Stelle mit panisch schnellen Schritten und merkt, wie sinnlos Flucht ist. Der Riß läuft schneller: auf dich zu, von dir weg, er bildet ein Netz, sternförmig. Im schwächsten Schnittpunkt sackst du durch: in deinen Ängsten und im Traum.

Das Eis sei absolut sicher, erklären die Einheimischen und lachen mich aus. Aber das Restrisiko? Hier spüre ich es körperlich, drohend nah in gewissen Augenblikken, um es dann gleich zu verdrängen und zu vergessen. Lieber gebe ich mich wieder dem Vergnügen der Fahrt hin, der Lust des Gleitens, der Schwerelosigkeit und Bewegung, der Tagträumerei unter freiem Himmel auf dem See, auf dem schwarzen See, der so geheimnisvoll dunkel ist und mir einen ungeahnten Einblick erlaubt: ein einzelnes Eiskristall unterm Mikroskop verrät sonst, was man nun sieht mit bloßem Auge.

– Heb den Blick, fordert meine Tochter, behalt den fernen Berg im Auge.
Sie belächelt meine Angst vor dem Einbrechen. Wenn der See kracht und die Risse davonsprengen, dreht sie eine Pirouette und ruft: Siehst du. Dabei macht sie dasselbe Gesicht wie im Flugzeug, wenn es in einem Luftloch absackt. Ich presse die Hand auf den Magen, sie vergleicht den Sturz mit dem Kribbeln auf der Achterbahn. Über den Wolken sieht sie nur die verheißungsvolle Bläue des Himmels, ich spüre den lockenden Sog der Tiefe. Kinder unterhalten ein leichtes Verhältnis zur Schwerkraft, sie erscheint ihnen nicht zwingend zu sein. Darum lassen sie auch alles fallen und sind erstaunt, daß es fällt. Erwachsene haben ihren Zwang akzeptiert, er beweist das Gewicht und die Schwere, die Schwerfälligkeit des Lebens.

Am anderen Morgen fuhr meine Tochter allein auf den schwarzen See hinaus, den Blick auf den blauen Berg gerichtet.
Die Insel, die für mich immer Halt und Wendepunkt bedeutet, läßt sie außer acht, sie gleitet und gleitet, sie will das Geheimnis der Ferne, des Berges ergründen.
Und plötzlich war der Berg weg. Wie verschluckt.
– Und tauchte nicht mehr auf, wundert sie sich.
Irritiert lief sie also bis zum Ende des Sees, ging an Land und wechselte die Schuhe. Stakste übers Schneefeld bis zur Höhe des Passes, wo sich das Tal wieder öffnet und abfällt in Straßenkehren und unbegehbaren Hängen hinunter ins Bergell und nach Italien. Eilte, um den blauen Berg wieder zu entdecken.
– Vergeblich, gesteht sie und schüttelt den Kopf.
Freilich standen da jede Menge Berge herum, klotzig und spitz, schrundig, platt oder kuppelförmig. Ver-

schneit, vereist, glatter Fels, und so fort. Aber der blaue Berg blieb unauffindbar, als hätte er sich verflüchtigt.

Sie kehrte um, trotzig, zornig, uneins mit sich selbst, sie glitt mit ausgreifenden Schritten, die Arme verschränkt auf dem Rücken, über den schwarzen See. Den Blick nun auf dem Eis. Ohne sich umzuschauen. Als könnte sie wie Lots Frau zur Salzsäule erstarren. Der Berg hatte sich nicht preisgegeben. Der Berg stand ununterscheidbar zwischen den anderen Bergen. So tarnte er sich. Oder der Berg war Illusion, es gab ihn gar nicht. Er war zwar sichtbar, jedoch ohne zu existieren. Seine Form setzte sich am Ende aus zwei Bergen (oder drei) zusammen, die man aus der Ferne als einen Körper wahrnahm. Sein Blau war das Ergebnis von Lichtbrechungen, der Distanz und zitternder Luft.
Bei der Insel endlich drehte sie sich um. Da stand er wieder, der Berg, intensiv blau und umgeben von einem leuchtend gelben Himmel.

Sie kletterte auf die Insel, riß ein paar Büschel dürres Gras aus, brach Zweige von den Krüppelkiefern, warf schwere Steine hinunter aufs Eis: alles war echt, alles konnte sie berühren, fühlen, riechen, und den Aufschlag auf dem See hören. Nur der Berg schien unfaßbar zu sein. Dem Zugriff entzogen. Dennoch sichtbar. Fühlbar. Wenngleich unerklärlich. Ein Geheimnis, ein Rätsel, körperlos. Sie setzte sich ins Gras und betrachtete die Erscheinung, bis das Gelb des Himmels vergraute und der Zauberberg sein Blau verlor und die Nacht ihn aufsog in ihr Dunkel.

– Wo kommst du denn her, so spät?
– Vom See.
Sie erzählte mir die Geschichte, sie war in die Irre gelaufen. Ich bot ihr an, den Berg auf der Karte ausfindig zu machen, seinen Namen zu nennen und sein Geheimnis zu lüften. Aber sie lehnte ab. Trank warme Milch, aß Butterbrote und legte sich mit einem Comic ins Bett. Sie wollte ihre Ruhe haben und Superman die Daumen drücken bei seinem ewigen Gefecht gegen das drohende Unheil und für eine Welt, in der das Gute aufleuchtet und das Böse besiegt am Boden liegt, zerschmettert, zerstört. Wenn der blaue Berg als Schirmherr nicht taugte (er hat für sie diese Bedeutung eingebüßt), konnte Superman am Ende Karel beistehen. Superman fegt die KZs aller Zeiten und Welten beiseite. An ihrer Stelle sprießen tausend und mehr McDonald's aus dem Boden. Superman stopft alle Behörden der Erde in eine Mega Challenger X und feuert sie ab in den Kosmos. Ohne Food, nur schweres Wasser zum Trinken. Niemand mehr darf ein Häschen quälen. Wer es trotzdem wagt, soll als Strafe Spinat essen, bis er platzt.
Sie schlief dann ein bei brennendem Licht.
Ich setzte mich aufs Bett neben das schlafende Mädchen, blätterte in dem Comic herum und streichelte mit der Hand über ihr weiches Haar. Ich tue das jeden Abend, es ist ein Ritual, das ich nicht missen möchte und einmal vermissen werde. Dabei spüre ich nämlich meine ganze Möglichkeit, zärtlich zu sein. Und ich erliege der Illusion, ich könne mein Kind schützen vor bewaffneten Polizisten, die es greifen und wegschaffen wollen, in Autos mit verdunkelten Scheiben.

Mit einer Welt, in der Kinder kämpfen müssen, statt zu spielen, ist etwas nicht in Ordnung. Eine Welt, die Kinder zwingt, mit Gewehren zu üben und Steine gegen Soldaten zu werfen, ist verrückt.
– Hast du es gesehen, im Fernsehen?
Kinder mit Maschinengewehren in Nicaragua, El Salvador, im Iran, auf den Golan-Höhen und in Südafrika. Palästinensische Kinder, die Steine auf Soldaten werfen. Israels Soldaten, die Jungen erschießen. Männer rasten aus, weil sie gegen Kinder kämpfen, sie verletzen und töten müssen.
– Müssen sie? Wer zwingt sie dazu, warum lassen sich Männer zu so etwas zwingen?
Kinder mit Messerstichen im Bauch (die weißen Särge im Fernsehen), kurdische Kinder, vergast (die Menschenknäuel im Fernsehen), das brennende Mädchen aus Vietnam; nackt und schreiend (das berühmte Pressebild, damals). Und mein Mädchen schläft im Bett. Ich spüre seinen Puls und lösche erleichtert das Licht. Beim Hinausgehen lege ich den Comic auf den Tisch und streife dabei die GO-Taste eines Roboters. Der startet gleich durch, warn warn, rattert über den Tisch, sein Helm blinkt, help help, etwas piepst. Blind düst der Blechmann über den Tischrand, stürzt ab, kreiselt auf dem Teppich, kommt hoch, surrt, setzt steifbeinig seinen Weg fort und verschwindet unterm Bett. Jetzt muß ich noch auf die Knie und den Kerl wieder einfangen.

Ich meine nicht, die Geschichte sei bloß Wiederholung. Ganz bestimmt aber gibt es eine ewige Wiederkehr des Schrecklichen. Eine Handvoll Geschichten kommt nie zur Ruhe, die Zeiten hindern sie daran, ein Ende zu nehmen.

– Karels Geschichte?
Heinrich Zinn hat sie mir erzählt. In Bruchstücken und mit immer mehr Details, über Jahre zog sich das hin. Manchmal sprach er ruhig, als handle es sich um ein böses Märchen, dann wieder so erregt, daß seine Stimme versagte und er in Wut geriet. »Hau ab«, sagte er heiser und böse, »marsch ins Bett«, als treffe mich eine Schuld.
Auch Irma konnte nicht vergessen, sie mußte von dem Jungen sprechen, und von Smolensk.
»Der Schrecken springt dich immer wieder an«, sagte Irma, »unbarmherzig.«
– Nichts ist abgeschlossen, sage ich zu meiner Tochter. Wunden, spürst du, reißen neu auf.
Das Leben driftet, es folgt einer Spirale in den Raum, Zeit vergeht, und ich erkenne die Züge Karels im Gesicht eines verhungerten schwarzen Kindes und nehme seinen Blick in den Augen eines jungen Latinos wahr (dem läuft schräg über die Brust ein doppelter Patronengürtel).
Würden Karel und alle in der ewigen Wiederkehr des Schrecklichen ermordeten Kinder einander die Hände reichen und einen Kreis bilden: das gäbe ein Ringelreihn.
Eine Todesspirale dreht sich durch die Geschichte, ein Totentanz. Was ich von Karel weiß, erzähle ich weiter, wie Zinn und Irma, deren Spiralen sich schon lange in der Ewigkeit verloren haben.
– Mußte Karel in die Gaskammer, fragt meine Tochter.
Dieselbe Frage habe ich damals Heinrich Zinn und Irma gestellt.
»Wir müssen davon ausgehen«, hat Großvater gesagt.

Millionen sind damals in Europa unterwegs gewesen. Vertriebene, Verfolgte. Aber auch Soldaten, die keine Wahl hatten: Wer nicht spurt, wird erschossen, wer desertiert, aufgehängt. Wer eine falsche Nase hat, bekommt sie eingeschlagen. Ein gültiger Paß, und du bist ein Mensch.

Einmal erreichte Zinn das Gerücht, Karel sei mit einem Mann gesehen worden. Der Fremde sei in Halbschuhen und ohne Strümpfe über den Paß gekommen. Von Frankreich her. Stundenlang über Schneehänge gerutscht, um von der Grenzwache gefaßt und über Nacht ins Gefängnis gesteckt und am folgenden Tag abgeschoben zu werden. Eine Gruppe habe er geführt, Männer, Frauen, Kinder: erschöpfte Paradiesanwärter.
– Ohne Paß und Stempel?
– Papierlose Gesellen.
Über Nacht hat man die Gruppe nur behalten, weil eine ältere Frau den Arzt benötigte. Sonst hätte man ihnen die Mühsal des Rückwegs noch am selben Tag zugemutet.
– Haben sie wenigstens Brot und Tee bekommen?
– Das schon, ja.

14

Karel hielt es im Flüchtlingsheim nicht aus. Er türmte und lernte auf der Straße einen Emigranten aus Prag kennen. Es war sommerlich warm, es ließ sich gut im Freien leben. Nachts schliefen die beiden in einer Scheune, in einer Pension oder im Wald.
– Warum ging Karel nicht zu Heinrich zurück?
Von dort haben sie ihn schon einmal weggeholt. Das Haus ist kein sicherer Ort. Der bärenhafte Zinn kann zwar einen Stuhl auf dem Daumen balancieren; er bringt Hunden das Rechnen bei und schneidert Hosen nach Maß; er biegt ein Hufeisen gerade, wenn es sein muß; er schluckt ein rohes Ei herunter mit geschlossenen Augen und einem unschuldigen Gesicht, um dann in die Hocke zu gehen und es gackernd wieder zu legen, »schau Karel«, sagt er und fischt das Ei aus der Unterhose; Heinrich Zinn kann mit der Faust einen Backstein entzweischlagen, sich eine Frau wie einen Sandsack über die Schultern legen und mit ihr die Treppe hoch in sein Zimmer steigen (Irma kreischt und zappelt mit den Beinen); er kann ein Kind an den Ohren hochstemmen: Aber gegen die Fremdenpolizei reicht seine Macht nicht aus. Hier nützen ihm weder Geschick noch Kraft oder die Zauberkunst. Die Fremdenpolizei kennt bessere Tricks, sie ist mächtiger als Heinrich Zinn.
Karel ist schlauer als anhänglich, er muß sich Liebe verkneifen, will er überleben. Darum zog er mit dem Tschechen herum. Der spielt Mundharmonika, wenn er traurig ist, und fehlte ihm nicht ein Stempel, wäre er ein Prachtexemplar von Mensch ...
– Mit einigen Schäden allerdings.

Die Polizei erwischte die beiden Herumstreuner zwischen Baden und Aarau. Wo Reuß, Aare und Limmat zusammenfließen, in diesem kleinen Wald, einer nun duftenden Au, hatten sie ein Feuer angefacht. Um zwei Uhr am Nachmittag wurden sie entdeckt (aufgegriffen, heißt das in der Polizeisprache) und bekamen auf dem Polizeiposten zu hören: Falls wir euch bei Sonnenuntergang noch auf dem Gebiet des Kantons erwischen, stellen wir euch an die Grenze.

Der Sonnenuntergang als Drohung und Frist war damals beliebt bei der Polizei. Mit diesen Worten hatte sie schon ein Fahnder des Nachbarkantons vor die Tür gesetzt. Und sie konnten nicht fortwährend vor der Nacht davonlaufen, sie hatten von der Wanderschaft schon Blut in den Schuhen.

– Also Ausschaffung, Übergabe an der Rheingrenze; SS, ein Auto mit dunklen Scheiben?

– Wie Hunderte, Tausende von Flüchtlingen.

Vielleicht führte ein zwischen Mitleid und Pflicht schwankender Grenzwächter sie im Dunkeln auf Schleichwegen über die Grenze, damit sie der sofortigen Verhaftung entgingen. Der Tscheche mit der Mundharmonika war so auch eingereist. Nachts, illegal, Geräusche von Tieren, ein Scharren, ein Pfiff, Schritte auf einem Trampelpfad. Oder über den Paß, von Frankreich her, Schnee, Kälte, durstig, von Italien, geführt gegen Geld. Im Lager lebte er, ins Gefängnis hatte man ihn gesteckt und dort zur Erziehung in nasse Wolldecken eingewickelt, als Holzfäller hatte er gearbeitet, beim Straßenbau (dabei war er von Beruf Übersetzer).

– Und nun ist er Karels Freund.

Karels Mutter hatte ihre Heimat verlassen. Sie war Seiltänzerin, aber das kleine Theater, in dem sie zusammen mit ihrem Freund arbeitete, wurde geschlossen und sie wollte nicht in die Munitionsfabrik zur Arbeit gehen.
– Ist er nicht Karels Vater?
Nein, Karels Vater hatte sie seit Jahren nicht mehr gesehen, das war eine Zirkusliebe; Tierbändiger soll er gewesen sein, irgend etwas mit Löwen und Bären. Sie wollte nie von ihm sprechen. Eine unglückliche Liebe. Siebzehn sie, und schon ein Kind. Ihr Freund war Beleuchter in dem Theater, ein Student, der sich mit diesem Job das Geld für sein Studium verdiente. Er umhüllte die Seiltänzerin mit einem weichen lila Licht und war selbst geblendet von ihrer Schönheit.
– Da war sie Mitte zwanzig.
Im besetzten Prag zogen dreitausend Studenten stumm am Sarg eines Kommilitonen vorbei, er lag in der Kapelle des pathologischen Instituts aufgebahrt. Von der Gestapo gefoltert, an den Folgen gestorben. Vera und ihr Beleuchter nahmen am Schweigemarsch teil, Arm in Arm gingen sie …
– Jan Palach.
– Nein, du hast einen Zeitsprung gemacht und die Russen mit den Deutschen verwechselt.
Sie gingen am Sarg vorbei. Da lag ein zu Tode Geprügelter drin. Vera aber spürte den Arm eines lebendigen Mannes, sie drückte ihn fest an ihre Brust.
Am anderen Tag haben Regierung und Volk zur Kenntnis zu nehmen, Hitler dulde Kundgebungen solcher Art unter keinen Umständen. Jeder Versuch werde in Zukunft niedergeschlagen. Notfalls werde Prag von sämtlichen deutschen Staatsangehörigen geräumt und anschließend zusammengeschossen.

Nach Einbruch der Dunkelheit stürmte die Sicherheitspolizei die Studentenheime. Fast zweitausend Leute transportierte sie in Autobussen ab. Die angeblichen Rädelsführer wurden erschossen.
Bei dieser Razzia verlor die Seiltänzerin Vera den Beleuchter aus den Augen. Nie mehr wird sie etwas von ihm hören.
Vera versuchte dann auszureisen. Und kam in die Schweiz. Um hier verzweifelt zu sterben: eine Frau, noch keine dreißig, die auf dem Seil hoch über einer Menge dahinschreitet ohne Unsicherheit, geht zum Fluß und stürzt sich hinein, eine Frau, die auf dem hohen Seil von Dachfenster zu Dachfenster über die Straße wandelt ohne Angst vor dem Fall, gibt dem Sog der Tiefe plötzlich nach.
Der Beleuchter war kein »Rädelsführer«. Ein junger Mann, der sich mit der Lage der tschechischen Bevölkerung nicht abfinden wollte, das schon. Er fand, die Situation »besetztes Land« sei unannehmbar, und nahm selbstverständlich am Zug der Schweigenden teil. Aber auch, um zu spüren, daß er den Widrigkeiten zum Trotz noch lebte.

Sie hörten das Gepolter von Stiefeln im Treppenhaus, sie waren dabei, gewärmte Dosenbohnen und Sardellen zu essen. Der Beleuchter schaltete gleich richtig.
»Polizei«, sagt er zu Vera.
Es gibt kein Entkommen. Das Zimmer liegt im fünften Stock. Er öffnet das Fenster. Nachtdunkel, mondlos. Rund um das Haus zieht sich ein schmaler Mauervorsprung. Er drängt, Vera, geh da hinaus, du bist schwindelfrei. Fünf Stockwerke über der Straße steht sie auf einem steinernen Rand, unten rattert die Straßenbahn vorbei, Passanten …

– Der Beleuchter wagte sich nicht hinaus?
Er wäre wohl gestürzt. Ihm fehlen der Mut, die Geschicklichkeit und die Nerven, sich auf dem schmalen Vorsprung im Gleichgewicht zu halten. Er schließt das Fenster, schmeißt einen Teller in den Abfalleimer. Er wartet auf den Überfall. Und wie sie kommen, sitzt er allein am kleinen Tisch, eine Sardelle im Mund, den Löffel in den Bohnen...
– KZ Oranienburg.

15

Zahllose Arbeiter zogen auch freiwillig nach Deutschland; sie kamen aus allen Ländern Europas.

– Freiwillig?

Arbeitslosigkeit trieb sie ins Reich. Sie hatten zu Hause nichts zu essen und erhofften sich ein besseres Leben.

Sie haben Familie. Miete und Brot müssen bezahlt sein, Wein, Zigaretten und Kaffee. Oder ein Paar Schuhe, ein Mantel. Und Deutschland brauchte Arbeitskräfte, die Nazis zahlten gut, sie boten Sozialleistungen und Vergünstigungen.

Als Irma in Smolensk ihr Tagebuch schrieb, an einem kleinen Tisch im Licht einer Kerze, flüchtete Vera mit Karel von Prag nach Zürich.

Ein Schlepper brachte sie über die Grenze. Schon am folgenden Tag trafen sie im Haus am Fluß ein, erschöpft, aber froh, ihr Fluchtziel erreicht zu haben.

In Veras Erinnerung ist das blaue Haus am Fluß ein Paradies und Heinrich Zinn ein großer starker Mann. In seiner Hand könnte ein Vogel bedenkenlos ein Nest bauen. Auf seinen Schultern durfte sie reiten als Kind. Er schnitt ihr Flöten aus Haselruten, er schneiderte ihr ein Kostüm, das die gleiche Farbe hatte wie ihre Augen.

– In den zwanziger Jahren?

Veras Vater war ein Entfesselungskünstler. Er ließ sich mit Ketten auf ein Brett binden, auf das eine Haifischharpune zielte.

– Und die ging los?

– Nach genau einer Minute.

Mehrmals hatte er bei Zinn die Zeit zwischen zwei Engagements verbracht und war auch in Bremgarten aufgetreten, ebenso Vera. Sie reisten ein paar Jahre mit einem kleinen Schweizer Zirkus.

Vera erinnerte sich auch an die Razzia, die Bilder suchten sie heim. Sie kletterte aus dem Fenster, der Kopf des Beleuchters befand sich auf der Höhe ihres Schoßes, und für einen Augenblick preßte er sein Gesicht hinein. Die Geste rührte Vera, sie fuhr ihrem Freund mit der Hand durchs Haar. Er schaute zu ihr hoch und schloß das Fenster. Als letztes sah sie eine weiße, verkrampfte Hand. Der Beleuchter zog den Vorhang vor und verschwand aus Veras Leben.

Vor drei Jahren hatten SS-Männer ihren Vater ermordet. In Berlin. Ihre Mutter arbeitete seither in der Munitionsfabrik, die Schwester war mit einem Kunstschützen nach Amerika ausgewandert. Vor mehr als zehn Jahren. Nach Amerika wollte Vera mit Karel eigentlich auch.
Seit dem Tod ihres Vaters haßte sie Nazis.
Das Nachtlokal in Berlin, dicht besetzt: Der Entfesselungsakt galt als Mitternachtsknüller.
Veras Vater war ein sehniger Mann, eher schmächtig und flink als ein Protz. Sein Trick baute nicht auf Kraft, sondern auf Beweglichkeit. Wenn er sich fesseln ließ, bestand er auf zwei Regeln: Die Kette darf nicht um seinen Hals gelegt und nicht unter seinen Armen durchgezogen werden.
– Die SS-Leute haben sich nicht daran gehalten?
Betrunkene Rohlinge. Der zierliche Mann auf der Bühne, der Entfesselungskünstler mit der Stirnglatze und dem schon angegrauten Brusthaar, der bestimmt

kurzsichtig war, eine Brille trug hinter der Bühne und überhaupt etwas alt schien für den gefährlichen Job, reizte ihren Trieb zu töten. Sie wollten nicht den Kitzel der Befreiung von Ketten und das Aufatmen, wenn die Harpune ins Brett schlägt. Die Barbaren wollten den Tod des kleinen Tschechen.

An diesen Mord dachte Vera, als sie auf dem Mauervorsprung hoch über der Straße stand und ihr Freund verhaftet wurde. Sie hatte auch daran gedacht, als sie am Sarg des Studenten vorbeizog und den Arm des Beleuchters spürte. Sie dachte daran, als sie Karel zum Abschied küßte und zum Fluß ging, um ihr Leben zu beenden.

Das amerikanische Konsulat hatte Vera ein Visum verweigert, die Schweizer Fremdenpolizei verfügte die Ausweisung. Ringsum in Europa herrschten Stiefel, Fahnen und Marschmusik, oh, wie sie diese Dreieinigkeit haßte. Sie verdreckte ihr Leben, kein Ende war abzusehen. Es sei denn, du beendest es selbst. Vera freundete sich mit diesem Gedanken an. In ihrer Ausweglosigkeit spürte sie nun eine Art von Trost.

Da Vera nicht nur den Sarg, den aufgespießten Vater und die verkrampfte Hand am Fenster gesehen hatte, sondern am eigenen Leib erfuhr, daß SS-Männer, Soldaten, Konsulate und die Fremdenpolizei eine Seiltänzerin der freien Schultern und nackten Beine wegen immer auch als Flittchen betrachten, zog sie die große Stille des Flusses dem Lärm, dem Spott und der Verachtung vor.

– Hat man sie gefunden?

– Der Fluß hat sie angeschwemmt beim Kraftwerk.

Vera hatte Prag verlassen, weil dort kein Bleiben mehr war. Sie mußte sterben, um in der Schweiz bleiben zu dürfen. Auf dem Friedhof von Bremgarten. Drei Personen nahmen an ihrer Beerdigung teil.

– Heinrich Zinn, Karel und?

– Der Metzger Hans, dessen Sophie als junge Frau Vera ähnelte; Figur und Gang und die Fältchen um die Augen, wenn sie lachte.

16

Zwischen Karel und Artur: das ist meine Zeit auf Zinns Knien. Er hält mich an den Händen und wippt mit den Beinen auf und ab. Ich bin nun im dritten Lebensjahr und murmle mit, wenn Großvater brummelt: »Ryte, ryte Rößli, z Bade stoht es Schlößli, lueged drei Mareie drus: di erscht spinnt Syde, di zweit schnätzlet Chryde, di dritt spinnt Haberstrauh, bhüet di Gott mis Schätzeli au.« Beim »bhüet di Gott« läßt er mich hintüberfallen und fängt mich auf, bevor ich den Kopf am Boden anstoßen kann.
Einmal saß ich gebieterisch auf seiner Schulter, klemmte seinen Hals zwischen meinen Schenkeln ein und hielt mich an Zinns Ohren fest. Das Lasso hatte ich umgehängt, und Großvater watete mit mir in die Reuß hinaus. Seicht war der Fluß an dieser Stelle, und keiner kannte die Untiefen besser als er, die Steine und Tritte, um ans andere Ufer zu gelangen.

Es war der erste April im Jahre vierundvierzig. Bomber zogen über unseren Köpfen nordwärts; wir duckten uns nicht. Deutschland ist ihr Ziel. In Zürich auf der Sechseläuten-Wiese und in Berlin auf dem Alexanderplatz wurde Gemüse geerntet.
– Bomben fielen auf Hamburg und Köln.
– Deine Mutter arbeitete immer noch in der Fahrradfabrik?

Sie hatte Schmerzen an diesem ersten April. Schon beim Aufstehen plagte sie ein Blasenbrennen (warum auch setzt du dich in einem so leichten Kleid und ohne Strümpfe auf ein Motorrad).

– Geht sie nicht zur Arbeit?
Marie Zinn ging in die Fabrik. In jener Zeit blieb man nicht einfach zu Hause. Sie saß vor den eingespannten Felgen, setzte Speichen ein und versuchte den Schmerz (mehr ein Jucken und Stechen jetzt) zu ignorieren. Doch es quälte sie auch ein unsinniger Harndrang. Marie verließ ihre Räder, halb elf war gerade vorbei, sie nutzte einen Fliegeralarm, um zum Abtritt zu gehen, der sich außerhalb des Montageraums im Hinterhof befand. Die anderen unterbrachen die Arbeit trotz der Sirenen nicht.
– Wir sind ja in der Schweiz.
Das Wasserlösen dauert, der entzündete Harnleiter tut weh, sie schließt in dem Halbdunkel die Augen, stark riecht der Urin, und obwohl die ersten Strahlen der Sonne über den Hofrand hereinfallen und die Tür des Klosetts erwärmen, ist ihr kalt. Marie zittert ein wenig, zittert wie die Tür, erbebt, wie alles ringsum bebt, und mit dem Schauer über ihren Körper rieselt etwas Kalk von der Wand, es rauscht, die Spülung geht einfach so los, spritzt sie naß, widerlich.
Die Welt ging unter. Marie wollte die Augen nie mehr öffnen. Oder war sie bloß eingeschlafen? Und ein schweres Motorrad brauste wie durch Schaufensterglas brechend in ihre Träume hinein, riß alles nieder, prallte gegen eine Wand, fing Feuer?
Die Fahrradfabrik brannte, Schaffhausen brannte.

Das Haus, in dessen Dachstock sie wohnte, war getroffen worden, es stand in Flammen.
Obwohl Marie sah, die Mansarde ist weggerissen, betrat sie das Haus; panisch und doch entschlossen. Sie ließ sich nicht aufhalten.
– Warum?

– Eine Brosche, ein paar Briefe, ein kleines Bild an der Wand; und ein Sparbuch . . .
Schutt bedeckt die Treppe, Scherben von Fenstern, alle Scheiben hat die Druckwelle bersten lassen. Marie läuft bis zum ersten Stock hoch. Weiter oben tobt das Feuer. Flammenlärm (so knattern Fahnen) und Rauchgeruch halten sie auf. Die Wohnungstür der Rosnys ist aufgeplatzt.
– Marie geht hinein?
»Ich weiß nicht warum«, erzählt Marie später Irma und Zinn, erzählte sie mir jedes Jahr zum ersten April: »Ich wagte mich nicht in meine Mansarde hinauf, wollte auch nicht zurück auf die Straße.«
Sie betritt die fremde Wohnung: »Ist da jemand?« Niemand gibt ihr Antwort. Scherben auf dem Teppich, ein paar umgeworfene Möbel.
– Mitten im Zimmer liegt ein Bär.
»Der Bär lag da, reglos«, erzählte Marie. »Ich schrie vor Angst.«
Aller Schrecken schien hier zusammengeballt; er hatte sich in einen Bären verwandelt. Marie wollte weglaufen.
– Doch wohin?
Treppauf ins Feuer, treppab ins Chaos der Straße? Wie festgenagelt blieb sie vor dem Untier stehen. Der Bär schien auch hilflos zu sein, in Scherben rührte er sich nun, der traurige Bruder des Unheils. Sein Fell war stumpf, starr. Und ungerichtet der Blick. Kraftlos schleiften die Krallen über den Boden, als er auf Marie zutappte.
»Ich stand wie erstarrt im Zimmer, als der Bär auf mich zukroch.«
Ein ungeschlachtes pelziges Krüppeltier, ein dickes Fell mit schwerem Schädel bewegt sich auf Marie zu. Die

trockene Nase stupst gegen Mutters Beine. Und das Feuer frißt sich Etage um Etage nach unten. Lautlos reißt die Zimmerdecke, eine Spalte klafft auf, ein Netz breitet sich aus.

– Wie im schwarzen See vor Maloja?

– Richtig.

»Krrhh«, murrt der Bär.

»Der Kerl ist ja ausgestopft, dachte ich mit einem Mal«, sagte Marie. »So bewegt sich kein Muskel unter der Haut. Ein Fell ist das.«

Marie packt den Bär mit beiden Händen beim Nacken und reißt den Pelz hoch.

– Artur?

Vor ihr auf dem Fußboden zusammengekrümmt hockt ein kleiner Junge: Artur Rosny.

– Den weiteren Verlauf der Geschichte kenne ich, erklärt meine Tochter.

Sie legt ein Blatt Papier auf den Tisch, holt den Farbkasten und ein Glas Wasser. Sie macht den Pinsel naß, rührt Schwarz an und zeichnet den Umriß des Bären, die Nase, seine Krallen und Augen. Mit Braun füllt sie die Flächen aus, nimmt Rot für die Zunge, Deckweiß für die Zähne. Und dort, wo sie das Herz sich denkt, malt sie ein blaues Loch.

– Die Schußwunde.

Erschrocken saß der Junge vor Marie. Sie hielt das Fell in Händen; steif und spröd hing es herab, der mächtige baumelnde Kopf. Und Artur hockte da, nackt, mehr als bloß nackt: als hätte man ihm die Haut abgezogen.

– Er hat sich unter dem Bärenfell versteckt, wie immer, wenn Gefahr drohte, sagt meine Tochter und treibt die Geschichte voran.

Sie malt Artur. Bärenbraun sein Haar, schwarz die Augen, die Nase, deckweiße Zähnchen, rote Lippen. Das Bärenfell unterm Arm, den Jungen an der Hand, lief Marie die Treppe hinunter auf die Straße.

17

Ich reite auf Zinns Schultern über den Fluß, Bomber und Krähen sind schwarze Vögel für mich.

Im Reich führt die hohe Zahl Gefallener zu einem Rückgang der Geburten.
– Klar, sagt meine Tochter.
– Tote Soldaten zeugen keine neuen Krieger.
Doch es müssen Kinder her. Die Propaganda fordert verstärkte Fortpflanzung der anständigen, charaktervollen, physisch und psychisch gesunden Männer.
– Der »Lebensborn e. V.«
Er sichert erbbiologisch wertvollen Nachwuchs von SS-Angehörigen auch außerhalb ehelicher Bindungen. Ehen zu dritt, Volksnotehen. Der Lebensborn sorgt für willige Frauen und richtet Sonderstandesämter ein. In den Lebensborn-Entbindungsheimen kommen 10 000 Kinder zur Welt. Darüber hinaus betreibt der Lebensborn »Aufnordung« und »Eindeutschung«. Aus Norwegen, Polen und der Tschechoslowakei werden über 200 000 Kinder, die einen germanischen Eindruck machen, ihren Familien weggenommen, nach Deutschland gebracht und von zuverlässigen Nazi-Familien adoptiert.
– Karel allerdings hätte nicht in dieses Konzept gepaßt.
– Jedoch Artur, er war nämlich blond.
– Aber beschnitten. Und du?

Mich hob Zinn von der Schulter. Ich versuchte, Amerika mit dem Lasso einzufangen. Das gutmütige Tier ließ sich an einen Baum binden. Ich schlief in einem weichen Bett, besaß ein hölzernes Spielpferd. Amerika gehorchte mir, Zinn zog meine Ohren lang, Irma tröstete mit Vorlesen, Mutter brachte mir Thunfisch wie Karel. Mir ging es gut. Wurde ich in eine Frühlingswiese gestellt, schaute mein Kopf nun über die höchsten Blumen und Gräser hinaus; nur zum Blütenstand des Kerbels hatte ich noch aufzublicken (und zu den Jungschwalben im Mauernest über der Haustür). Im schlimmsten Fall schien Krieg eine Sache zu sein, von der Großvater graue Haare bekam. Ich warf Steine nach den Enten am Flußufer, deutsche Kinder mußten mit Flakkanonen auf Bomber schießen (und jüdische schlug man mit Eisenstangen tot). Jeden Tag wurde ich reichlich satt, die Rationen waren größer als der Bedarf, und Zinn fing immer noch Forellen mit der Hand. Ich hockte am Ufer im Gras, er krempelte die Ärmel zurück, lupfte Steine im Flußbett, er kannte die Standplätze, griff ins Wasser und hielt schon einen zappelnden blitzenden Leib in der Faust. Wie es knackt, wenn Forellen das Genick gebrochen wird, wie rasch die Haut dann ihren Glanz verliert. Wie gut Fisch doch gebraten riecht und schmeckt auf gedünstetem, mit Butter und Knoblauch bestrichenem Brot.

Amerika habe ich an den Baum gebunden. Er bellt, reißt am Lasso, jault auf. Der Hund entdeckt als erster Marie, die unverhofft nach Hause kommt, und will sie begrüßen. Nun sehe ich Mutter auch, möchte auf sie zulaufen und bleibe wie angewurzelt stehn ...

– Erzählt Mutter dir später, sagt meine Tochter.

– Der Bär machte mir Angst.

Mutter kam nämlich nicht allein. Neben ihr ging ein kleines Tier mit viel zu großem Kopf.

– Artur Rosny unter dem Fell.

Am Fluß entlang unter Bäumen ist er neben Mutter gegangen, scheu, wortlos. Als sie aus dem Wald treten, sagt Mutter zu ihm: »Schau, dort ist das Haus meines Vaters.«

Ein neues Haus bedeutete Fremde, ein bellender Hund signalisierte Gefahr; Artur blieb stehen. »Der kleine Junge dort«, sagte meine Mutter, »ist mein Sohn.« Doch Artur wollte gar nicht zuhören, er drängte nur unters Fell. Das Fell, sein Schutz. Bären sind mutig und stark. Hunde und Männer fürchten sich vor ihnen. Unter dem Fell war Artur ein Bär.

– Ein Bärchen, meint meine Tochter.

– Bärenstark fühlte er sich.

– Sein Bärchenherz pochte, darauf besteht meine Tochter.

Ich stand da mit herabhängenden Armen, erstarrt. Mutter winkte mir zu, Amerika zerrte am Lasso.

Heinrich Zinn trat aus dem Haus.

Ich setzte mich auf den Weg. Auch der Bär setzte sich auf den Weg. Mutter zögerte.

– Sie steht zwischen euch, weiß nicht, soll sie zu dir, dich aufheben und küssen, oder zurück zum Bären.

Zinn stellte mich auf die Beine. Mutter ging zu Artur und stellte ihn auf die Beine.

– Nun geht ihr, zwei Paare, Hand in Hand, aufeinander zu.

»Mir war ganz seltsam zumute«, gestand Heinrich Zinn.

– Ich ahnte nicht, wie sehr er Bären liebte.

»Bewegt war er, gerührt, getroffen«, sagte Marie zu Irma.

– Tiefblau, bestimmt meine Tochter: das Loch im Fell.

Sie taucht nochmals den Pinsel in Wasser und Farbe

und verdichtet das Pigment im braunen Pelz: preußischblau.

Heinrich Zinn ließ die Hand des Enkels los, er beugte sich nicht zu seiner Tochter vor, um sie mit einem Wangenkuß zu begrüßen. Er war fixiert auf das Bärenfell. Egal, wen (oder was) der Pelz verbarg.

»Ich erkannte den Kopf des Bären«, erklärte er.

– Der Bärin, korrigiert meine Tochter.

Heinrich Zinn ergriff das Fell und nahm es an sich. Artur beachtete er kaum. Erneut saß der Junge entblößt auf dem Boden.

Zinn fuhr mit den Händen über den Bärenkopf. Nase, Augenabstand, Ohren: alles stimmte. Auch die Färbung. Und das Loch auf der Herzseite. Überm Bärenherzen das Schußloch.

»Heilandsack«, sagte Zinn.

Er seufzte, er stöhnte, er murmelte und schrie: »Das darf doch nicht, nein, niemals, doch ...«

– Himmel, Arsch und Zwirn, flucht meine Tochter.

Schimpfte Zinn.

Flüsterte: »Es ist das Fell meiner Mutter.«

Wir stellen uns den Himmel vor

1

Wir stellen uns den Himmel vor, aus dem die Bomben auf Schaffhausen fallen.
Ein sonnenwarmer Tag, die Leute gingen in leichten Kleidern, selbst in der Stadt roch man den kommenden Frühling.
Wie heute.
Mit der Bahn sind wir zum Rheinfall gefahren und schauen nun durch farbige Butzenscheiben auf das herabstürzende, zerstäubende Wasser.
– Ein Mann hat versucht herunterzukommen, in einem Faß, sagt meine Tochter: Stell dir vor, zerschellt am Fels, zersplittert.

Markt vor Palmsonntag. Die Frauen kauften frischen Kopfsalat, der Metzger bot Lamm an. Die Straßen, die Gassen wimmelten von Menschen. Über der Stadt lag der feine Dunst des Frühlings. Halb elf Uhr war gerade vorüber. Erst leise, dann immer deutlicher vernahm man das Brummen herannahender Flugzeuge.
– Jetzt heulen die Sirenen los?
– Bei deren Abklingen das Motorengeräusch immer stärker wurde.
– Heb den Blick.
Durch den Dunst siehst du zwei Geschwader, mehrmotorige Flieger. Hoch oben. In Keilformation überfliegen sie die Stadt. Die Menschen laufen zusammen und ereifern sich. Die Flugzeugstaffeln binden ihre Aufmerksamkeit.
Da wird das Dröhnen von Salven punktiert.
– Maschinengewehre?
– Knallen, Bersten, explodierende Geschosse.

Etwas verwirrt, aber eigentlich furchtlos, blieben die Leute auf der Straße stehen und blickten zum Himmel hoch, bis sie spürten: der Boden wankt.

Marie Zinn zitterte und erbebte wie alles ringsum. Kalk rieselte von der Wand, die Spülung rauschte los, spritzte sie naß.
Der starken Explosion folgten weitere, weniger heftig, doch deutlich vernehmbare Stöße, Schläge; schon stiegen Rauchsäulen hoch, brachen Flammen aus Giebeln. Es paßte nicht in den Kopf der Stadtbewohner: Ami-Flieger warfen Bomben ab...
– Ein Irrtum?

Marie Zinn und der gerettete kleine Bär erregten keine Aufmerksamkeit. Die Frau zog das Tier hinter sich her. Das wehrte sich kaum, folgsam trottete es mit der Frau, die selbst ziellos in brennenden Straßen umherirrte. Marie ging, weil alles in ihr vorwärtsdrängte. Gehend versuchte sie die Angst zu vertreiben.
– Marie wußte nicht wohin?
Zinn, dachte sie, Irma, dachte sie, dachte: Haus am Fluß. Doch der Bahnhof war zerstört. Dort fuhr kein Zug mehr. Und so taumelte sie weiter. Wer stehenbleibt, gerät ins Sinnieren. Wer stehenbleibt, muß denken.

Nach den ersten Einschlägen, als Marie von der Fahrradfabrik nach Hause rannte, sah sie Rauchsäulen und zerborstene Häuser.
»Schlimm, die Bomben an der Frauengasse«, erklärt sie später, »die Lederfabrik, Wohnhäuser brannten, weiter oben Flammen aus den Fenstern des Museums.«
– Nun lebte sie plötzlich mittendrin...
– In der Film-Wochenschau.

Die Augen, sinnlos die Augen zu schließen, die Nase, die Nase zuhalten, sinnlos, das Gehör, die Ohren verstopfen, sinnlos, alle Fasern des Körpers sind Leiter, wild schießen sie Signale ins Hirn: kein Entrinnen.
– Dabei ist Mutter unversehrt, unverletzt.
Wäre sie doch bloß auf der Toilette sitzengeblieben. Drei Tage und Nächte ausharren in dem Loch. Hände vors Gesicht, Kopf zwischen die Schultern, während der Kalk von den Wänden rieselt.
– Aber die Spülung.
– Sie war Arturs Glück.
Marie floh aus der Toilette, rannte auf die Straße, blind für Gefahren, immun gegen den Tod. Sie hätte in der Schürze Bomben auffangen können.

Nun hielt sie das Bärchen an der Hand.
Der Platz vor der Post war übersät mit Glasscherben. Schreie und Rufe aus dem Bahnhof. Heilige Muttergottes: was eine Sprengbombe anrichtet. Tote wurden geborgen. Das Militär räumte Schutt beiseite. Stumm legte man Leichen frei, Leichenteile.
Die Fluchtwege waren abgeschnitten. Marie zog den Bären fort zum Fronwagplatz und in die Vordergasse; nicht ein unbeschädigtes Haus.
Soldaten sperrten Plätze ab.
An der Münstergasse wollte der Bär nicht mehr weiter. Er zerrte an Maries Hand, wurde schwer, setzte sich auf den Boden, hustete, schniefte, heulte, hockte störrisch neben einem Blindgänger.

Als Marie Zinn drei Tage später im blauen Haus am Fluß ankam, waren die Toten von Schaffhausen in einem Gemeinschaftsgrab im Waldfriedhof beerdigt, und der amerikanische Präsident hatte sich mit einem

Telegramm entschuldigt: UNSERE PILOTEN WERDEN SEHR SEHR TRAURIG SEIN, WENN SIE VON IHREM IRRTUM ERFAHREN.

»Am Bahndamm, wo man sich einigermaßen in Sicherheit glaubte«, erzählt Marie, »stapelten die Bewohner der zerstörten Häuser ihre gerettete Habe auf...« Etwas Wäsche, das Radio, was man gerade noch mitnehmen konnte. Eine Frau, die alles verloren hatte, blickte auf die rauchende Stadt. Sie hatte es gewagt, noch einmal in ihre Wohnung einzudringen: um eine Blumenvase aus den Flammen zu retten.

Marie saß am Bahndamm. Auch sie hatte alles verloren. Aber dafür den kleinen Bären gewonnen: Artur.

– Alter?

– Sechs Jahre.

– Gehört wem?

– Dem Kunsthändler Serge Rosny.

Den kannte Marie allerdings nur flüchtig. Er war um die vierzig und etwas beleibt, er trug Anzüge, dezente Krawatten und einen Siegelring mit einem hellen Stein.

– Die Farbe von Arturs Augen?

– Die Augenfarbe auch von Arturs Mutter.

Gewesen, es war die Farbe ihrer Augen gewesen. Nun erloschen. Die lebendigen Augen dieser Frau existierten nur mehr in der Erinnerung ihres Mannes.

Der Ring war dafür ein Pfand. Und Artur ist nun für Marie ein Los. Der Junge mit dem Bärenfell war ihr zugefallen, sie hatte ihn aus dem brennenden Haus gerettet.

Weil Augenzeugen aussagten, sie habe ihn herausgetragen, wurde sie mit einer Rettungsmedaille ausge-

zeichnet. Auf das silberne Ding war sie im Alter stolz. Als seien Leid und Schrecken jener Tage in Prägung und Schrift zusammengefaßt.
»Die Bomben, oh, Gott«, erzählt sie. »Das Feuer sprang von Dach zu Dach. Kaum waren wir draußen, brach die Treppe zusammen.«

Ausrufer liefen durch die Straßen, Plakate wurden geklebt:

ALLE WEHRPFLICHTIGEN UND ORTSWEHRLEUTE
VON SCHAFFHAUSEN
SOFORT ZUM RETTUNGSDIENST EINRÜCKEN.
IN UNIFORM, KEIN GEPÄCK.

Der elektrische Strom fiel aus, es roch nach verströmendem Gas, Wasser spritzte aus geborstenen Rohren, die Fahrleitung der Straßenbahn hing herunter; und der Himmel war blau, immer noch dunstigblau hinter Rauchsäulen und wegdriftenden Schwaden, idyllisch und weit.
– Wie heute über dem Rheinfall, sagt meine Tochter.
Wir gehen durch Schaffhausen und finden keine Spuren mehr von damals. Alles, was an Bauten vernichtet wird, besorgen Bulldozer im Auftrag, bezahlt und genehmigt. Sonst putzig friedlich das Städtchen. Menschen in Straßencafés, sie essen frische, aus Israel eingeflogene Erdbeeren mit Sahne, sie trinken gespritzten Weißwein und haben Einkaufstaschen neben sich stehen.
Wir könnten Passanten fragen: Wißt ihr noch?
Was?
Die meisten Leute sind ohnehin zu jung. Halbwüchsige am Walkman, Mütter mit dem Baby im indianischen

Hüfttuch, Arbeiter aus Anatolien und Portugal, Schwestern von Madonna und ein Junge in Bermudashorts auf dem Rollbrett, der antworten könnte: Und du, weißt du, wie die Welt morgen nachmittag um vier Uhr aussehen wird?

Vergessen, schrieb Mutter mit dem Finger auf eine beschlagene Fensterscheibe. Da war sie schon vierzig. Sie liebte es, auf Glas zu schreiben. In der Küche, wenn Dampf die Scheiben beschlug. Oder wenn sie bei Regen im Zug unterwegs war. Immer auf Glas, mit dem Finger. Nie benutzte sie Bleistift oder Farbe und Papier. Manchmal behauchte sie den Spiegel im Bad, machte ein Zeichen, ein Kreuz, eine Blume, oder drückte die Hand darauf und schaute zu, wie das Muster wegtrocknete. Im Winter ritzte sie mit dem Fingernagel das Eis am Fenster oder fuhr übers Glas, bis die dünne Schicht schmolz und ihr Finger kalt wurde und weiß.

– Und dann dir am Hals unter den Kragen, brrr.

Doch Marie Zinn vergaß nicht, sie konnte nicht vergessen und verfluchte den Zwang, sich erinnern zu müssen. In diesem Punkt dachte sie ganz anders als Irma. Einmal zeigte sie mir das Bild eines Gedächtniskünstlers. Der Mann hatte seinen Kopf so lange trainiert, bis er nichts mehr vergessen konnte und in eine Heilanstalt eingeliefert werden mußte.

Das Erinnerte ist ein Hinweis, darauf bestand Irma. Neben dem Heute muß etwas existieren. Die Erinnerung ist unsere Verbindungsleine zur Gerechtigkeit.

»Darum behältst du den Kopf voller Gerümpel«, sagte Marie.

– Ohne Gedächtnis wären wir wie Tiere ohne Instinkte, behaupte ich. Voller Bilder steckt unser Kopf, die wir übermalen, übertünchen, die wir eintauchen ins milde oder entsetzliche Licht der Erinnerung.

In Marie Zinns Erinnerung blieb Schaffhausen eine brennende Stadt voller Scherben und Tod (jetzt steigen amerikanische Touristen , die Kamera vor dem Bauch, vom Munotturm herunter). Marie Zinn fuhr zeitlebens nie wieder hin.
Serge Rosny mußte nach Bremgarten kommen.

2

In einem schwarzen Citroën mit breiten Kotflügeln und tiefer Bodenlage fuhr Serge bei Zinn vor.

»Mir fiel das Weiß seiner Manschetten vor dem schwarzen Lack auf«, sagte Mutter, »makellos weiße Manschetten trug er im sechsten Kriegsjahr, die leuchteten fast gelblich, so hell; ich mußte an einen Zauberer denken.«
– Er ist Deutscher?
– Ja, mit einem wundersamen Paß.
Vor dem Krieg führte er in Frankfurt eine Galerie, Rosny war befreundet mit Max Beckmann und anderen Künstlern.

Er steigt aus dem Citroën, stützt die Hand mit dem Siegelring auf die Kühlerhaube, etwas verlegen, als müsse er sich vorbereiten oder besinnen. Nun geht der Herr im blauen Anzug über den Kies, Straßenstaub dämpft den Hochglanz seiner Schuhe.
Marie und Irma sitzen auf der Treppe.
Beide schieben den zurückgelegten Rock über die Knie und stehen auf. Der Herr nimmt den Hut vom Kopf, er hält ihn vor den Bauch, als habe er etwas zu verstecken. Die Frauen stehen vor ihm, beide in weißen Söckchen, nicht weniger verlegen, obwohl Marie Herrn Rosny ja kennt, den Vater von Artur, der wohl seinen Sohn abholen will.

Rosny hielt sich im Ausland auf, als die Bomben fielen. Er war heimgereist, überstürzt, um ein kaputtes Haus vorzufinden. Der Dachstock war ausgebrannt, das

Treppenhaus weggerissen, Rosny konnte seine Wohnung nur über eine Notstiege erreichen. Artur war fort, und die Haushälterin, die für ihn gesorgt hatte, lag im Gemeinschaftsgrab.
Serge Rosny stand in einem Trümmerfeld. Ein paar Bilder, die in dem Durcheinander von Möbelbruch und Brandschutt unversehrt an den Wänden hingen, als hätte eine schützende Macht ihre Hand über sie gehalten, spendeten ihm Trost. Beckmann, Nolde, Macke und ein grünes Pferd von Franz Marc. Auch sein liebstes Gemälde, eine Malerei von Marc Chagall: eng umschlungen schwebt ein Liebespaar über einem brennenden Dorf, das Feuer kann den Liebenden nichts anhaben, nicht einmal die Blumen im Haar der Frau sind angesengt, sie duften sogar. Ganz deutlich meinte Rosny sie zu riechen. Mit diesem Duft in der Nase stand er vor dem Gemälde. Nicht nur von Elend, Trümmern und Brandgeruch, auch von Chagalls Liebespaar und Blumenduft war er zu Hause empfangen worden.
– Zu Hause?
Er kehrte an den Ort zurück, der sein Zuhause gewesen war, er kam von einer Reise über Brüssel, Antwerpen und Amsterdam. Drei Jahre hatte Rosny hier gelebt, allein mit einem kleinen Sohn, der nicht mehr sprach, seit seine Mutter verschleppt worden war von den Nazis, seit er den Vater auf den Knien hatte liegen sehen vor schweren Stiefeln.

Wie Jack Dempsey Schärfe, hatte Serge Rosny Traurigkeit in den Augen.
»Die traurigsten Augen«, meinte Heinrich Zinn, »in die ich jemals geblickt habe.«
Ja, die Augen bestimmten den Ausdruck von diesem Herrn Rosny mit den tadellosen Manieren, mit den

seidenen Hemden und all dem Geld, dem feinen Rasierwasser und Kunstgeschmack und gültigem Paß. Diese Augen verrieten ihn, und man konnte sich in sie verlieben. Sein Blick rührte Marie, er weckte ihr Mitleid; aber auch eine Erregung. Weiche Knie hat sie bekommen, sagte man damals, sie wünschte sich, ihn zu berühren, ihm gut zu sein.
– Verliebt sich Marie in Serge?
Der Herr mit den weißen Manschetten, dem Hut vor dem Bauch und den langen Wimpern, der leicht näselnd spricht und sich verbindlichst bedankt bei Marie Zinn für die Rettung seines Jungen aus dem Feuerofen, als halte er sie für einen Engel, verkörpert kaum den Mann ihrer Träume.

Als Rosny von Schaffhausen nach Bremgarten fuhr, war er bedrückt. Wie weiter? Er fand keine Antwort. Diese Ungewißheit quälte ihn seit Amsterdam, er war ratlos und traurig.
Nun holte er seinen Jungen ab.
Aber wohin?
Er wußte es nicht.
Da erblickte er Zinns Haus. Blau tauchte es vor ihm auf. Seine Farbe. Langsam, ganz langsam fuhr Rosny aus dem Wald hinaus und meinte zu träumen. Mit einem Mal fiel alles Schwere von ihm ab. Als er ausstieg, dastand und die Hand auf dem Auto abstützte, als es schien, er zögere und sei unsicher, faßte er einen Entschluß.
In Amsterdam hatte sein Kummer begonnen. Er saß bei Beckmann im Atelier am Rokin, der Meister zeigte ihm Federzeichnungen, als er die Nachricht vom Bombenabwurf auf Schaffhausen erhielt.
– Wo die Telefonleitungen nun tot waren.

Telegrafisch nahm Rosny Kontakt auf. Man versicherte ihm, Artur lebe. Seine Retterin kannte er flüchtig als die Frau, die in der Mansarde wohnt. Einmal war ihm aufgefallen, daß sie die Beine gebräunt und mit Wimperntusche eine Strumpfnaht über die Waden gemalt hatte. Er fand das ordinär und aufreizend zugleich, es beflügelte seine Phantasie. Rosny erinnerte sich auch an die Musik, die Marie vom Grammophon spielte, mitsummend bei offenem Fenster. Durch sein Fenster hörte er zu und stieg in Gedanken die Treppe hoch in ihre Kammer, während am verblauenden Himmel ein Schwarm Vögel Schleifen flog. Schwalben und ihre lauten Rufe.

Da steht sie also in weißen Söckchen, und im Raum hinter der offenen Tür hockt der kleine Bär mit dem breiten Schädel, knurrt, jault, schlüpft aus dem Fell, als er die Stimme Rosnys hört, erhebt sich auf die Hinterbeine und tapst etwas zögernd und ohne Überschwang auf den Vater zu.
– Spricht er jetzt?
Nein, Artur sagt nichts, er bleibt weiterhin stumm, begrüßt seinen Vater nur mit einem dünnen Heulen und stupst ihn mit der Nase (als sei er wirklich ein Bär), faßt aber seine Hand und läßt die Vaterpranke für zwei Stunden nicht mehr los.

Mit dem Citroën war Rosny von Amsterdam nach Schaffhausen gerast, mit halbfingrigen Handschuhen aus Wildleder und einer goldenen Brille, von Schlagbaum zu Schlagbaum fuhr er mit einem Paß, in dem »Sesam, öffne dich« zu stehen schien.
– So ein Paß hat Karel gefehlt.
Genaugenommen sind es zwei Pässe, sie weisen ihn

aus, einmal als Deutschen und einmal als Amerikaner. Freilich zaubert er immer nur einen, den jeweils gerade richtigen aus der Westentasche.
Im Kofferraum Gemälde und Zeichnungen von Beckmann und einen kleinen Feininger, der ihm in Antwerpen von einem Freund anvertraut worden war, nebst zwei Aquarellen von Paul Klee, die er seit Nizza mit sich führte. Freilich auch französischen Wein und holländische Zigarren.
Wein und Zigarren paßten zu den Pässen mit den Sonderstempeln, einen Klee kann man im Krieg und im Frieden für eine Kinderzeichnung ausgeben und Beckmann als selbstgemalt (Kulissen sind das, für eine Theateraufführung der neunten Division). Den Feininger hatte Rosny vom Rahmen gelöst und unter dem Futter seiner Jacke befestigt.

– Tarnte er sich manchmal als Nazi, als Bonze?
Ich weiß nicht, ob man das so ausdrücken darf. Der Verdacht ergab sich aber nicht zufällig. Seine Pässe, so hatte es den Anschein, wiesen ihn als Mann aus, der in »Geheimer Mission« reiste. Was auch stimmte, in gewisser Weise und mit umgekehrten Vorzeichen. Serge betätigte sich als Kurier. In dieser Rolle fühlte er sich als ein Mann, der rettet und sein Leben aufs Spiel setzt. Serge Rosny glaubte, der Menschheit einen Dienst zu erweisen, indem er unersetzbare Kunstwerke in Sicherheit brachte.
In der Galerie oder im Museum vor meisterlichen Gemälden spürte er nämlich eine Verwandlung. Freier wurde er und leichter. Serge Rosny liebte die Kunst und lebte für sie ...
– Er lebte aber auch gut davon.

– Nun holte er seinen Jungen ab?
Er saß an Heinrich Zinns Tisch. Französischen Wein hatte er mitgebracht, Käse und Geräuchertes aus dem Elsaß, weißes Brot.
Ihm gefiel, wie Marie aß. Marie selbst war erstaunt: Man konnte also reden mit diesem Rosny. Er wirkte zwar immer etwas abwesend, zumindest in Gedanken, und doch war er aufmerksam und freundlich. Seine Augen, wenn er den Blick hob, solche Augen hatte Marie noch nie gesehen. Und als er sie betrachtete, war ihr, er rücke näher. Oder zoomte er sie heran? Ein Sog, ja, der blaue Sog der Dämmerung ging von seinen Augen aus.
Nun erhebt er sich plötzlich vom Tisch, tritt ans Fenster, steht dort, die Hände auf dem Rücken, und schaut über die Wiese zum Fluß hinaus und auf den mit Bäumen bestandenen Hang am anderen Ufer. Das letzte Licht des Tages flutet herab. Ihm ist, als sei die Zeit angehalten worden und dieser Ort, das blaue Haus am Fluß, in diesem Augenblick der Welt verlorengegangen.
»Das fallende Abendlicht«, sagt er, wieder am Tisch, »hat uns zurückgedrängt in die Epoche Caspar David Friedrichs.«
– Nein, den kennt Marie Zinn nicht.
Serge besitzt kein Bild des alten Meisters, bietet aber an, mit Marie ins Kunsthaus zu fahren und zu einem befreundeten Galeristen.
– Mit dem schwarzen Citroën?
– Das ist für Maries Blase besser als ein Motorrad.

Er aß Wurst mit Messer und Gabel, brach Brot und redete über das Licht, das den Hang modelliert und aus dem Fluß erst den Fluß macht. »Etwas erhaben Dahinströmendes«, schwärmte er und sagte, »das Licht

verzaubert den Raum«, während Marie dachte, der Knoten seiner Krawatte ist viel zu dick, bei seiner Figur sollte Rosny nicht so lange Krawatten tragen und den Knoten nie doppelt verschleifen. Doch jetzt schaute er sie wieder mit Zoom an, lächelte, und zum ersten Mal in ihrem Leben fiel Marie auf, daß Rotwein im Glas funkelt.
Als er so am Fenster stand und Marie seinen breiten runden Rücken sah, dachte sie: er versteckt Flügel unter der Jacke, ich möchte diese Flügel sehen.
Serge Rosny betrachtete nicht bloß die Lichtfülle der Landschaft, er überlegte eine kleine Rede.
– Er will Artur hier lassen.
– Im blauen Haus am Fluß, entfernt von den Unbilden der Zeit.

Natürlich war dieser Rosny Idealist, ein Schwärmer und kunstbesessener Mensch. Er stürzte sich gern in den Abgrund des Schönen, jedoch mit Fallschirm. Er war musisch und geschäftstüchtig, ohne Widerspruch verband er Kunst und Geld. Er bewunderte das über den Abhang sich verströmende Licht, dieses Naturgemälde, das im Bildersinn eines romantischen Malers seinen Ursprung hätte haben können, erwog aber auch die Ungeheuerlichkeit der Umstände, die Unzeit 1944: Europa ist ein Schlachtfeld, die Erde ein Friedhof, dieses Haus verschont, ein entrückter Ort. Und er rechnete; Rosny dachte an Geld, er überschlug die Summe, die er Marie und Heinrich Zinn anbieten wollte.
– Damit Artur bleiben darf.
Zinn willigte ein. An Bezahlung hatte er gar nicht gedacht. Selbstverständlich nahm er den stummen Bären in seinem Haus auf. Nun aber ging Rosny einen Schritt weiter. Er selbst, sagte Serge, wäre geneigt, in Zinns

Haus ein Zimmer zu mieten. Einerseits, um über ein Refugium zu verfügen, eine stille Zelle, anderseits, um bei seinem Sohn sein zu können, wann immer seine geschäftliche Tätigkeit dies erlaubte.

– Artur darf bleiben, das ist klar.

– Aber sein Vater?

Das blaue Haus war geräumig. Man müßte nicht einmal zusammenrücken. Da standen schon lange zwei Zimmer leer; die könnte man herrichten.

Schon zwei Tage später begannen Handwerker mit der Arbeit. Schreiner, Gipser, Maler, Elektriker. Zur Eile angehalten von Serge, dem alles zu langsam ging.

»Weil er selbst gehetzt war«, sagte Marie.

Rosny schien besessen von der Idee, im Haus am Fluß die ersehnte Zuflucht endlich gefunden zu haben. Eine Bleibe für Artur, den Ort für seine Gemälde, den Platz für sich selbst. Die Renovierung konnte nicht schnell genug vor sich gehen. Rosny hatte keine Zeit zu verlieren, und schon gar keine zu verschenken. Nach dem Feierabend der Arbeiter legte er selbst Hand an. Bis spät ertönten im Haus Geräusche, die Amerika nicht mochte; Hammer und Säge, das Kratzen der Gipserkelle. Am Morgen kam Serge mit roten, von der Arbeit geschwollenen Händen zum Frühstück.

3

Rosny benahm sich merkwürdig. Er schien etwas zu verbergen, etwas vorzutäuschen ...
Aber was und warum? fragte sich Heinrich Zinn.
Im Atelier ließ Rosny für einen Anzug Maß nehmen. Eher mit dem Wunsch und im Glauben, dem Schneider damit einen Gefallen zu erweisen, denn aus Notwendigkeit. Zinn merkte das wohl. Rosny besaß Anzüge genug. Sie trugen Etiketten berühmter Schneider aus ganz Europa. Doch Rosnys Weltläufigkeit imponierte Zinn wenig; vielmehr nährten die Reisen des Kunsthändlers einen Verdacht.
– Sprach er ihn darauf an?
Rosny versicherte ihm, weder Spion noch Parteigänger der Nazis zu sein. Serge Rosny baute auf Schutzherren und pflegte intensiv Kontakte zu einflußreichen Personen, »die über Grenzen und Ideologien hinweg die Liebe zur Kunst vereint«, erklärte er Zinn. Der Krieg töte nicht nur Menschen, er vernichte auch Kunstwerke, »ein europäisches Erbe«, sagte Rosny. Es zu erhalten sei ihm das wichtigste. Dafür zu sterben nehme er in Kauf.

Rosny bat Zinn nach einer Anprobe zu sich, zeigte ihm ein paar Gemälde, die an den frisch geweißten Wänden hingen, Bilder, Schätze ...
– Für die man ein Flugzeug hätte eintauschen können, groß genug, damit einhundert Verfolgte nach Amerika auszufliegen, ereifert sich meine Tochter.
Heinrich Zinn verzog keine Miene. Er dachte an Karel, an seine vergeblichen Bemühungen, die demütigen Gesuche, die Wutausbrüche vor Beamten. Ein ein-

ziges dieser Bilder hätte genügt, den Jungen zu retten.

– Ein kleiner Klee für ein kleines Leben?

Rosny besäße durchaus die Möglichkeit, mit seinem Jungen nach Amerika auszuwandern. Per Schiff. Doch er zog die Schweiz Amerika vor. Er hätte hier ein Haus kaufen, sich verschanzen und bessere Zeiten abwarten können. Doch er blieb bei Zinn, bewohnte seine Zimmer und fuhr immer wieder weg mit seinem schwarzen Citroën. Serge Rosny hätte seine eigenen und die ihm anvertrauten Bilder bei einer Bank im Safe verwahren können. Doch er hängte sie im Haus am Fluß an die Wände. Er war ein Mann, dessen Glaube an Sicherheit sich auf einen letzten Ort konzentriert hatte. Oder anders ausgedrückt: nachts, wenn er im Bett lag, das Rauschen des Flusses hörte und die Schläge der Turmuhren aus der nahen Stadt, wurde seine Schlaflosigkeit erträglicher in der Umgebung seiner Bilder. Sie wärmten mehr als Kleidung. Unter Chagalls Liebespaar spürte er Vergebung und Trost. Befänden die Gemälde sich im Depot einer Bank, läge er im Kerker. Das Gebäude seiner Welt war eingestürzt. Bilder blieben als ihre Erkennungszeichen. Kunstwerke. Und als Sammler versuchte er, sie neu zu installieren. Ein Wunsch, ein Wahn, dessen ist er sich bewußt. Aus »entarteter Kunst« schöpfte er Mut und Lebenskraft, immer wieder neu. Sie half ihm, die Müdigkeit auszuhalten, und linderte seinen Lebensverdruß.

»Die Welt ist nicht nur seltsamer, als wir es uns vorstellen«, sagte Rosny bei der Anprobe, »sondern seltsamer, als wir uns vorstellen können.«

Zinn steckte die Hosenlänge ab und fragte: »Woher haben Sie eigentlich das Bärenfell?«
Und Marie will wissen, warum Artur nicht spricht.

4

Marie saß im schwarzen Citroën etwas tief, es war unbequem, die Beine geschlossen zu halten und zugleich auf den Rock zu achten. Der wollte über die Knie hochrutschen. Begünstigt durch die glatte Seide. Seidenstrümpfe hatte Rosny ihr geschenkt und ein dunkelblaues Kostüm, das ihr wie angegossen paßte.
Schmale Taille, breite gepolsterte Schultern.
Und ein Hütchen mit feinem Schleier.
Das lag nun auf dem Hintersitz; ein wenig ähnelte es einem Vogelnest. Das Fenster war handbreit geöffnet, sie spürte den Wind auf dem Gesicht und im Haar. Kein Vergleich mit einem Motorrad, einer schweren BSA, auch ist Serge nicht ein Kerl, an dessen Rücken sie sich anschmiegen, um dessen Bauch sie die Arme schlingen möchte während der Fahrt. Doch Seidenstrümpfe hat ihr noch nie ein Mann geschenkt, ganz zu schweigen von einem Kostüm.
Marie hört gern zu, wenn er von seiner Kunst schwärmt, sie ist dafür empfänglich und liebt es, mit ihm Ausstellungen zu besuchen oder ein Kunsthaus. Marie hat nun die Flügel unter Serges Jacke gesehen und berührt. Mit Rosny hatte sie in Luzern die Galerie Fischer besucht, nun fuhren sie zurück zum Haus am Fluß, Marie saß neben Serge, rauchte, spürte den Wind, genoß die Aussicht, die frühsommerliche Landschaft. Kaum Gegenverkehr. Hell schimmerte der Himmel, lichtgrün der Wald, hier und dort leuchtete ein Rapsfeld neben einer Gruppe dunkler Tannen, auf den Feldern arbeiteten Bauern, fern verblauten die Hügelzüge. Marie klappte die Sonnenblende herunter. Kurz sah sie ihr Gesicht im kleinen Spiegel, nun den

Horizont, die Alpen, den matten Glanz des ewigen Schnees ...

Nackt wirkt Rosny eine Spur zu hilflos, sein Leib fühlt sich weich an, rundlich ist er wie ein kleines Kind, zart bei aller Fülle, behutsam und stumm in der Liebe.

Geschädigt, denkt Marie jedesmal, unheilbar verletzt. Aber warm. Nackt schutzbedürftig, im Anzug selbstbewußt. Noch bei keinem anderen Mann hat sie den Unterschied so kraß festgestellt. Sie mag den Bruch, das Schillernde. Serge hütet ein Geheimnis, er behält eine Reserve, etwas, das undurchdringlich und nicht zu ergründen ist.

Nun summte sie im Auto Lili Marlen. Serge bat sie plötzlich, etwas ungehalten und barsch, zu schweigen und entschuldigte sich gleich. Sing wieder, Marie. Doch aufgefordert kann sie halt nicht. Ein anderer Mann würde nun seine Hand auf ihr Knie legen, Serge nicht. Serge behielt die Hände am Steuer. Doch Marie ist nicht eine Frau, die lange schmollt, sie legte die Hand auf Rosnys Nacken und steckte einen Finger unter den Kragen seines Hemdes; versöhnlich.

Im Auto kann sie besser denken als auf dem Motorrad. Der Mann im Citroën ist auch mehr ein Kopfmensch als die Männer auf den schweren Maschinen, die wiederum mehr Körper hatten. Auf jeden Fall würde der kluge Rosny auf der BSA eine lächerliche Figur abgeben, was nicht heißt, ihre Motorradfahrer hätten nicht auch eine lächerliche Seite gehabt. Doch sie waren nie bloß hirnlose Typen. Das Gefährt schien nur diese oder jene Seite eines Mannes zu betonen.

Und sie selbst?

Du bist bloß immer Beifahrerin, Mitreiterin, gestand Marie sich selbst.

– Co-Pilot...
Angepaßt, angeschmiegt, Frau halt, dachte sie, schöne Geliebte mit Seidenstrümpfen im Dreisterne-Hotel, vor dem der Citroën parkt, Freundin mit bloßen Beinen (gebräunt mit Schminke, und mit Wimperntusche die Strumpfnähte gemalt) beim Picknick auf dem Feld, wenn die BSA am Wegrand steht, der Motor noch heiß von der Fahrt.
»Stört dich das«, fragte Irma.
»Stört mich nicht unbedingt«, antwortete Marie, »fällt mir aber auf.«
»Halt dir Rosny warm«, spottete Irma, »ein schwarzer Citroën bedeutet ja nicht, es gibt keine BSA mehr.«

Marie drückte die Zigarette im Aschenbecher aus. Du bist ja verrückt, mit einem deutschen Kunsthändler und Liebhaber über Land zu fahren, am Murimoos vorbei, wo italienische Deserteure Torf stechen.
Sie stellte sich Rosny in Arbeitskleidung vor, einen Spaten in den Händen. Das gelang ihr nicht leicht. Obwohl im Moor auch Ärzte arbeiteten, Professoren, Künstler. Viel eher erkannte Marie sich selbst in dieser Stellung: Rücken gebeugt unter der Sonne, Blick auf den Boden geheftet.
Rosny hat zwar beim Herrichten der Zimmer mitgeholfen, ungeduldig und mit einem Widerwillen gegen Schweiß, grobe Arbeit und Schwielen an den Händen.
Nun, es war vielleicht nicht eben schwer (und auch nicht dumm, da gab sie Irma recht), sich diesen Rosny warmzuhalten, aber sie fand es schwierig, ihn zu wärmen.
– Liebt sie ihn denn nicht.
Doch, sie liebte ihn, sie fing an, ihn zu lieben, genau

gesagt. Stetig wuchs ihre Zuneigung zu diesem Mann und Grenzgänger, dem alles zu gelingen schien, der sich zwischen Feinden bewegte wie ein Traumtänzer und weder die Fremdenpolizei noch eine andere Behörde fürchtete. Als Vorhut hatte er den kleinen Bären in ihr Leben geschickt, bevor er selbst mit dem Auto anreiste, und sie hatte vor dem Essen ohne Zögern ein weißes Tischtuch aus dem Schrank genommen, was ihr noch bei keinem anderen Besucher oder Gast in den Sinn gekommen war.

Rosny ist so anziehend fremd, ganz Form und doch herzlich. Nichts scheint er nun falsch machen zu können und muß doch einmal im Leben alles falsch gemacht haben. Alles hat er im Griff (aber seine Familie wurde im KZ ermordet, und eine Bombe zerstörte seine Wohnung in Schaffhausen). Er ist gebildet, gepflegt, kunstliebend und reich. Er besitzt jedoch kein Talent für das Leben, so wie Marie es versteht. Geschäftstüchtig und glücklos pendelt er durch die Tage. Über dem Gesicht des gebrochenen Mannes trägt er die Lächelmaske des Weltmannes. Ohne Hoffnung, ohne Zuversicht, das spürt Marie, wenn er die Jacke auszieht, das Hemd, sobald seine Flügel zum Vorschein kommen. Trostbedürftig ist Serge Rosny, trostsuchend, ein verlorener Mensch.

– Liebt er sie nicht?

Er hat sie begehrt, von Anfang an, ganz allmählich wächst auch seine Zuneigung; er beginnt sie zu lieben.

Marie war so handfest und praktisch, sie besaß einen Sinn für Humor, stand mit beiden Beinen auf der Erde, sie war behutsam, dankbar und freundlich.

»Sinnenfroh«, sagte Rosny, »niemals geziert oder zikkig.«

Marie Zinn packte das Leben (und den Mann).
»Marie ist realistisch«, sagte Zinn, »man kann ihr nicht ein X für ein U vormachen.«
»Klug ist sie und empfänglich«, sagte Rosny.
»Piekfein im blauen Kostüm«, sagte Irma.
Etwas ordinär mit den aufgemalten Nähten, mit Zigarette und vor einem Glas Bier in der Gartenwirtschaft, denkt Rosny.
– Das gefällt ihm aber.
»Blasius«, lachte Marie Zinn, »Klugscheißer.«
Ganz Dame im Schauspielhaus war sie, wenn er mit ihr nach Zürich fuhr, um Steinbecks »Der Mond ging unter« (mit Heinrich Gretler und Therese Giehse) oder in der folgenden Saison Ibsens »Nora« (mit Käthe Gold) zu sehen.
Käthe Golds Frisur läßt sie sich dann schneiden.
Was aber, fragte sich Marie, ist der praktische Sinn, was lern ich von der kleinen Nora, die gegen eine unerbittliche Front ankämpft und mit ihrem Lieben und Leiden bloß ein Lächeln erringt?

Theater, Lippenstift, Kino und ein Wurstbrot, das sie aus der Hand ißt. Der Zeit zum Trotz Champagner; Lebensfreude und Lust am Tag, der frei ist, beschwingt.
Tango, nicht Marschmusik.
Tango im Arm eines Mannes, der leicht tanzt, obwohl er schwer wiegt, der sicher führt und in die Lücke zwischen ihren Schneidezähnen vernarrt ist. Er läßt sie hintüber gleiten, geschmeidig biegt sich ihr Kreuz, das Haar streift fast das Parkett. Die Hitze der Berührung, Atem, Lachen, etwas Speichel, elektrisierende Reibung, ja, was soll der verdammte Krieg, wenn du liebst?
Marie Zinn hat sich nie für Politik und Geschichte er-

wärmt. Sie hat darunter nur leiden müssen. Die Politik ist ein elendes Überbein, das einen daran hindert, elegante Stöckelschuhe zu tragen. Statt den Frauen Schuhe mit hohen Absätzen zu schenken, nehmen die Politiker ihnen die Männer weg und stecken sie in Uniform. Schwere Stiefel statt Stöckelschuhe...

Die Abneigung gegen schwere Stiefel teilte Marie mit ihrer Mutter Elisabeth und mit Irma.
»In Smolensk«, sagte Irma, »stand ein zertrümmertes Denkmal von Lenin.«
Nur ein Sockel mit Füßen. Schwere Stiefel. Nichts mehr war von dem Helden übriggeblieben als seine schweren Stiefel.
– Schau dir Fotos an, sage ich zu meiner Tochter.
Hitler, Mussolini, Stalin, ihre Hilfsführer und Generale, die starken Männer der Zeit: alle herrschten sie in schweren Stiefeln. In schweren Stiefeln geht die Macht.
»Sie sind das Schuhwerk aller Diktatoren und Menschenverächter«, wetterte Irma.
Ein zerstörtes Denkmal (Sockel mit schweren Stiefeln) bleibt von totalitären Regimes am Ende übrig, versengender Todeshauch.
»Stell dir Jesus in schweren Stiefeln vor«, ereiferte sich Irma, »oder Buddha.«

Nicht einmal Allahs Prophet trug schwere Stiefel. Oder dachte Einstein in schweren Stiefeln? Die Künstler, die Dichter und die Philosophen, gehen sie in schweren Stiefeln? Immer treten schwere Stiefel auf nackten Füßen herum.

Rosny zeigte Marie die helle Seite des Lebens. Das stärkte sie, obwohl er aus der dunklen kam. Beide sahen einander wohl nicht ganz richtig. Jeder sah im anderen einen Wunsch verkörpert und eine verpaßte Möglichkeit.
Sie waren ein ungewöhnliches Paar, nach dem die Leute sich umdrehten. Er wirkte lebendiger neben ihr, sie ruhiger neben ihm. »Sie lacht so schön«, sagte er, »ein Geschenk in diesen Tagen des Weltelends.« Manchmal lachte sie auch im falschen Moment. »Sei nicht so empfindlich«, sagte sie und knuffte ihn, »Muffel du.« Wenn Marie beim Gehen seinen Arm nahm, fühlte sie Halt, und Serge wähnte sich gestützt.
»Mit Serge Rosny«, gestand mir meine Mutter, »erlebte ich mein glücklichstes Jahr.«
– Eine Liebesgeschichte?
Eher lustig als heftig im Bett, er war so verschämt und auch kitzlig. Eher Glut als Feuer, aber auf Dauer angelegt, meinte sie.

Marie Zinn hilft ihrem Vater im Haushalt und im Atelier, sie näht für ihn Hosen, sie kocht und betreut Artur und mich. Die Tage verstreichen angenehm warm, hier, am Rand der Welt, wo der Fluß rauscht und den Lärm des Kriegs übertönt. Marie Zinn wünscht sich sogar ein Kind von Serge; aber Rosny will das nicht.
»Es wäre unvernünftig«, sagte er.
»Vernunft ist gar kein Grund«, antwortete sie.
– Was denn? fragt meine Tochter.
– Liebe, Vertrauen und Wärme.
– Sag doch: Glück.
»Kinder können abgeholt, in Bahnwagen verladen und in Gaskammern geführt werden«, wendete er ein.
»Hast du Angst, ich will dich binden«, fragte sie.

»Bist du übergeschnappt, Liebes«, witzelte Irma, als Mutter sich ihr anvertraute.

Menschen wurden erschossen, zu Seife verarbeitet, mit ihrer Haut bespannte man Lampenschirme, sie wurden mit Eisenstangen erschlagen, von Salven durchlöchert, an Bäumen aufgehängt, und so fort; jedes Kriegsjahr kostete Millionen das Leben, und Marie wollte ein Baby in die Welt setzen: ein süßes niedliches Ding, das, würfen Unmenschen es in eine Löwengrube, von den Raubtieren nicht zerrissen, sondern beschnuppert, geleckt und beschützt würde...
»Ich hätte ihn geheiratet«, erklärt sie mir, »Serge Rosny war der einzige Mann...«

Marie Zinns Tage waren ausgefüllt mit Arbeit, seit sie zurückdenken konnte, immer hatte sie kämpfen, sich wehren und endlich anpassen müssen. Stets stand etwas quer zu dem, was sie als Glück hätte bezeichnen mögen. Keinmal stimmte alles, sie nahm das Leben zu schwer oder zu leicht, die richtige Einstellung schaffte sie nie. Dabei hatte sie nur ein paar ganz gewöhnliche, ganz normale menschliche Bedürfnisse. Doch wenn sie daran ging, sie zu befriedigen, erwiesen sie sich als Stolpersteine.
– Zählst du jetzt ihren Schmerzenskatalog auf.

Marie war eine Frau, die sich über eine Kleinigkeit freute, ungestüm. Das liebte Serge an ihr. Marie war nie verwöhnt worden. Er schon: verwöhnt und gebeutelt, geliebt und erniedrigt. Er fand sie unkompliziert (darin täuschte er sich), fröhlich (das stimmte, sie neigte dazu) und unverdorben (das war Marie, aber nicht so, wie man es gemeinhin versteht).

Blasius, hör ich sie sagen.
Er verkannte ihren zeitweiligen Überdruß und ihre Neigung zur Lethargie. Marie ist katzenhaft träg, dachte er mitunter; aber sie war manchmal nur müde.
»Grauenhaft müde«, hat sie präzisiert.
– Tilt, ergänzt meine Tochter, im Flipperkasten löschen alle Lichter aus.
Tilt steht Marie am Herd und merkt nicht, daß die Milch überkocht, bis sie es riecht. Oder sie rattert im Atelier die Nähte herunter, rasend schnell, als gelte es etwas einzuholen, das auf immer enteilt ist. Mürrisch bügelt sie Hemden und reagiert gereizt auf Zinn, auch wenn er sie zur Sache fragt, überspannt, als sei der Vater ein Gegner. Unberechenbar und heftig behandelt sie die Kinder, oder sie wirft einen Schuh nach Amerika, schimpft ihn Geiferer und fährt Irma über den Mund, die dem Hund und den Jungen beispringt.
»Stell dich nicht so an, Marie.«
– Benimmt sie sich scheußlich, weil Serge ein Kind ablehnt?
– Sie fühlt sich scheußlich, das ist der Punkt.
Für ein paar Nächte schließt sie die Tür zu ihrem Zimmer ab. Wer auch an der Tür kratzt, der Bär, Amerika, ich oder Rosny, sie öffnet nicht, sie hält sich verschanzt und liegt auf dem Bett, angekleidet, angeekelt von sich selbst: Was fehlt mir, daß er nicht will? Was ist an mir nicht dran, das an anderen Frauen offenbar dran ist?
Marie zieht Bilanz und bedenkt ihr Leben (lauter Kurven, nie ein gerader Weg). Unzufrieden, wütend und traurig läßt sie ihre Liebschaften Revue passieren (Passionen, Scherbenhaufen).

Endlich gibt sie nach, öffnet die Tür (ich kratzte, ich kratzte jede Nacht) und läßt mich ins Zimmer.
»Dummer Bub«, sagte sie, »komm.«
Ich legte mich neben sie, spürte ihren Körper an meinem, schmiegte den Kopf in ihre Armbeuge und preßte das Gesicht gegen ihre Brust.
Ich höre Mutters Flüsterstimme, ihr ganzes Leben erzählt sie, und ich schlafe darüber ein.

– Im Prinzip ist der Mensch falsch gebaut, erkläre ich meiner Tochter. Er gerät so schnell aus dem Gleichgewicht. Ihm fehlt ein entscheidendes Organ.
– Oder ein Geigerzähler, sagt meine Tochter, sie ist technisch interessiert.
– Eine Waage, erwidere ich. Stell dir eine Waage vor, in deren Schale du alles legen kannst: sie zeigt stets das richtige Gewicht an.

Immer, wenn sie eine Sache abwägen muß, so kommt Marie Zinn das vor, drückt ein unsichtbarer Finger auf die Balance: Am klaren Himmel des Bewußtseins tauchen Wolken auf und verschleiern die Sicht.
– Wie soll sie die richtige Bedeutung erkennen?
– Wenn unter einer der Waagschalen ein Kaugummi klebt?
Es gibt immer tausend Möglichkeiten; die Phantasie spielt dir mit, die Bilder in deinem Kopf narren dich. Die Wirklichkeit setzt uns einen blinden Spiegel vor. Such deine Harmonie, finde ein Gleichtgewicht. Meistens schätzen wir die Lage falsch ein, fürchten, freuen oder ärgern uns zu sehr oder zu wenig, wir lachen im falschen Augenblick und weinen, wenn es nicht angebracht wäre. Wir sehen nicht klar genug und geben den Dingen ein falsches Gewicht, du bist zu nah am Ereignis

dran oder zu weit entfernt, meine Optik stimmt nicht: Verstand und Gefühle ...

»Beim Schwimmen verlierst du den Ring«, hat sie einmal zu Serge gesagt, »und beim Tauchen danach trübt sich das Wasser.«

– Man sollte nie suchen; nur finden.

– Blind?

– In blinder Gewißheit.

So lag ich neben meiner Mutter, und das Gewicht meines Kopfs in ihrer Armbeuge besaß die Schwere ihres Herzens. Sie hörte auf zu flüstern und atmete freier. Bald schliefen wir beide, die Zunge entspannt im Mund, und füllten den Raum mit unserem Atem. Mutter wird leise geschnarcht haben (sie litt unter diesem Makel) und im Traum geseufzt, geredet (Serge neckte sie deswegen und tat so, als gäbe sie Geheimnisse preis). Im Dunkel der Kammer bildeten unsere Körper einen schwarzen Hügel. Ich weiß nicht, woher das Licht kommt in den Träumen. Vielleicht leuchtet das Ich, wenn es sich selbständig macht und spazierengeht in seinen Bildergärten. Die Nase an Mutters Achsel, wurde mir der Schlaf zu einem duftenden Teich. Wir lagen ungeschützt. Meteore regneten herab, doch sie verfehlten uns in dieser Nacht, für einmal vermochte nichts uns etwas anzuhaben. Diese Nacht bildete eine Ausnahme, wir waren beieinander, stark und geborgen, unsere Zweisamkeit verhöhnte die Erkenntnis, der Mensch sei ein verlassenes Wesen, Mißerfolgen, Leid und dem Tod verschrieben.

Am folgenden Morgen stand Marie Zinn leicht auf. Sie freute sich wieder über den Tag, als sei ihr Bewußtsein ein launisches Pendel. Sie betrachtete ihr Gesicht im Spiegel und malte sich die Lippen. Sie strich Butter, echte Butter auf das Brot der Kinder. Sie war voller Überschwang und Lebensfreude, immer neu und auch grundlos. Denn auf Gründe ist kein Verlaß. Marie besaß eine Kraft, die stärker war als alle Anfechtung. Sie hatte ihr Tief überwunden, sie sah uns wieder, das Haus, den Hund, sie hörte den Fluß und das Summen der Mückenschwärme darüber. Ihre Augen, ihr Haar, ihre Haut, alles so freundlich. Mutter roch wieder gut (und mochte uns gern riechen); an diesem Morgen, als hätte der kleine Schläfer und Beschützer an ihrer Seite in einem heftigen Traumgefecht ihr Elend und allen Verdruß besiegt, erkannte Marie Zinn die nahe Zukunft (bis in alle Ewigkeit) wieder in einem helleren Licht. Bis sie Rosny verlor, bis Serge nicht mehr zu ihr zurückkehrte.

– Gewähr Marie Schonzeit.

– Ein gutes halbes Jahr.

– Dann erst wird Rosny verschwinden.

Jetzt erwarten wir die Nacht nicht ohne Bangigkeit. Mutter flüstert vor sich hin, ich spüre ihren Körper, seine Wärme. Die Lebensgeschichte, die sie erzählt, bringe ich kaum in einen Zusammenhang mit ihr, ich rieche Mutters Atem, lausche ihren Worten und tauche ab, kippe weg, kopfüber in den Schlaf, ohne ihn zu bekämpfen, seine Wellen und das Bodenlose, in das ich versinke, Gewichte sind meine Augenlider, sie ziehen mich hinab zum Grund, wo tausendjährige Fische hinter Steinen auf Beute lauern.

5

Er saß in seinem Lehnstuhl, schaute zum Fenster hinaus und wartete auf den Abendstern. Serge versuchte seine Gedanken auszuschalten. Nur nicht abstürzen ins Elend. Ob etwas für einen andern nah liegt oder fern, wer mag das entscheiden. Ihm ging das Geschehene unter die Haut, er möchte das Erlebte abdrängen ins heilsame Vergessen.

»Will Serge wirklich geheilt werden«, fragte Irma Marie.

Er will und will nicht, er wünschte sich, ein Schleier möge verhüllen, was ihm zugestoßen ist; mit solchen Vorgaben im Kopf kann ein Mann nicht leben. Doch es wäre auch unerträglich, das Entsetzliche im Gedächtnis zu tilgen, eine zu versöhnliche Geste, ein Kraftakt außerdem, wäre es, nein, Serge Rosny mußte die Eiterbeule stets neu aufbrechen lassen, die Wunde aufreißen, bevor sie vernarbte, das war er seinen Toten schuldig.

– Du willst sagen: sich selbst?

Aber nun wartete er auf den Abendstern, gedankenlos, einfach so, es tut nämlich gut zu beobachten, wie der Abendstern am Himmel aufgeht, es wirkt reinigend. Sein Fenster mochte Serge ohnehin nicht verdunkeln, lieber verzichtete er auf die Lampe und saß im Dämmer: von Graublau zu Grünblau, über Rembrandtblau und Kohle verdichtete sich die Dämmerung zu einem Elfenbeinschwarz, von dem die Gegenstände und Möbel im Zimmer sich abhoben, schimmernd lösten sie sich ab, in Abstufungen wurden sie kälter.

Endlich geht der Abendstern auf.

Der kleine Bär zu Rosnys Füßen beginnt zu sprechen,

leise und mit verhockter Stimme, Artur bleibt unter dem Fell liegen, er spricht aus der Schnauze des Bären, ein wenig hört es sich an, als rede er durch eine Röhre aus Karton. Jetzt kriecht er rasch unter dem Fell hervor und setzt sich auf den Schoß des Vaters.

– Artur ist also nicht stumm?

– Nein.

– Aber er spricht fast nie.

Manchmal möchte er zwar etwas sagen, aber seine Lippen zucken bloß, sie kleben aneinander, die Zunge stößt gegen verschweißte Zähne oder klebt am Gaumen, er schluckt Speichel, würgt, der Adamsapfel bewegt sich; Artur grunzt und stöhnt, knurrt, er fiept und jammert vor sich hin. Oder er lacht, lachen kann er schon.

– Schläft er bei seinem Vater.

Artur und ich teilten ein Zimmer; in dieser Nacht blieb er bei Serge wie ich bei Mutter. Wir waren noch keine Freunde, beide Kind einer Rumpffamilie. Mir stand Heinrich Zinn viel näher als Rosny, Artur wiederum fühlte sich stärker zu Irma als zu Marie hingezogen.

– Mach die Geschichte nicht unnötig kompliziert.

Und Irma konnte ihre Abneigung gegen Serge nicht verhehlen. Halt ihn dir warm, hatte sie Marie geraten. Nun, da Rosny im Haus wohnte, war ihr Wohlwollen bald verflogen. »Er ist mir zu traurig und zu geschleckt«, warnte sie Marie, »hüte dich.« Aber Irma mochte Artur gut leiden, ihr gelang es am besten, den Jungen unter dem Fell hervorzulocken, sehr zum Kummer von Amerika. Der Hund liebte Irma und war eifersüchtig, überdies hatte er Angst vor dem Bären; Amerika roch ein wildes Tier, der Dobermann wagte sich nie in die Nähe des Fells und mied auch Artur, der nach Bär stank, unvermeidlich.

– Sprach Artur mit Irma?
– Ja, leichter als mit Marie.
Vielleicht weil Irma seine Eifersucht nicht schürte; mit ihr mußte er seinen Vater nie teilen. Ich nährte wohl aus derselben Quelle meinen Vorbehalt gegen Rosny; Mutter setzte sich zu ihm in den schwarzen Citroën. Er fuhr mit ihr weg, ich blieb zurück. Sie schminkte die Lippen für ihn und vertrieb mich aus ihrem Bett, sobald er von einer Reise zurückkehrte.
– Sprach Artur mit dir?
Eigentlich nicht, selten, ja. Doch das war kein Punkt. Damals bedeuteten mir Wörter verdammt wenig, ich mußte sie selbst lange kauen. Ein Schrei war viel wirksamer, ein Schlag brachte mehr, Trotz schloß Sprache aus, Zärtlichkeiten stand sie im Weg. Mein Umgang mit Artur beruhte mehr auf Zeichen und Drohgebärden. Wobei auch er Distanz wahrte und unnahbar blieb. Das Bärenfell. Es war sein Hort, sein Fluchtort. Was auch immer ihn unangenehm berührte, er flüchtete unter sein Fell und markierte den starken Bären. Ich reagierte gleich wie Amerika und wagte mich nicht in die Nähe. Ich warf einen Schuh, einen Stein nach dem Ungeheuer, doch das war sinnlos, Artur gab keinen Laut von sich. Erstarrt, empfindungslos, tot, was weiß ich, blieb er eine Zeitlang liegen. Sobald ich den toten Punkt erreichte und den Kampf abbrechen wollte, begann er mit dem sicheren Instinkt eines Tiers auf mich zuzukriechen, langsam, humorlos und siegesgewiß.
– Du bist geflüchtet?
Ich hatte keine andere Wahl. Meistens lief ich zu Heinrich Zinn ins Atelier. Er war mein Schirmherr, der Bärentöter. Ins Atelier getraute sich der Bär nicht. Dort erwartete ihn das Lasso. Heinrich Zinn ließ es

über dem Kopf kreisen und gab dann Seil. Das Lasso legte sich um den Hals seiner Bärenmutter, und er zurrte es fest. Dann zog er Artur das Fell mit einem Ruck weg. Es schleifte über den Boden, die Pranken kratzten auf den Dielen. Artur heulte auf, am liebsten wäre er mit bloßen Fäusten auf uns losgestürmt.
– Er hätte sich in dich verkrallt.
»Artur ist ein Angstbeißer«, sagte Zinn.
Großvater und ich grinsten, wir lachten den Stotterer aus.
»Laßt den Jungen zufrieden«, schimpfte meine Mutter.
Sie löste das Lasso vom Fell und verließ das Atelier. Marie suchte Artur; und fand ihn meistens am Fluß. Er stand bis zu den Knöcheln in der Reuß und peitschte das Wasser mit einer Haselrute. Dabei redete er laut und mit verstellter Stimme. Marie deckte das Fell wie einen Mantel über einen der granitenen Findlinge am Ufer. Am Ende des Wutausbruchs pinkelte Artur ins Wasser, gebannt betrachtete er seinen Strahl, hörte auf zu kauderwelschen, und wenn der Bogen seinen höchsten Punkt erreichte, war Artur wieder stumm ein jüdischer Junge mit fliederfarbenen Augen, dem nichts als Unglück ins Gesicht geschrieben stand.
»Blasser Flieder«, sagte meine Mutter, »einen Blick hatte der Junge, er machte mich ganz nervös.«
– Auch mit Zoom, wie sein Vater?
Nein, eher Weitwinkel, auf Distanz bedacht, er suchte nie den Blick des andern, sondern eine Ferne. Wenn man beobachtete, wie er in diese Leere schaute, überkam einen ein Grauen. Und wenn er zurückkam über die Grenze, hatte man den Eindruck, er sei jenseits gequält worden.
»Soviel Kummer vermag nicht einmal ein Hund aus-

drücken«, sagte Marie zu Irma, »der Junge macht mich ganz krank, sein Elend, und ich kann ihm nicht helfen.«

Er sah auch immer aus, als ob er fröre. Seine Haut fühlte sich trocken und kalt an, und er ließ sich nicht gern anfassen.

»Er ist ein Nolimetangere«, sagte Serge Rosny.

»Was ist er?« fragte meine Mutter.

»Ein Rührmichnichtan«, erklärte er Marie.

»Er hat einen Knacks«, darauf bestand Irma.

In Artur regte sich ständig ein Widerstand. Das Bärenfell war sein Schneckenhaus. Und wenn er glaubte, die Luft sei rein, streckte er die Fühler aus. Lieber wollte er keine Erfahrungen machen, als nochmals schlechte. Darum haßte er Zinns Lasso.

Artur war ein Junge, der Körperkontakte verabscheute und darauf reagierte wie ein Kaninchen vor der Schlange. Er erstarrte, machte sich steif, hob die Schultern so hoch, sie berührten beinah die Ohren. Kiefer auf Kiefer preßte er, die Zunge ein Häftling, der Mund ein Schloß. Panik, Panik. Und wie er fröstelte, zitterte; er klemmte sich das Blut ab, so verkrampft war der Junge, und eiskalt.

»Komm«, sagte Marie, »ich wärm dich.«

»Komm«, sagte auch Irma, »du bist ja schneeweiß vor Kälte.«

Artur näherte sich zögernd. Eher auf Schläge gefaßt denn Zärtlichkeit erwartend. Er ließ sich den Arm um die Schultern legen und senkte den Blick. Am meisten Wärme schien er Schokolade abzugewinnen. Serge Rosny besorgte sie ihm, ohne seine Quelle zu verraten. Artur futterte die Schokolade stumm in sich hinein, abwesend, entrückt, er dachte nicht ans Teilen. Mich nahm er gar nicht wahr, meine Gier schien er nie zu bemerken. Stück nach Stück brach er ab, schob es in den Mund, kaute, schluckte und schob nach, bis nichts mehr vorhanden war, kein Krümelchen, bloß zerfetztes Papier.

– LA-DO-RE?

»Komm«, sagte Zinn, »wir spielen Mensch ärgere dich nicht.«

Das machte er offensichtlich gern. Doch er spielte nur mit den roten Männchen. Sieg oder Niederlage, das war ihm gleichgültig, er freute sich nicht, er ließ sich keinen Unmut anmerken. Er würfelte und nahm das Urteil an, klaglos. Die roten Männchen waren ihm die Hauptsache, seine eiferlose Zuneigung galt ihnen, als spiele er bloß, um sich zu vergewissern: Unter günstigen Umständen gelingt es, sie allen Häschern zum Trotz in Sicherheit zu bringen. Er verharrte im Bann des Zufalls, wenn sein Würfel fiel. Die Männchen zogen von Feld zu Feld um ihr Leben. Es ist normal zu scheitern und Zufall, das rettende Ziel zu erreichen. Du mußt mit Gegnern rechnen, die stärker sind und dir etwas antun. Die erlösten Männchen bestätigten bloß diese Regel. Glück im Spiel? Darauf ist kein Verlaß. Überhaupt kein Verlaß ist auf Glück.

»Es gibt Dinge, die kannst du mit keinem Menschen besprechen«, sagte Heinrich Zinn. Marie weinte sich bei ihm aus. Serge war wieder unterwegs im Rheinland, und es fielen doch täglich Bomben auf die deutschen Städte. Kein Stein sollte in diesem Land auf dem anderen bleiben, seine aufgebrachten Feinde wollten es pulverisieren.

Serge rückte nicht mit der Sprache heraus. »Er ver-

heimlicht den wahren Grund seiner Reisen«, beklagte sich Marie bei ihrem Vater, »er setzt sich unnötig Gefahren aus, also liebt er mich nicht.«
»Sei nicht so töricht«, antwortete Zinn.
»Laß ihm Zeit«, riet Irma und beherrschte ihre Abneigung.
Sie glaubte nicht an ein Geheimnis. »Rosny hat eine Tür zugeschlagen«, versuchte sie Mutter zu trösten. »Serge hat Angst vor dem, was sich dahinter befindet.«
Marie beruhigte sich.
»Danke, Irma.«
Sie ging in den Wald, obwohl es regnete. Ein warmer Sommerregen fiel. Tropfen klatschten auf grünes Laub, der Boden dampfte. Sie hatte bald nasses Haar, Wasser rann über ihr Gesicht. Vor dem Geißhof kehrte sie um. Der jüdischen Arbeiter wegen. Ihr Anblick hätte Marie nur Qual bereitet. Auf dem Heimweg lauschte sie dem nachlassenden Regen. Die Tropfen schlugen einen Takt auf die Blätter. Aus diesem Takt hörte sie die unterschiedlichsten Noten heraus. Morsezeichen. Marie versuchte die Botschaft zu entschlüsseln.
– Knackt sie den Code?
Rosny kann nicht über das reden, was hinter der Tür verborgen liegt. Darum reist er. Serge findet keine Worte. Darum sucht er Bilder. Unterwegs im Auto weint er. Das gelingt ihm nur, wenn er allein ist und die Landschaft vorbeizieht. Brennende Wälder, zusammenstürzende Häuser, Felder, mit Blut gedüngt und Knochen.

Er fuhr am Rhein entlang und weinte sich aus. Hinter allen Fragen, die ihn beschäftigen, steht der Tod. Er ist die Zukunft. Im Angesicht des Todes verflüchtigen sich alle Fragen; sie erklären sich selbst für nichtig. Die

letzte Antwort verabreicht dir das Leben selbst. Eine Überdosis Antwort auf alle Fragen des Daseins. Ein tiefer Gongschlag ertönt, und du wandelst hinüber, während der Ton verhallt im Raum zwischen den Fragen der Welt. Rosny wischte sich die Tränen nicht aus dem Gesicht, er öffnete ein Fenster, und der Wind trocknete sie weg. Mit verschleierten Augen nahm er die Umgebung wahr wie von Claude Monet gemalte Seerosen: wenn man zu nah vor dem Gemälde steht. »Dicht vor einem Monet«, hatte er Marie erklärt, »siehst du nur Farbhaufen, Farbtupfer, Farbe als Stoff. Irritiert stehst du vor der Leinwand. Was soll das? Du mußt Abstand gewinnen, räumlich Abstand nehmen, um das Bild überhaupt zu erkennen.«
So erging es ihm, während er dahinfuhr im schwarzen Citroën. Ihm schien mitunter, er gewinne den ersehnten Abstand nicht, sondern fahre immer näher heran an den Gegenstand, mittenhinein in den Sumpf von 1944 ...

Marie Zinn hatte eigentlich nichts übrig für das Vergangene und Entfernte. Serge war weg, ihr fehlte seine Nähe. Sie durfte ihm nicht nah sein.
Nah ist, was du mit den Händen erreichen kannst. Nichts anderes meint das Wort. Der Mangel ist genau zu fassen: Marie war eine Frau mit zwei Kindern ohne Mann, und unglücklich. Nichts in Reichweite, das duftet und weich ist, Haut, Haar, anzufassen, ein Arm, bei dem man sich unterhaken kann, ein Fuß, der kitzlig ist, ein Geschlecht, verspielt und launisch.
»Blasius,« rief sie und knallte einen Schuh an die Wand, hinter der Irma und Zinn schliefen, umarmt, eng aneinandergeschmiegt.
– Dachte Marie?

Stöckelschuhe, Lippenstift, Strümpfe, Parfüm. Wozu das alles, wenn kein Mann da ist? Was machst du mit den Händen allein im Bett, Marie? Es ist immer dumm, sich das Liebesleben anderer Leute auszumalen. Im Menschen schlummert etwas Weiches, Marie spürte das, wenn sie allein war, das verknorpelt, wenn es brach liegen muß.

Serge sitzt im Lehnstuhl, Artur auf dem Schoß. Der Abendstern ist längst aufgegangen, das Gewicht des Jungen hat Rosnys Beine einschlafen lassen. Er hätte jetzt gern eine Zigarre geraucht. Doch er war unfähig dazu. Um eine Havanna zu rauchen, braucht ein Mann Zeit, er braucht Ruhe, Geduld und Gelassenheit. In der Zeit, die unabdingbar nötig ist, um eine Havanna mit Genuß zu rauchen, kann heute so verdammt viel passieren. Man kann in der Rauchzeit einer Havanna abgeholt, verschleppt und umgebracht werden. Oder den Koffer packen und mit dem Auto einhundert Kilometer Fluchtweg zurücklegen. Mit dem blauen Rauch steigen die Bilder von tausend schrecklichen Möglichkeiten auf; oder das eine Bild, das genügt Serge Rosny auch. Darum ist er nicht fähig, eine Zigarre anzuzünden. Alle Zeichen stimmen dagegen. Der Kopf kann nicht, der Magen nicht, die Hand beginnt zu zittern. Krieg und Havannas schließen einander aus.
– Die Indianer rauchen Friedenspfeife, sage ich zu meiner Tochter. Oder kannst du dir Großvater und Sitting Bull mit einer Zigarette vorstellen? Zigarette bedeutet das Gegenteil von Gelassenheit. Die Zigarettenpause ist die Vortäuschung einer Pause. Soldaten rauchen Zigaretten, Krieg und Zigaretten, das geht.
– Zigaretten und Kaugummi, sage ich zu meiner Tochter.

Ausdrücken, ausspucken, weiterhetzen, vorwärts, los marsch, laden, schießen, sterben. Oder Durchfall. Serge Rosny haßt Zigaretten und Kaugummi.

Der Junge auf dem Schoß wird Rosny zu schwer, auch sind seine Beine ganz taub.
Schwerfällig und steif erhob er sich, trug den schlafenden Jungen zum Bett, entkleidete ihn behutsam und deckte ihn zu. Er legte Artur die Hand aufs Gesicht. Die Härte der Stirn, das Weiche der Lippen und kindlicher Atem. Rosny ging zum Fenster. Das Gefühl kehrte in seine Beine zurück. Wo Artur gesessen hatte, spürte er Körperschwere und eine fremde Wärme.
Serge Rosny blickte in die Nacht hinaus und durch die Nacht hindurch; er sah die Erde als Gemälde, das ein begabter, aber etwas konzeptloser Künstler mit durchscheinenden Farben gemalt hatte, Schicht nach Schicht, während im Zimmer darunter mein Bewußtsein den Hut nahm ...
Ruhig schlief ich an Mutters Seite, wuchs ein wenig, um Haaresbreite vielleicht, wie Artur und alle Kinder, ob glücklich oder unglücklich, wuchs, ohne etwas zu merken, still wie ein Baum oder eine Blume. Und die Alten schrumpfen jede Nacht, auch ohne ihr Wissen, wie ein dürres Blatt.
– Schläfst du darum nicht gern, fragt meine Tochter. Vielleicht habe ich Bedenken, etwas zu verpassen. Mir behagt der Tiefschlaf nicht, ich gebe das zu, am Ende beherrscht mich die Angst, mein Bewußtsein finde den Rückweg nicht mehr und trabe, zwar mit Hut, doch verloren durch sein Freigehege. Alle Zäune abgerissen, ich kann dem Zustand nichts abgewinnen, ohne festen Boden unter den Füßen.

– In deiner Geschichte schlafen nun alle.
Ich schlafe neben Mutter (die jetzt leise schnarcht), hinter der einen Wand liegen Irma und Zinn (Rücken an Rücken, jeder die Hände zwischen die eigenen Schenkel geklemmt), und über uns (das Bett steht in derselben Ecke) träumen Rosny und Artur. Serge hat das Nachtbild mit in den Schlaf genommen, er zeigt es dem berühmten Whistler, der selbst gern Nocturnes malte, im letzten Jahrhundert.
Nicht schlecht, sagt Whistler, die Natur enthält in Farbe und Form die Elemente aller Bilder. Der Künstler ist dazu geboren, auszuwählen und sie mit Verstand so zu gruppieren, daß das Ergebnis schön ist.
Whistler kramt in seinem Bilderlager herum und zeigt Rosny »Die fallende Rakete«.
Das Gemälde hat Entsetzen ausgelöst, erklärt Whistler Rosny im Traum. Der prominenteste Kunstkritiker hat mir sogar vorgehalten, ich schleudere dem Publikum einen Topf Farbe ins Gesicht.
So ein Geck, empört sich Serge.
– Subtilste Farbnuancen, dahinschwindende Formen, die Schwebe zwischen dem Bekannten und dem Geheimnis, schwadroniere ich über der Reproduktion. Meine Tochter hat das Kunstbuch aus dem Regal geholt.
Herr Whistler, schwärmt Rosny, »Die fallende Rakete« ist eines der herrlichsten Gemälde, die jemals gemalt worden sind.
Zweihundert Pfund, lächelt Whistler, und es gehört ihnen.

Durch Rosnys Traum flog ein Zitronenfalter und verlor sich in die Tiefe des Gemäldes, in der Whistlerschen Nachtszene im Park. Eine Baumgruppe nahm den

Schmetterling auf, als sei er eines Schutzes bedürftig. Der Himmel ist übersät von den Lichtern explodierender Raketen, die in zufälligen Mustern zur Erde fallen.
– Farbschleier bilden zarte Harmonien, die wie Nebel schweben und verschwinden.

»Der Mensch ist, was er sieht«, sagte Rosny zu Marie, »aber er muß das, was er sieht, auch glauben.«
– Es gibt andere Möglichkeiten. Vogel und Fisch sehen nicht dasselbe. Oder ein Zitronenfalter mit seinen Facettenaugen...
– Ganz abgesehen von einem Vorwärtsmenschen, der schwere Stiefel trägt und sie nicht einmal auszieht, wenn er sich schlafen legt.

Am Morgen, als Serge wieder aufwachte, füllte ein stumpfes Licht das Zimmer. Von seinem Bett aus sah er den bedeckten Himmel. Bleigrau wird der Fluß sein Abbild tragen, eine Haut, durch die das Flaschengrün des Wassers schimmert.
Er faltete die Hände über der Brust, er bildete mit den Fingern ein Dach über dem Herzen, als sei der Pulsschlag ein zu schützendes kleines Tier. Artur hatte sich bereits weggestohlen, ohne Fell. Die Bärin mit dem übermächtigen Kopf ohne Blick lag flach in der Mitte des Zimmers, alle viere von sich gestreckt.
Serge lag gern allein im Bett, früh am Morgen, wenn man die Geräusche des Tages schon hörte. Schritte, Stimmen, das Klappern von Geräten. Zinn arbeitete seit einer Stunde im Atelier; ich klebte zusammen mit Artur Stoffreste auf einen Karton. Der Dobermann lag vor dem Haus und beäugte eine Elster im Kirschbaum, Irma war einkaufen gegangen: Marie hantierte in der

Küche, sie bereitete das Frühstück zu. Und als habe die Nacht alles wieder ins Lot gebracht, sang sie bei der Arbeit und küßte Serge, als er endlich herunterkam mit schon gepacktem Koffer.

– Er fährt weg?

– Nach Deutschland, vielleicht nur, um ungestört weinen zu können . . .

– Aber er kehrt zurück?

– Diesmal schon, ja.

6

»Nolens volens«, sagte Rosny in einem bedauernden Ton zu meiner Mutter.
– Nolens was, fragt meine Tochter.
Das fragte auch Marie, und zum ersten Mal formten ihre Lippen dieses Lächeln, das mit den Jahren zu einem verhärmten Zug wurde.
– Ihr Bittermund.
»Wohl oder übel«, erklärte Serge sein Latein.
Die tote Sprache bot ihm Schutz, er benützte sie gern (wie Irmas romantischer Lehrer).
»Pulvis et umbra sumus«, pflegte er mit Horaz zu sagen, »Staub und Schatten sind wir, oder, all is well that ends.«

Rosny aß Honigbrote zum Frühstück, Butter und Honig vermengt, er trank Kaffee mit warmer Milch. Unter dem Tisch standen seine eleganten Schuhe; neben den Schuhen die Füße, Ballen berührte Ballen. Das war sonst nicht seine Art und drückte vielleicht den Wunsch aus, dazubleiben.
– Marie sollte Rosnys Koffer auch in die Reuß werfen, erklärt meine Tochter energisch, gefüllt mit Steinen, damit er gleich absäuft.
Nun stand der Koffer im Gang, Marie hatte ihn gar nicht bemerkt. Es war Serges Verhalten, seine Kühle, die sie allerdings auch kaum verwundern durfte, wenn man bedenkt, wie zugeknöpft und abweisend sie in den letzten Tagen gewesen ist. Seine Lippen sind trocken, merkte Marie, er riecht parfümiert und nach Abschied. Sein Blick war reserviert, er fixierte sie nach dem Kuß und zoomte dann heran. Er kam ihr fremd vor, sie

verglich ihn mit der Sorte Mann, die Frauen nicht bloß in den Ausschnitt starren »Bis du errötest«, sagte Mutter, »und selbst glaubst, etwas Verbotenes zu verstecken«, sondern gleich hineinlangen und wie kleine Jungen überrascht fragen: Was haben Sie da denn Schönes, Madame?

– Erspar mir den Streit zwischen Marie und Serge, verlangt meine Tochter.
Was kümmern sie die fadenscheinigen Gründe, die er vorbringt und Marie verwirft. Egal, sie merkt, im Gang steht der Koffer, und weiß, das bedeutet Abreise. Nähe wünscht sie sich, Alleinsein steht ihr bevor. Er setzt sich Gefahren aus, er spielt mit dem Leben. Nun sitzt er da und ißt Honigbrote, sie könnte ihn ohrfeigen.
– Laß ihn zurückkehren, bevor du die Abfahrt schilderst, fordert meine Tochter. Sofort. Überspring die Reise, ich verzichte auf Einzelheiten. Laß den schwarzen Citroën nicht vom Haus wegfahren, sondern auf das Haus zu.
– Siehst du den Wagen?
Später Nachmittag, die Sonne beleuchtet und wärmt gerade die steinerne Treppe, auf der Marie so gern sitzt, und der Citroën kommt gefahren. Amerika hebt den Kopf, Serge Rosny steigt aus, wohlbehalten kehrt er zurück.
– Danke.
Nach einer zärtlichen Nacht mit Marie sitzt Serge am Tisch in der Küche beim Frühstück.
– In den Socken, schlägt meine Tochter vor.
Rosny, der alles andere als ein Frühaufsteher ist, sagt gut gelaunt und ohne Spott: »Carpe diem«.
»Nutze den Tag«, lächelt er.

7

Der Turnverein, die Jodler, was weiß ich, wer das Fest an der Reuß veranstaltet hat, die Kirchgemeinde, die Stadtmusik; aber ich erinnere mich, auf der Schulter Zinns reitend durch die Promenade gegangen zu sein. Vorbei an den Fuchshöhlen, dem Badeplatz, der Grotte und dem wilden Bach, der in die Reuß mündet, über die geländerlose Brücke, von der aus ich hinuntersah in den Sumpf mit den gelben Blumen und Stechmücken, diesen giftigen Wolken über dem Schachtelhalm, wo einmal ein toter Pole lag mit Fliegen in den Augen.
Amerika trottete neben uns her und einige Meter zurück Artur Rosny. Er liebte Vanilleeis genauso wie ich und hatte seine Scheu überwunden. Mürrisch allerdings, begleitete er uns, auf Distanz bedacht. Er duldete keinen Menschen in seiner Nähe, es war wie ein Urteil: als schmerze eine Berührung, als stächen Blicke, als wären Gesten Hiebe, das Sprechen Kampf, und Menschen also nur da, Menschen zu verletzen.
Zinn hatte Artur mit der Aussicht auf Schleckereien aus seiner Bäreneinsamkeit herausgelockt. Vanilleeis statt Honig, Zuckerwatte ...

Heinrich Zinn war schlecht gelaunt, er litt unter Gedankenabwesenheit, was immer etwas lächerlich wirkt bei großgewachsenen, kraftvollen Männern.
»Er trottet wie ein träumender Hund durch die Gegend«, sagte Irma.
Sein Blick ging in eine ferne Leere. Ihrem Sog schien Zinn erlegen zu sein. Müd hinkte er seinen Gedanken hinterher, immer zu spät, wenn er sie fassen wollte.

Alles war flüchtig und seltsam gefärbt, ein Dunst, ein Duft, ein monochromer Klang. Die Idee, ein Nichts könnte existieren, übermannte ihn mit der ganzen Wucht ihrer Traurigkeit. Schatten sah er am Horizont, Heilandsack, er redete am Mittwoch beim Frühstück vom Abendrot.
»Gestern war doch Regenwetter«, sagte Irma.
Das Abendrot von Montag meinte er. Wie die Sonne plötzlich wegsackte. Und der Fluß: als habe jemand ein Licht ausgelöscht, eine goldene Haut vom Wasser abgezogen. Dafür der Himmel: glühend rot.
»Krapprot«, sagte Serge Rosny.
»Hast du jetzt eben ein Ei gegessen«, fragte Irma, »oder nicht: versuch dich zu erinnern.«
»Laß mich in Ruhe«, möhnte Heinrich Zinn und schob ihre Hand von seiner Schulter weg, wo sie lag, weiß und schmal, mit Sommersprossen, gesprenkelt der Handrücken, genau so wie Zinns Iris, karamelfarben, erinnere ich mich.
»Nichts wirkt so trist wie Krähen über abgeernteten Feldern«, sagte Zinn.
Warum redete er so? Unverständlich? Mir blieb das alles verschlossen. Aber auf eine seltsame Weise ahnte ich doch, was den Alten plagte und was die Mutter, wieso Irma nicht glücklich war und woran Rosny litt, Artur. Natürlich verstand ich Arturs Vorliebe für seinen Unterschlupf, heraus aus der Mutter hatte er müssen, hinein in den Bären wollte er immerfort. Keiner darf ihm das verargen, wer sucht nicht einen schützenden Ort, von dem soviel Kraft ausgeht, daß sogar die Bluthunde der SS ihn meiden? Und als gäbe es alle Not nicht und keinen Krieg, fing er Bremsen, bevor sie ihn erwischten, klemmte ihre Leiber zwischen Daumen und Zeigefinger, steckte ihnen ein Streichholz in den

Hintern und ließ sie abschwirren, hinaus über den Fluß, in den sie dann stürzten, die hinterlastigen Stukas, brennend...

Trotz seiner melancholischen Anfälle wollte Zinn sich das Fest nicht entgehen lassen: den Wettkampf der Wasserfahrer, die Sänger, den Auftritt des Herkules von Lyon, eines Negers, der mit einem Fausthieb einen Ochsen töten konnte, dies aber nicht tat, sondern sich damit begnügte, so die Ankündigung, dem Zuchtstier der Gemeinde Zufikon entgegenzutreten, um ihn bei den Hörnern zu packen und auf die Knie zu zwingen –

Der Männerchor tönte...

Heinrich Zinn trank Bier gegen seine Zerstreutheit, er saß an einem Tisch im Freien und hielt meine Hand fest. Wie im Schraubstock, mein Handgelenk schmerzte, aber ich konnte mich nicht befreien. Er schien mein Zerren nicht zu bemerken, stumpf brütete er vor sich hin. Dabei schlug meine Blase Alarm. Ich klemmte die Beine übereinander, hielt den Atem an, hatte dieses Messer im Bauch.

»Ich muß pinkeln«, schrie ich plötzlich laut, »ich muß, ich muß, laß mich los oder ich seiche die Hose voll.«

Da wachte Zinn auf, abrupt, als sei er in seiner Ferne vom Stuhl gefallen, lachte und gab mich frei. Ich rannte krumm vor Schmerz hinter einen Baum, griff ohne zu fackeln durch die Beinöffnung meiner kurzen Hose. Warm spritzte der Urin mir Schenkel und Waden naß. Bei Sempach der kleinen Stadt, sang der Männerchor: all die Lieder, die ich üben werden muß, wenn ich einmal ein Schüler bin: Im Rosegarte z Mailand, hets no für mänge Platz o-hi-je. Und ich pißte und pißte, das wollte nicht mehr aufhören, noch als der Druck doch weg sein mußte, spürte ich den schmerzhaften Drang, die Nachwehen des Blasenkrampfs ...

– Wir singen nun Obladioblada, erklärt meine Tochter. Oder I bin en Italiano und spiele gut Piano, weil wir so viele Italiener in der Klasse haben.

– Von denen (außer Video, Walkman und Wurlitzer) keiner ein Instrument spielt. Auch ihre Väter sind stark nur im Fiat, sie trinken Budweiser aus der Dose und schauen lieber RAI UNO (Ciao Celentano), statt selbst zu singen, während ihre Frauen für die Firma Pronto-Büroputz schrubben bis Mitternacht, sage ich: Die Italiener sind verschweizert, sie haben das Lockvogel- und Verdihafte abgelegt, meine Mutter geriete in unserer Zeit wenig in Gefahr, ihrem Gesang zu erliegen, aber lassen wir das. Bleiben wir beim Männerchor am Reußfest während der Kriegszeit. Den Friseur siehst du dort bei den zweiten Tenören, sein Fischmund beim o-hi-je, doch auf ihn wartet nicht der Rosengarten in Mailand, Marignano ist längst ausgestanden, sondern der Stadtfriedhof von Bremgarten.

8

Mit der Bahn fahren wir durch dicht besiedeltes Gebiet, entlang Wiesland, Gehöften mit Dächern wie dunkle Brustkörbe, durch Wald und über Flüsse. Laut knistern die Drähte von Hochspannungsleitungen, wenn man unter ihnen steht...
– Wir sitzen aber im Speisewagen.
Die Maste sehen aus wie riesige Kreuze. Raben entfernen sich horizontwärts, wie schwer ihr Flügelschlag doch ist.
– Er erinnert dich an Zinn.
Fabriken, Kühltürme, Autofriedhöfe, Lagerplätze für Betonelemente, Stahlträger oder Kunststoffröhren...
Unsere Städte sind Finanzplätze, geht es mir durch den Kopf, Dörfer gehören der Wirtschaft. Kinder sieht man wenige. Die Alten sitzen nicht auf einer Bank unterm Birnbaum, sie turnen im Seniorenpark.
Wir driften. Die Schweiz driftet, das ist ihre ureigenste Bewegung. Seinsgewiß wie ein Eisberg, der weder bremsen noch beschleunigen kann. Ich trinke ein Bier und würge ein trockenes Sandwich für fünffünfzig hinunter. Sie nippt Cola light und verkrümelt eine Schnitte Sandkuchen aus dem Vakuumpack, der seinen Namen verdient. Beide husten wir und lachen uns zu; alles ist so verdammt trocken in diesem Land, sage ich.
– Furztrocken, grinst meine Tochter.

Der Schweizer setzt sich ins Auto, gibt Gas, und bevor der Tank leergefahren ist, befindet er sich im Ausland. Düsenjäger können nur senkrecht starten, sonst verlet-

zen sie Grenzen. Unsere Diplomatie verneigt sich vor den dicksten Hintern der Welt.
Meine Tochter beginnt ein Lied zu summen.
– Hast du es in der Schule gelernt?
Sie nickt und fängt nochmals an.
– Bunt sind schon die Wälder.
Ich brummle, ›gelb die Stoppelfelder‹, etwas verlegen und nicht ganz im Takt.
– Wir haben es auch gesungen.
– U-und der He-erbst beginnt.
Die Lehrerin brachte das Lied der Klasse bei. Alles an dieser Lehrerin schimmerte, die Augen, die Haut, das Haar. Ihr Zopf roch bei Regen wie Amerika. Einmal beobachtete ich, wie sie ihn auflöste. So viel Haar, ich hätte mich darunter verstecken können. Als sie eines Morgens nicht zur Schule kam und Irma und Marie sagten, man habe ihr eine Brust abnehmen müssen, begann ich wie ein Hund zu jaulen.
Heinrich Zinn brummte die Lieder, die ich lernen mußte, bei der Arbeit. Er war zu lang und zu massig für den Schmelz, eine Nummer zu groß. Auch mochte Amerika Gesang nicht leiden. Der Mond, Kirchenglocken und Lieder bereiteten ihm Qualen. Hohe Tonlagen und Flöhe. Amerika schüttelte sich und heulte los.
In jener fernen Zeit fing Heinrich Zinn an, die Seide, mit denen er Gilets, Jacken und Hosen ausfütterte, zu bemalen. Hunde und Seiltänzerinnen waren seine Motive. Er tat das heimlich; mich betrachtete er nicht als Zeugen seiner Kunst, ich war ein Junge mit mageren Beinen und einem schmalen Gesicht. Was ich sah, zählte nicht. Oder: Er hielt mich für einen Teil seiner selbst, das Kindgebliebene seiner Existenz war ich, und niemals ein Verräter. Ihm bereitete es Freude zu

wissen, daß honorige Herren auf der nicht einsehbaren Seite ihres Gilets eine Seiltänzerin herumtrugen.

– Ich will in Bern zum Bärengraben.
– Und ich möchte im Hotel Savoy einen Grappa trinken.
– Einen doppelten ...
– Und vor der Nationalbank auf der Straße stehen, auf der dicken Decke des Tresors.

Während des Kriegs sang Zinn nie bei der Arbeit. Vielmehr grübelte er, saß schweigend am Tisch und ließ Stoff durch die Maschine laufen. Der war nicht viel wert. Artur kroch immer häufiger unter seinem Fell hervor, um mit mir zu spielen. Marmeln, vor dem Haus spielten wir mit Marmeln aus Ton und Glas, oder wir gruben auf der kleinen Sandbank im Fluß Löcher, umrauscht von Wasser und Luft, beschützt von Amerika. Der ließ sich von der Sonne das Fell heizen, und nur das Zucken seiner Flanken verriet, daß er einen Bussard beobachtete. Der Vogel kreiste über uns. Manchmal lag Mutter neben dem Hund, im Badkleid, ein Taschentuch über dem Gesicht; die Sonne trocknete sonst die Haut aus und vertiefte die Fältchen in den Augenwinkeln; neuerdings rasierte sie die Achselhöhlen aus ...
Auch das Brot war jetzt rationiert (und erste Landesverräter wurden hingerichtet: ein Kommando von sechs Mann zielte auf den Verurteilten, aber nur ein Gewehr war scharf geladen, die Schützen wußten nicht, wer der Mörder sein würde).

In der Kiesgrube hinter dem Wald fielen Schüsse. Alte Männer feuerten sie ab. Auf ein Pferd. Das kippte aber nicht um, es war schon seit drei Tagen tot. Der Militärschriftsteller ließ es herbeikarren. Vom Abdecker. Mit Seilen hatten die Männer den Kadaver auf ein Gerüst gefesselt. Nun durchlöcherten sie ihn. Der Militärschriftsteller machte Experimente mit toten Körpern, um die Schußkanäle und die Durchschlagskraft unserer Infanteriemunition zu prüfen. So wurde im Namen der Wissenschaft ein Gaul geschändet, der nach zwanzig Jahren Feldarbeit verendet war.

Der Friseur litt unter Zahnschmerzen und gab dem Brot die Schuld. War es nicht sogar mit Sägemehl durchsetzt? Auf jeden Fall brachen die Plomben in seinem Gebiß, und er sah sich gezwungen, Pfefferminzbonbons zu lutschen, um die Kundschaft nicht mit seinem Mundgeruch zu belästigen. Wenn er im Sternen vor seinem Glas saß, war er geneigt, den Männern recht zu geben, die alle Schuld den Emigranten zuschoben, die von den Schweizern mitgefüttert werden mußten.

– War diese Meinung denn vorherrschend?

– Nein, das nicht. Es gab aber Leute, die unter Zwangsvorstellungen litten; die Angst vor dem Hunger verfolgte sie …

»Und es gab Hetzer«, erklärte Irma Lang, »Scharfmacher.«

– Wie heute?

Ein Name in ihrem Tagebuch war dick unterstrichen: Eugen Bircher.

»Eine Abneigung gegen Juden, gewiß. Doch Haß? Das wäre übertrieben«, sagte Heinrich Zinn. »Es gab viele Leute, die waren ihnen freundlich gesinnt. Andere lehnten sie ab, vor allem an Orten, wo Flüchtlinge untergebracht wurden.«

Sie werfen Schwarzbrot in den Kot, weil sie meinen, dann Weißbrot zu bekommen...
Sie schütten Kakao aus, er sei zu wenig gezuckert...
Sie weigern sich, ihre Unterkunft in Ordnung zu halten, den Boden zu wischen...
– Wer behauptete das?
– Der Kommandant einer Truppe, die ein Lager bewachte.
Auf jeden Fall sah sich die Regierung genötigt, einen Wehrbrief zu verfassen, in dem das Gerücht von der Verjudung der schweizerischen Wirtschaft und des Beamtentums widerlegt und erklärt wurde: Der Antisemitismus schlechthin ist intolerant, er ist somit undemokratisch und greift an die Wurzeln unserer demokratischen Denkart.

Toleranzbewilligung, ein Reizwort. Was den Weltstaaten recht, war der Schweiz billig. Sicherheit, also Geld wurde verlangt. Ohne Kaution keine Toleranz. Millionen, meistens in Gold, wurden von den Juden bezahlt. Nur Juden, die ihren Lebensunterhalt aus eigenen Mitteln bestreiten und eine Kaution hinterlegen konnten, wurden aufgenommen.
– Und die Mittellosen?
– Ab ins Lager.

Die Behörden waren informiert: Das Reich siedelt die Juden aus, sie werden in den Osten transportiert. Ausnahmen: Keine. Das wußte die Regierung. In die Abschiebungsaktion sind alle Juden (Kinder, Frauen, Männer und Greise) eingeschlossen.
Weil man die Notlage kannte, wurden vermehrt Einreisebewilligungen erteilt. Durchwegs für ältere Leute, denen der Transport stark zusetzen würde.

– Endlösung?
Die Deportierten (wußte man) wurden ohne Rücksicht auf Alter und Geschlecht erschossen oder vergast und ihre Leichen oder Knochen zur Herstellung von Fett oder Düngemittel verwertet.
– Da haben alle weinen müssen...
Die Abteilung für Presse und Rundfunk verwarnte Zeitungen, die darüber berichteten. Es sei Pflicht, Gerüchte und ausländische Propaganda zu unterdrükken.

Die Geschichte ist kein Fernsehprogramm.
– Anschalten. Abschalten.
– Mit Fernbedienung.
Mit der flieht man aus den Katastrophengebieten. Lieber Sport und Unterhaltung als vergiftete Kurden und ermordete Albaner. Lieber »Wetten, daß« als Blutlachen auf dem ›Platz des Himmlischen Friedens‹ in Peking. Damals gab es zwar noch kein Fernsehen, aber die Abschottung.
Es ist übertrieben, von einer eigentlichen Flüchtlingsfeindlichkeit zu sprechen, doch die Knausrigkeit der Behörden in der Flüchtlingsfrage stößt auf.
Sie bedauerten: Nur eine beschränkte Zahl von Flüchtlingen kann aufgenommen werden, da Unterbringungsmöglichkeiten, wie etwa leerstehende Hotels oder leerstehende Wohnungen, fehlen.
– Barackenlager.
– Falls der Bund für die Kosten aufkommt.
An arbeitsfähigen Männern zeigte die Regierung sich interessiert, Land sollen sie entwässern, Wald roden, Straßen bauen...
– Kinder, Frauen?
– Kein Bedarf.

Man sei nicht in der Lage, erklärte die Regierung, für Frauen und Kinder Heime bereitzustellen.
Im übrigen war der Friseur unglücklich. Seine Briefmarkensammlung bereitete ihm Kopfzerbrechen. Er wußte nicht, ob es nun besonders schlau oder dumm war, so viele deutsche Briefmarken zu besitzen. Politik ist ein Fluch, dachte er, sogar dem Philatelisten wird sie aufgezwungen. Nicht einmal vor der Post machen Kriege halt. Geht das Reich unter, überlegte der Friseur, besitzen die Marken dokumentarischen Wert, aber man könnte dem Sammler unbequeme Fragen stellen. Siegt das Reich und Europa wird braun, beweisen sie frühe Treue und Voraussicht...
Mit diesem Problem war er ein Außenseiter. Keiner am Stammtisch hätte verstanden, welche Sorgen ihm seine Sammlung bereitete. Niemand besaß ein Herz für die Post (und einen politischen Riecher).
Wem durfte er sich anvertrauen?
Propagandamarken für die Abstimmung 34, sechs Stück 6 Pf. grün »Hände mit Saarerde« ... 150. Todestag von Mozart, 6 u. 4 Pf. lila, (bestimmt unverfänglich)... Serie zum Heldengedenktag (Unterseeboot, Waffen-SS, Panzertruppe, etcetera)... und die Markenfolge zum Jahrestag der nationalen Erhebung (elf Stück bisher)... Marken für Mutter und Kind und für das Winterhilfswerk... »Das Braune Band von Deutschland« (neun Exemplare)... Hitler am Rednerpult (Viererblock), Jugendverpflichtung (Einzelmarke)...
Seine Frau riet ihm, die Sammlung im Keller zu vergraben.

Dieser Serge Rosny zählte nun auch zu seiner Kundschaft. Er hatte dünnes Haar und neigte zu Schuppen.

Seine Gesichtshaut war geschmeidig, rosa und etwas fett. Unter der Schläfe verbreitete sich ein bläuliches Adergeflecht. Der Herr liebte schwere Parfüms und ließ sich den Mittelscheitel mit Brillantine ziehen. Er gab reichlich Trinkgeld und war so höflich wie unnahbar. Ein gepflegter Herr, das schon, Bücklinge gewohnt. Und wie langsam er die Lider hob.
»Er trägt Sockenhalter und kutschiert Zinns Tochter durch die Gegend«, verriet der Friseur am Stammtisch, »er geht ihr wohl auch an die Wäsche.«
Doch Rosny galt vor allem als ein Fremder, der Schweizerbrot aß wie die Torfstecher im Geißhof. Der Stamm betrachtete ihn gar nicht als Einzelmenschen, sondern als Angehörigen eines mißliebigen Volkes und Teil, Rosny war ein Spritzer der Brandung. Sie schlug gegen die Schweizergrenze.
Strandgut aus Deutschland.
Esser in der Notzeit.
Emigrant und Parasit.
»Bei einer Brotration von einem Viertelpfund«, las Irma aus der Zeitung vor, »muß ein Schweizer pro Tag nicht einmal ein halbes Gramm abgeben, kaum ein Brösmeli für die Juden.«

9

Ein Hotel und ein Keller gehören zum Bild der Schweiz jener Jahre. Der Keller liegt naturgemäß im verborgenen, es ist der Tresorraum der Nationalbank in Bern. Das Hotel Savoy, nicht weit entfernt, erinnert noch an den Prunk vergangener Tage.

Serge Rosny weiß davon.
Irma hat davon gehört, Marie möchte sich am liebsten blind stellen und taub sein. »Das alles war zuviel für mich,« gestand sie später, »ich konnte nicht einmal mehr ruhig auf der Toilette sitzen.«
– Sie hat Angst, die Spülung geht los.
– Und Heinrich Zinn, fragt meine Tochter, während vor den Fenstern des Speisewagens die Landschaft vorbeizieht.

Zinn las Zeitungen und hörte Radio, er sprach mit Irma, er besuchte regelmäßig die Stadt, hatte Ohren und Augen und Fühler, aber er war auch zu aufgebracht (und später zu lethargisch), um zwischen Gerüchten und Realität zu unterscheiden. Er mutete den Behörden jede Schweinerei zu und blieb doch nicht ohne Vertrauen. Sein Hals wurde faltig und ein wenig fiel seine Brust ein, und seine Bizepse waren nicht mehr harte Mäuse, die er hin und her laufen lassen konnte unter der Haut. Plötzlich erschien Irma neben ihm viel jünger. Mir schnitt er aus einer Haselrute eine Flöte, und einmal fuhren wir nach Zürich, in eine düstere Bar, wo am Nachmittag ein schwarzer Pianist spielte.
»Gold«, fragte Zinn, »Goldtransporte.«

»Gestohlenes Gold«, präzisierte Irma.
– Wer hat es wem gestohlen, will meine Tochter wissen.
– Die Nazis den Belgiern, Holländern, den Franzosen, Österreichern und Tschechen. Das Gold der eroberten Länder haben die Deutschen abtransportiert, am Ende das Gold Italiens.
– In die Schweiz.

Ankunft in Bern, der Landeshauptstadt. Wir steigen aus und zwängen uns durch die Menschendichte im Bahnhof, wo beim Blumengeschäft und den Automaten, neben Reisebüros, Schaltern und der ausgegrabenen Ruine Obdachlose in der Behindertentoilette schlafen.
– Es hat dort Wasser, man kann ausgestreckt liegen.
Rolltreppen führen uns ins Chaos des Vorplatzes. Dort kommen Bus, Straßenbahn und Autos einander in die Quere. Menschen dazwischen, eine versprengte Schafherde. Der Leithammel wurde überfahren. Hörst du die Sirene? Krankenwagen, Feuerwehr und Polizei. Das ist normal, normaler Alltag. Kellerbrände und Messerstiche, Blechschaden und Schädelbruch, Herztod und Konkurse.
Unter Arkaden, im Stau der Abgase und Körpergerüche gehen wir Richtung Bundeshaus, Nationalbank und Hotel Savoy.
– Stehen wir nun auf der Kellerdecke, fragt meine Tochter.
– Ungefähr.
Stell dir also den Keller vor, den Goldtresor der Nationalbank, ein längliches Rechteck, doppelt so groß wie unsere Wohnung. Der Raum wurde bewacht von der Armee. Darin gab es Schränke mit dicken Wänden

und einer stählernen Gittertür. Die Schränke waren beschriftet. Portugal stand auf einem Schrank. Portugal war ein neutrales Land, produzierte aber Wolfram.
– Das braucht die deutsche Kriegsindustrie.
– Wozu?
– Für die Härtung von Stahl.
Und Spanien förderte Mangan. Für Gewehrläufe und Geschützrohre. Und die Türkei lieferte Chrom. Für Mantelgeschosse und Kugellager. Und Schweden verkaufte Deutschland das Eisenerz...
– Was fordern die Neutralen als Preis?
– Waffen, Kohle, Treibstoffe und Brot.
– Das kann Deutschland aber nicht liefern.
– Dafür Gold.

– Die Schweiz kauft den Nazis Gold ab?
Und im gut bewachten und gut beleuchteten Keller schichten Beamte Goldbarren um. Sie schleppen und schuften, so ein Ding wiegt zwölfeinhalb Kilo. Aus dem deutschen Goldschrank sollen die Barren in den Goldschrank der Schweiz. Dort geschieht mit ihnen ein Wunder. Die deutschen Barren verwandeln sich in Schweizergold. Nach der Verwandlung werden die Barren in den Goldschrank der Portugiesen geschlossen. Ganz nach deren Wunsch: einwandfreie Schweizerware, legal gehandelt. Oder das Gold wandert vom deutschen Schrank durch den schweizerischen in den schwedischen. Auch in den türkischen, und so fort.

Weder Schweden noch Portugal, weder Spanien noch die Türkei verzichteten auf Geschäfte mit dem Reich. Tote Soldaten und ein lebendiger Welthandel stören

einander fast nie. Kein Land aber wollte den Handel offen tätigen und sich mit Reichsmark zahlen lassen. In dieser Lage bot die Schweiz ihre Dienste an.
– Die Nationalbank übernahm Reichsmark und unbesehen Gold.
– Diebesgut.
– Sieht man das einem Goldbarren an? Woher er kommt? Aus welchem Gold er eingeschmolzen und umgegossen wurde?
Oh Mann, es gab so viele Tonnen hin und her zu karren. Von Schrank zu Schrank. Körperliche Schwerarbeit war das. Es blieb keine Zeit für Nachprüfungen. Bloß die Echtheit wurde kontrolliert. Die Deutschen lieferten reines Gold ...
– Es kam in bewachten Konvois von Berlin.
– Aber wie gelangte es nach Berlin?
Auch das sah man dem Gold nicht an. Die Begleitpapiere wiesen es als Gold aus den Beständen der Reichsbank aus. Das Gold war jemand: versehen mit Papieren und Stempel ...

Das Hotel Savoy befindet sich ganz in der Nähe des Kellers.
Wir stehen davor und betrachten die Fassade, das Blau der Fenster, in deren Scheiben ein Stück Himmel schimmert.
Wir treten ins Foyer, ins Gedämpfte, Diskrete, und dann ins Restaurant, um etwas zu trinken. Im Savoy wirkte damals die Diplomatie.
Die Schweiz vertrat deutsche Interessen in England und amerikanische in Japan, die Schweiz sprach für London und Washington in Berlin; im Hotel Savoy stand für jeden Staat ein Tisch mit der entsprechenden Landesfahne: Kolumbien und Chile, Japan, Kuba und

China oder Ägypten, der Libanon, Haiti und Dänemark, mehr als vierzig Länder ...
– Im Savoy befand sich die Zentrale?

– Und in Genf entstand eine »gespenstische Registratur«, eine »Buchhaltung menschlichen Elends«.
Das Internationale Komitee vom Roten Kreuz, dem nur Schweizer angehören, legte Millionen von Karteikarten an: Fünfundfünfzigtausend vermißte Deutsche namens Müller, dreißigtausend vermißte Franzosen namens Martin ...
Die Unterhändler brachten Medikamente und Lebensmittel in die Lager, sie befreiten englische Lords und Prinzessinnen aus dem Osten, sie verhinderten die Exekution von Geiseln, die Hitler auf den Trümmern von Dresden hinzurichten befahl, sie stellten Schutzpässe aus ...
Während im Keller die Plomben von den Goldschränken gelöst wurden und Beamte Barren umverteilten. Während Schweizer Soldaten Grenzfesten bauten. Während an den Schlagbäumen Flüchtlinge zurückgewiesen wurden. Während unsere Industrie für das Reich arbeitete. Sechs Tage in der Woche arbeiteten die Schweizer für Deutschland. Und am siebten beteten sie für den Sieg der Alliierten ...

Nicht einmal zwei Monate könnte er auf die Hilfe der Schweiz bei der Umwandlung von Gold in Devisen verzichten, gestand im Juni 43 Hitlers Wirtschaftsminister.

Ein Haufen Dreck war das Europa des Kriegs, es wimmelte von Mördern, Heuchlern und Geschäftemachern. Auch Herren mit Köfferchen waren unterwegs,

sie kamen mit einwandfreien Papieren von Zagreb und Ankara, von Mailand und Madrid. Kleine Jongleure: die Köfferchen voller Dollars, Escudos und Franken. Blut floß, Geld floß, Ströme von Blut und Geld. Türme von Leichen und Gold.
Bücher brannten, Bilder brannten, Menschen brannten.

10

Die Rosny-Silberberg-Saga würde Bände füllen; das Elend der Welt ist unerschöpflich.
Immer benutzt der Mächtige seine Macht.
Doch was auch geschehen mag und geschehen ist. Schwamm darüber, sagt die Macht. Normalisierung der Lage, heißt das, Besänftigung. Bitte entschuldigen Sie die Störung, das Programm geht gleich weiter. Die Lage will normal sein und der Mensch beruhigt: Zigaretten, Bier, Knorrsuppe und Ruhe.
– Verlangt jemand mehr?
Den Nachbarn nicht verärgern, sich anpassen, geschmeidig bleiben. Geld auf dem Konto, neue Kleider, Urlaub auf Kreta, das Heim voller Elektronik, und warme Füße. Was kümmert uns der Rest der Welt, solange unsere Währung hart bleibt. Verzichten wir auf die Wurst, frißt ein anderer sie.
– Wer redet so, fragt meine Tochter.
Ich schweige. Wir hängen an unseren Gewohnheiten, nur der Kopf, im Kopf staut sich die Sehnsucht, verdammt...

Serge Rosny lebte mit seiner Familie in Frankfurt. Er arbeitete in der Galerie Silberberg, die dem Vater seiner Frau gehörte; er besaß einen Riecher für Geschäfte mit Bildern und liebte sie. Ja, die Gemälde prägten sich ihm ein, er hätte sie nachmalen können. Wenn er gekonnt hätte. Silberberg schätzte Serge Rosny als soliden, inspirierten Fachmann und etwas närrischen Liebhaber der Kunst.
– Kunst?
– Der Liebhaber seiner Tochter war er auch.

Manchmal saßen die Männer zusammen in Silbergs Büro und rauchten Zigarren. Rosny dachte dabei an Silberbergs Tochter, auch wenn er von Cranach redete. ›Die Flügel des Zeus‹, sagte er und dachte, wie weich Rahels Ohrläppchen doch sind. Und Silberberg fabulierte über Whistler, lobte »Die fallende Rakete« und wog die Vor- und Nachteile eines arischen Schwiegersohns ab. Dem alten und dem jungen Mann erschienen die angerufenen Gemälde vor einem inneren Auge; die parallel laufenden Gedanken und Bilderströme störten sie nicht. Beim Fachsimpeln spürten sie die Meisterwerke am besten, sie fühlten sich verwandt mit den Künstlern und kamen ihnen nah. Oder die beiden Händler saßen vor einem berühmten Gemälde, schweigend im Kringelrauch der Havannas. Ein Kunsthändler muß auch das, was er am meisten schätzt, hergeben können. Er darf das Beste nicht für sich behalten wollen.
Auch die Tochter nicht, auch Rahel würde weggehen. Der alte Silberberg machte sich keine Illusionen. Daß ein Nichtjude sich um sie bemühte, nun gut, sehr gut sogar in diesen arischen Zeiten.

– Wo haben Serge und Rahel einander kennengelernt?
– In Frankfurt, sie besuchten dieselbe Vorlesung.
– Liebe?
– Auf den ersten Blick …
– Sie hat ihn ihrem Vater vorgestellt.

– Rosny hielt um Rahels Hand an.
– So offiziell und feierlich?
– Silberberg gab ihm seine Tochter zur Frau.

Im Duft einer Havanna saß er im Büro, der blaue Rauch schwebte im Raum. Ringe, ja. Seine Rahel sah zwar nicht wie eine Jüdin aus. Sie war blond, hatte helle Augen und eine Nasenform, die dem Staat aus rassischen Gründen eigentlich gefallen mußte (auch die Ohren standen nicht ab). Echt deutsch sah seine Rahel aus. Doch doppelt genäht hält besser. Ja, als Frau Rosny würde seine Tochter eine arische Frau werden und Mutter arischer Kinder.
Am Tag der Hochzeit war der Alte erleichtert, glücklich. Er wähnte seine Tochter in Sicherheit.
Als dann Bücher verbrannt und auch Bilder ins Feuer geworfen wurden, richtete Silberberg in New York vorsorglich ein Bankkonto ein. Bald darauf gingen die Scheiben seiner Galerie in Bruch und seine Frau, die im Gegensatz zu ihrer Tochter sehr jüdisch wirkte, mußte sich auf der Straße beschimpfen und anspucken lassen. Danach wagte sich die alte Dame nicht mehr aus dem Haus, und Silberberg handelte. Er übergab sein Geschäft dem Schwiegersohn. Rosny ließ neues Briefpapier drucken und wechselte das Namensschild aus. Die alten Silberbergs verabschiedeten sich von Rahel, ihrem Mann und den Enkeln, sie wanderten nach Amerika aus.

Mehr als eintausend Gemälde verbrannten mit den Büchern. Die Nazis ließen das Bilderzerstören jedoch nicht so ungehemmt zu. Gemälde bringen Devisen. Man kann sie dem Ausland andrehen.
– In Luzern, zum Beispiel.
Einhundertfünfundzwanzig Gemälde, »Entartete Kunst«, wurden von der Galerie Fischer versteigert. Gemälde aus deutschen Museen; die Regierung hatte sie beschlagnahmt.

– Gestohlen und nach Luzern verfrachtet.
Braque, Ensor, van Gogh, Matisse, Modigliani, Picasso, Chagall. Und die deutschen Meister Liebermann, Corinth, Beckmann, Dix, Feininger, Heckel, Klee, Kirchner, Kokoschka, Macke, Marc, Nolde: zum ersten, zum zweiten, zum dritten und Hammerschlag. Weltkunst für wenig Geld. Champagner und Gelächter ...
– War Rosny dabei?
– Rosny fuhr nach Luzern.
– Als Käufer?
Ein Strohmann bot für ihn. Was er ersteigerte, ließ er in der Schweiz zurück. Diese Bilder gaben am Ende (als es zu spät war, allerdings) den Ausschlag, Schaffhausen als Exil zu wählen ...
An der Versteigerung nahmen Händler, Sammler und Museumsleute aus ganz Europa und Amerika teil. Früher Essen, heute New York ... früher Frankfurt, heute Brüssel ... früher München, heute London. Die Reihe ließe sich beliebig fortsetzen.
Rosny war verwirrt. Aber er kaufte und kehrte nach Frankfurt zurück.
Später besuchten braune Kulturbeamte auch die Galerie Rosny. Danach hielt Serge es für ratsam, was ihm lieb war, in Sicherheit zu bringen.
– Nicht aber seine Familie.
– Er wähnte sie ungefährdet.
– Obwohl seine Frau Jüdin war?
»Juden ist verboten, Gegenstände aus Gold, Platin und Silber, sowie Edelsteine und Perlen zu erwerben, zu verpfänden oder freihändig zu veräußern ... soweit der Preis für den einzelnen Gegenstand 1000 RM übersteigt.«
– Das hat er alles Marie erzählt.

»Bilder, Plastiken usw., die nicht von vornherein als minderwertige Erzeugnisse anzusehen sind …, sind in geeigneter Weise zu lagern und dem zuständigen Landesleiter der Reichskammer für bildende Künste zu melden.«

Ein Jahr nach Luzern, aber vor dem Besuch der Kulturbeamten, hatte Rosny von einem hohen Nazi Pässe erhalten.
– Einfach so?
– Im Tauschverfahren gegen Cranachs Gemälde ›Das goldene Zeitalter‹.
– Rosny, statt Rosny-Silberberg?
– Ja, und Renate statt Rahel.
Doch der Tausch war vergeblich. Als die Familie Rosny einmal bei Tisch saß, wurde die Tür aufgestoßen und Männer betraten die Wohnung. Kein Besuch, ein Überfall der SS, Serge begriff das gleich. Männer, Hunde, Lärm. Er glaubte, keine Luft mehr zu bekommen, und sein Herz raste. Das Schrecklichste aber war die Gewißheit: Du kannst deine Familie nicht schützen. Rosny wünschte sich den Tod, aber er bekam nur ein paar Schläge ab und mußte zusehen, wie seine Frau und die Kinder abgeführt wurden.
Polizeigriff, Tätlichkeiten.
Da sank er auf die Knie. Aus Demut, Schwäche, was weiß ich: und doch war es bloß eine lächerliche Geste. Absichtlich trat ihm einer mit schweren Stiefeln auf die Finger.
– Es knackte.
– Auch Rosny wurde abgeführt.

Eine Nacht mit Verhören. Trotz einwandfreier Pässe. Serge Rosny sprach später nicht gern davon. Er sagte

bloß, am Ende sei sein Hemd zerrissen und der Anzug voller Flecken gewesen.
Sie konnten nichts aus ihm herausprügeln. Was hätte er denn gestehen können. Und seine Familie war schon verloren. Er wußte das, er hörte die laufenden Motoren von Lastwagen im Hof, Stimmen und Schritte von vielen Menschen. Ein Vermerk in seinem Paß rettete zumindest sein Leben. Doch ein Denkzettel schien den SS-Männern angebracht. Ein Riß in der Lippe, ein fehlender Zahn, angebrochene Rippen. Die Folterer warfen ihn nach der Bestrafung vor die Tür.
– Konnte er noch gehen?
– Er schleppte sich durch die Straße.
Als Serge Rosny im Morgengrauen zu Hause anlangte, war die Galerie ausgeräumt. Man hatte ihn ganz legal enteignet.
Die Wohnung verlassen. Frau und Kinder schon in einem Waggon, der ostwärts fuhr. Rosny setzte sich an den Tisch und weinte haltlos. Ein kaltes Licht füllte allmählich das Zimmer, noch lag alles im Grau der Frühe. Da hörte Serge Rosny ein klagendes Geräusch.
Jemand wimmerte.
Der Bär schluchzte.
Unterm Bärenfell lag Artur und weinte so haltlos wie sein Vater. Der Junge hatte sich in dem Lärm und Durcheinander der Festnahme unter die Tierhaut geflüchtet.
– Die Spürhunde?
Sie fanden sein Versteck nicht. Auch mannscharfe Hunde meiden die Nähe wilder Tiere, und der Geruch eines Bären haftete dem Fell an. Die Hunde wagten sich nicht in die Nähe, die Schergen wiederum, die es mit dem Töten genau nahmen, waren beim Zählen

nicht pingelig, ein Jude mehr oder weniger, bei sechs Millionen Leichen macht das wenig Asche aus. Ohne mit der Wimper zu zucken, nahmen sie fest, was sich um die Mutter wie um eine Glucke versammelt hatte. Sie gingen davon aus, das ist der ganze Pulk, die Mischpoke, auch den Mann nahmen sie mit, der auf den Knien winselte. Nur Artur unterm Fell blieb verschont. Aber was er da mitbekam, was er hörte und sah, es verschlug ihm die Sprache.

Serge erhob sich vom Tisch, schwerfällig, er spürte seinen Körper nicht, bloß das Herz, sein wildes Pochen. Er ging zum Bären, er kroch zu Artur unters Fell. Eng aneinandergeschmiegt blieben sie liegen, ich weiß nicht wie lange. Auf jeden Fall war das Zimmer vom Tageslicht hell, als sie wieder unter dem Fell hervorkamen, ausgeweint und ausgetrocknet. In der Küche tranken sie Wasser, wie zwei durstige Bären, die eine Hetzjagd überstanden hatten, Wasser, Wasser ...

Noch am selben Tag fuhren Serge und Artur mit dem schwarzen Citroën nach Schaffhausen.

– Ließ man sie einreisen.

– Rosny hatte Bilder und Geld in Schaffhausen.

Renate Rosny war nun wieder Rahel Silberberg.

Aber nicht für lange. Für die Reise in den Tod brauchte man keinen Namen, eine Nummer genügte. Nach ein paar Tagesreisen im Viehwagen erreichte der Transport das Ziel im Osten.

– Erschöpft, ausgehungert und krank.

Stramme Kerle nahmen sie in Empfang, Männer in schweren Stiefeln schieden die Spreu vom Weizen.

– Bist du wahnsinnig.

Ich simuliere bloß den Zynismus der Zeit. Wer noch gehen und arbeiten kann, soll arbeiten bis zum Tod.

Wer dazu nicht mehr fähig ist, wird gleich in die Gaskammern getrieben. Nur wissen die Opfer nichts davon. Sie erwarten eine Dusche und ersticken im ausströmenden Gas. Frauen, Männer, Kinder, Rahel Silberberg und Arturs Geschwister. Endlösung. Das Gold schlug man ihnen aus den Zähnen (um es einzuschmelzen), die Brillen nahm man ihnen ab, man scherte sie kahl (Haar für Matratzen), man kochte ihre Knochen zu Leim und machte Seife aus ihrem Fett...

Das Vergangene ist ein Museum, vollgestopft mit Bildern, aber niemand kann es besuchen. Das Gedächtnis ist auch so eine Bilderhalle.

Noch ein Krieg geht zu Ende

1

Ein Traum soll hier erzählt werden.
– Halt, ruft meine Tochter. Meine Träume sind nicht unbedingt öffentlich.
– Du kannst mir doch diesen Wunsch nicht abschlagen.
– Warum nicht?
– Meine Geschichte ist in deinen Kopf übergesprungen. Ohne sie hättest du diesen Traum nicht geträumt.

Das Erzählen hat mich erleichtert und befreit. Aber mein Kind am Ende beschwert.
– Von Karel hab ich geträumt, lenkt meine Tochter ein.

Leider besaß Karel kein Bärenfell, das ihn schützte vor dem Terror der Zeit. Weder Zinn noch Amerika, weder Irma noch all die guten Absichten vermochten ihn zu retten. Er wurde von der Fremdenpolizei entführt und in ein Lager gesteckt, das er sich niemals ausgesucht hätte. Die Behörden zwangen das Kind, in einer Umgebung zu leben, die für einen Jungen so lebensfeindlich ist wie für eine Bachforelle das Meer.
An einem schönen Morgen, davon müssen wir ausgehen, wurde Karel an die Grenze gestellt (mit dem Mann, der Mundharmonika spielte). Wieder saß er in einem Auto mit verdunkelten Scheiben, diesmal ohne einen »freundlichen« Polizeibeamten, der ihm Wurstbrot gab.
– Du kennst die Geschichte vom Roten Meer?
– Es teilte sich für die aus Ägypten fliehenden Juden.

– Du meinst, der Rhein …
Der Rhein oder die Nordsee weichen zurück und geben einen Weg frei, einen Fluchtweg. Die Türen der Gefängnisse öffnen sich. Die Häscher bekommen Magenkrebs, und den Schergen vom KZ verfaulen die Eier im Hodensack.
– Was aber bringt Rache?
In der Gaskammer zeigt ein Junge keine Wirkung. Auch als er erschossen wird, nützt das nichts. Er ist stärker als der Tod. Karels Lebenskraft löst Panik aus.
– In meinem Traum, erzählt meine Tochter, sah ich ihn durch Deutschland fahren, ostwärts, in einem Viehwagen. Der Fahrer des Autos mit den dunklen Scheiben, der ihn an die Grenze geschafft hatte, verspürte nach dem Job Herzflimmern; auf der Rückfahrt wurde der Wagen aus der Kurve getragen und zerschellte an einem Baum.
– Rache …
– Dieses biblische Zahn für Auge, oder wie auch immer, meinst du nicht, es war der Anfang allen Übels?
In Auschwitz mußte Karel mit Tausenden den Todesweg gehen. Doch das ausströmende Giftgas vermochte ihn nicht zu töten: der Mann jedoch, der die Düsen öffnete, fiel wie vom Blitz getroffen tot um. Nichts konnte Karel etwas anhaben, er war gefeit gegen den Tod, immun gegen den Tod, unsterblich war er, ein Engel. Jeder, der ihm Böses wollte, wurde von einer stärkeren Macht bestraft. Mit Hirnkrämpfen sackten die Schergen zusammen oder Herzanfälle löschten ihr ödes Leben aus. Hunde, die auf ihn gehetzt wurden, zerfleischten ihren Herrn. Die Schüsse, die auf ihn abgegeben wurden, krepierten im Lauf und rissen dem Schützen den Kopf vom Leib. Alles, was Karel be-

rührte, verwandelte sich zu Stein, und was von seinem Blick getroffen wurde, ging in Flammen auf. Wer ihn in böser Absicht anfaßte, wurde elektrisch verschmort. Mauern, die er mit dem Finger antippte, stürzten ein, Tore öffneten sich, Stacheldraht schmolz, jeder gegen ihn geführte Schlag erwies sich als fürchterlicher Bumerang. Karel war stärker als seine Häscher, stärker als jede Todesart, er lebte, er lebte, er fegte die Peiniger beiseite: lebendig stieß man ihn in ein Massengrab, zornig stieg er daraus empor, gefolgt von einer Armee Hingerichteter, die auferstanden und nun unverwundbar waren wie er selbst. Jeder Soldat dieser auferstandenen Armee, der an seine Henker und Folterer dachte, tötete diese mit der Kraft seiner Erinnerung: Hier sackte einer zusammen und wand sich vor Schmerz, alle Schmerzen, die er zugefügt hatte, mußte er selbst erleiden und alle Tode selber sterben. Einem platzten die Hoden (er war ein Vergewaltiger), einem sprang der Rücken auf (er war ein Schläger), einem verwandelte sich jedes Haar in einen glühenden Draht (er war ein Folterer), einem gefror das Blut zu Eis, einem andern zerbröselten die Knochen, einer wurde bei lebendigem Leib von Ameisen gefressen...
– Und so fort, sagt meine Tochter und beginnt zu weinen. In meinem Traum war Karel groß, stark und unverwundbar: ein Racheengel.

2

– Karel ist tot, sagt sie schluchzend.
»Davon müssen wir ausgehen«, erklärte Zinn.
Ich habe ihn als Kind gefragt, ich fragte ihn als Mann; und er redete noch als Greis davon.

Artur aber lebt. Zwar unterm Fell der Bärin. Doch er lebt und wächst heran und wird ein großer Junge, ein Mann ... der jetzt verheiratet ist in Amerika und Söhne hat, die allmählich vergessen, was es damals bedeutete, Rosny-Silberberg zu heißen, und Enkel, die sich mehr für Genforschung und Baseball erwärmen als für die Schrecken der Endlösung.
Doch zur Zeit unserer Geschichte war er ein Halbjude ohne Eltern, denn sein Vater kehrte von seiner Reise im letzten Kriegsjahr nicht mehr zurück. Immer noch begann Artur zu stottern, sobald ihn etwas erregte. Er war Zinn ergeben, anhänglich wie Amerika, im übrigen scheu, verhalten und verstockt.

Und plötzlich wurde der Frieden ausgerufen.
– Am Radio.
Arturs Vater blieb verschwunden. Von seiner letzten Bilderfahrt kehrte er nicht mehr zurück. Irgendwo zwischen Saarbrücken und Amsterdam flog der schwarze Citroën in die Luft. Mit Ölfarbe bemalte Leinwandfetzen ließen sich aufspüren, lackiertes Blech und Scherben. Bloß vom Mann kein Rückstand, der identifizierbar gewesen wäre. Zahllos viele Menschenteile düngten damals die Erde, und Meere von Blut.

Nicht daß Marie von irgendeiner Behörde von seinem Tod in Kenntnis gesetzt worden wäre; Marie nahm das Schreckliche bloß an.
»Ich bin absolut sicher gewesen, meine innere Stimme hat mich nie getäuscht.«
Im blauen Haus am Fluß weinten sein Sohn und seine Geliebte.
– Seine Verlobte.
Marie legte Wert auf diese Bezeichnung. Sie liebte es in den kommenden Jahren, sich als Rosny-Silbergs Braut auszugeben. Daß er einen stillen Tod gestorben sein oder sich gar abgesetzt haben könnte, schloß sie aus. Nur ein heftiger Tod, ein gewaltsames Ende paßte zur Heftigkeit ihrer Gefühle und zur Gewalt des ihr zugefügten Schmerzes.
Als Serges Verlobte wollte Marie auch Arturs Mutter sein. Doch Artur mochte sie nie besonders, er liebte Irma und Zinn mehr als Marie. Sie schien auch vergessen zu haben, daß Artur der letzte Nachfahre des Frankfurter Galeristen und Kunsthändlers Silberberg war.
– Herr Silberberg stellte Nachforschungen an?

3

Schon als die Alliierten in der Normandie landeten, war Serge Rosny in Euphorie geraten.
»Marie, Marie leg ein weißes Tischtuch auf.«
Er öffnete eine Flasche Burgunder. Doch woher kamen das hauchdünne Bündnerfleisch und das französische Stangenbrot? Wir hatten aufgehört ihn zu fragen, er gab seine Geheimnisse nicht preis. Vielleicht traute er uns nicht ganz, am Ende wollte er uns bloß schützen. Ich erinnere mich an Vanilleeis mit flüssiger Schokolade und wie Serge sich ärgerte, weil ich Amerika den Teller auslecken ließ.
»Laß ihn zufrieden«, sagte Großvater.
Zinn trank Bier und aß vier Spiegeleier mit Speck. Ich durfte den Schaum vom Bierglas schlürfen und seinen Teller mit Brot auswischen. Prompt kleckerte ich Eigelb aufs Tischtuch.
Nun schalt mich Marie.
»Laß ihn zufrieden«, sagte Großvater.
Er wischte mit dem Handrücken über den Mund, ohne das Messer wegzulegen. Oh Mann, hat er Haare auf der Hand, dachte ich und fühlte mich sicher.

Bald standen die Franzosen bei Waldshut. Schweizer, die in der SS dienten, flüchteten panisch heimwärts (ein Feldwebel gar mit einer Messerschmitt), und Rosny fuhr mit seinem schwarzen Citroën zum letzten Mal Richtung Norden: Bilder retten war seine Passion. Serge muß am Rhein entlang gefahren sein, wir haben eine Postkarte erhalten.
– Funktionierte die deutsche Post noch?
– Die Karte kam nach einem halben Jahr.

Vom Haus am Fluß erreicht man Waldshut schneller als Bern. Vor dem Krieg, als die Deutschen noch als freundliche Nachbarn galten, war die kleine Stadt oft das Ziel von Heinrichs Ausflügen gewesen. Von Waldshut brachte er Schwarzwälderspeck, Baumwollstoff und Locken nach Hause.

Zinn schälte Kartoffeln und hörte Radio. Beim Grenzübergang Leibstadt baten Frauen um Schutz vor den einmarschierenden Marokkanern.

»Sie werden vergewaltigt«, ereiferte sich Zinn.

Er hielt das Messer in der Faust, drohend. Marie zeigte kein Mitgefühl, sie schnitt die Kartoffeln in Stücke, ihre Sorge war von einem einzigen Namen gebunden: Serge.

Zinn legte das Messer auf den Tisch, verließ die schweigende Marie und die Kartoffeln, fast fluchtartig lief er aus der Küche und wirbelte nun im Garten mit dem Lasso, Amerika rannte in weiten Sätzen davon. Marie trat unter die Tür, die Schüssel in den Händen; in der Küche lief das Radio viel zu laut, und niemand mehr hörte zu.

»Der Krieg ist doch vorbei, Heilandsack. Es gibt kein tausendjähriges Reich mehr. Aber Frauen von Stuttgart, vom Bodensee, Frauen aus Freiburg...«

Heinrichs Zorn nützte nichts.

Er konnte bloß die Faust im Sack machen, fluchen oder eben mit dem Lasso herumwirbeln. Die Behörden verweigerten die Aufnahme: »Da wir sonst mit dem Andrang sämtlicher deutscher Frauen in diesem Gebiet zu rechnen hätten; zudem werden die Marokkaner wieder abziehen.«

– Die Lage wird sich also wieder normalisieren.

– Was auch immer geschieht.

Zinn saß am Fluß bis spät in die Nacht, er rauchte, und die Mücken zerstachen seine Beine. Ihm war alles gleichgültig, seit Artur unterm Fell weinte. Die abgewiesenen Frauen hatten ihn für kurze Zeit von der Lähmung befreit, nun fühlte er nichts als Leere.

4

– Wo ist eigentlich das Fell der Bärin geblieben, fragt meine Tochter.
Wir stehen beim Bärengraben an der steinernen Brüstung. Am Kiosk haben wir altes Brot und Karotten gekauft. Nun lassen wir die Bären tanzen.
Eine falbe Bärin, mit einer Fellzeichnung, die mich an Zinns Mutter erinnert, hockt unter uns, tappt mit den Vorderpranken ihr Bitte und fängt mit dem Maul die zugeworfenen Brocken auf.
– Rosa Zunge, rosa Schlund und gelbe Zähne wie du, erklärt meine Tochter.

Faul ist die Bärin, denke ich, und blitzschnell. Wenn sie die Gelegenheit zu töten hätte, mein Gott, sie würde ihr Opfer zerfleischen: ob Kind, Mann, ob Huhn, Hund. So teilnahmslos und verhalten aggressiv, dabei verspielt und putzig wegen der Leibesfülle, habe ich selten ein Tier erlebt: gefangen, an Gefangenschaft gewöhnt, mit den Urtrieben eines wilden Tiers ausgestattet, verschlafen, ja, aber zu wecken mit einem einzigen Laut: faß...

Als Heinrichs Bärenmutter in Frankreich erschossen wurde, war Johann Zinn bei aller Trauer klug genug, das Fell zu verhökern und das Fleisch zu braten. Der Weg, den der Bärenbraten genommen hat, ist leicht nachvollziehbar; die Wege des Fells sind verschlungener, und ich weiß nicht, durch wie viele Hände es lief, bis es in Rosnys Haus gelangte. Ich glaube nicht, daß Serge sich für Tierhäute erwärmen konnte. Das Tote, Verstaubte, das Präparierte und Formalinhaltige wi-

derte ihn an. Trotzdem wurde er der Besitzer des Fells mit den Einschußlöchern und den zerfetzten Ohren.
»Meine Frau hat es gekauft«, sagte Serge zu Heinrich, der sich dafür brennend interessierte, erpicht auf die Lösung des Rätsels: wie alle Kinder, die ein Elternteil suchen.
– Aber wie ist es nach Deutschland gekommen?
Rosny schüttelte den Kopf. Was soll das? Für ihn war das Fell ganz ohne Geheimnis, eine verlauste, verjäste, eine stinkende tote Tierhaut.
Die Spuren verloren sich in der Ferne, ein Präparator hatte es aus einer Konkursmasse übernommen, ein französischer Graf soll es als Bettvorleger ...
– Aber warum kaufte Frau Rosny-Silberberg dieses Fell?
»Ich weiß es nicht«, sagte Serge, »ich weiß es wirklich nicht.«
Vielleicht aus einer bloßen Laune heraus; am Ende ahnte Frau Rosny seine Schutzmacht. Es rettet Artur, sie wußte das instinktiv. Ein Wink des Himmels, könnte sie gedacht haben, kauf das scheußliche Fell, leg es im Wohnzimmer vor den Flügel, auf dem eh keiner spielt.
– Geschichten, erklärt meine Tochter.
– Vielleicht hat Artur das Fell der Bärin entdeckt und die Mutter gedrängt und genervt, bis sie dem Wunsch des Jungen nachgab, der so stur und endlos wiederholt wurde ...
– Nur kleine, machtbewußte Kinder sind so beharrlich.

Eine Geschichte ist eine Tür, die zu einer anderen Tür führt, hinter der die nächste Tür sichtbar wird. Ich kenne Türen mit Schloß und Riegel, Türen, die offen stehen wie das Tor einer Scheune; ich kenne Falltüren,

Pforten, Lücken und geheime Eingänge, ich habe von Türen gelesen, die auf Tapeten gemalt wurden, und von Türen, die sich in Spiegeln vervielfältigen ...
Die Bärin im Graben hat Junge, zwei vorwitzig freche Kerle, die nun den kahlen Baum erklimmen, ziemlich umständlich und absturzgefährdet, weil jeder den anderen beim Klettern in den Steiß beißen will.
– Die Geschichte vom Bärenfell hat mehr Lücken als das Fell Einschußlöcher, beklagt sich meine Tochter.
Alles spielt sich der Reihe nach ab, aber nichts kann der Reihe nach erzählt werden. Tausende von Reihen kreuzen sich, laufen parallel, gegen- und durcheinander. Oder die Geschichten verschwinden in der Tiefe der Zeit, ihre Spuren trocknen weg wie Hauch von Glas. Gräber hebt man auf, Briefe werden verbrannt, Fotos vergilben, und die Macht des Vergessens schwärzt das Gedächtnis ein.

Die Geschichte von Jack Dempsey hat Heinrich verfolgt bis zu der Niederlage gegen Tunney.
– Die Kraft läßt nach, und das Auge wird langsamer.
Den schwarzen Pianisten, der auf seinen Mörder wartete, hat er aus den Augen verloren; wahrscheinlich ist er längst eines natürlichen Todes gestorben. Ich wünsche ihm, daß es in der Mittagsstunde geschah, als er Stranger in the night spielte ...
Auch Zinns ältere Schwester ist in Vergessenheit geraten. Mit vierzig war sie immer noch ledig und Jungfrau. Als der Pfarrhelfer von Bremgarten als Pfarrer in die Ostschweiz berufen wurde, zog sie mit ihm nach Romanshorn.
– War Ruth seine Geliebte.
– Nein, seine Köchin.

Man kann die Zeit auch in Schritten messen. Zählen wir die Schritte, die Heinrich Zinn macht, um den Weg vom blauen Haus am Fluß in die Stadt zurückzulegen. Der Weg schien länger und länger zu werden. Nicht gerade von Jahr zu Jahr, aber doch über die Jahrzehnte hin, benötigte er mehr und mehr Schritte für die Strecke. Und das letzte Mal legte er sie in einem verdammten Auto mit dunklen Scheiben zurück.

5

Der Krieg ist zu Ende.
Heinrich Zinn erlebte das nun zum zweiten Mal. Beim Rasieren hörte er vom Friedensschluß und daß die Menschen überall jubelten. Zinn rasierte sich blind, die rechte Wange mit der rechten Hand, die linke Wange mit der linken Hand; er besaß ein Messer mit Perlmuttgriff und war beidhändig gleich geschickt. Ein Zauberer halt. Er hätte die Freude auch sehen und hören können, wenn er in die Stadt gegangen wäre: Der Frieden begann mit einem Fest, doch Zinn war nicht zum Feiern zumute.

Amerika an der Seite, saß er auf seinem Stuhl unterm Baum und schaute auf den Fluß hinaus. Er hatte den Panamahut in die Stirn gezogen und die Beine von sich gestreckt. Die Arme lagen gekreuzt auf der Brust, unter der rechten Hand schlug das Herz. Im kragenlosen Hemd saß er, barfuß. Marie, die neben ihm stand, bemerkte erste Altersflecken auf seinen nackten Knöcheln.
Zinn erwog, nach Deutschland zu fahren.
Karel und Rosny suchen, oder sie verlorengeben? Suchen unter Tausenden, die auf der Suche sind und vergeblich hoffen. Nicht einmal die alte Straße finden sie mehr, geschweige denn Frau und Kinder?
»Bleib hier«, sagte Marie, »sie leben nicht mehr.«
Und Artur lag unterm Fell und stellte sich tot. Er lag seit Tagen dort; in einem Napf mußte Marie ihm das Essen in Armlänge vor den Bären stellen. Oft ließ er es unberührt, und ein Gestank von Urin, Kot und Kinderelend umhüllte ihn.

Artur hat es als erster gewußt: Diesmal kehrt er nicht zurück.
Von den Friedensglocken ließ er sich nicht täuschen, und wenn Marie ihn zu trösten versuchte, wehrte er sie ab, ganz brüsk. Sie lügt, dachte er, was weiß denn diese Frau. Artur zog sich zurück und machte sich klein, als suche er ein Loch, um darin zu verschwinden. Es gibt nämlich eine geheime Verbindung zwischen Vater und Kind, und diese Linie war abrupt unterbrochen worden.
Bei früheren Reisen hatte sich Artur nach einigen Tagen jeweils vors Haus gesetzt; er hatte das Nahen des schwarzen Citroëns gespürt. Diesmal nicht. Zwei Wochen nach Rosnys Abfahrt verkroch sich Artur unters Bärenfell.
Marie ahnte den Grund. »Augenblicklich ist es mir klargeworden.«
Als Artur unters Fell kroch und sie hörte, wie er schluchzte, und sah, wie sich das Beben seines Körpers auf das Fell übertrug.
Der Bär weinte, schniefte.
Und Marie brach in Tränen aus.

So begann der Frieden bei uns mit einer Katastrophe. Irma heulte, wenn sie versuchte, Marie zu trösten, ich stopfte mir den Zipfel des Taschentuchs in den Mund und biß darauf. Rotz tropfte aus meiner Nase und die Augen flossen mir über; Zinn schneuzte sich unablässig und wischte mit dem Ärmel über die Augen. Und einmal saßen wir alle am Küchentisch vor der dampfenden Suppe, keiner nahm den Löffel in die Hand, starr lauschten wir dem Jammern des Bären aus dem Nebenzimmer, bis jeder aufstand und auf sein Zimmer lief, um dort allein zu weinen, während Amerika win-

selte und nicht wußte, warum man ihn allein in der Küche zurückließ.
– Er lief zum Bären und kläffte ihn an aus sicherer Distanz.

»Jetzt ist er gestorben«, sagte Marie.
Artur hatte den Napf nicht angerührt. Der Bär lag reglos und stumm. Heinrich Zinn hob das Fell hoch, ein entsetzlicher Gestank schlug ihm entgegen und Fliegen wehten davon. Da lag der Junge, vor Gram und Erschöpfung in einen todesähnlichen Schlaf versunken. Irma und Marie zogen ihn aus, ich tauchte den Schwamm in warmes Wasser, mit dem sie den Kümmerling wuschen. Zinn trug Artur nach oben und legte ihn ins Bett.
Fiebertagen folgten Fiebernächte.
Artur wachte nicht auf. Er stürzte von Traum zu Traum. Weil Irma Krankenschwester war, durfte er im Haus am Fluß bleiben. Jeden Tag kam der Arzt zur Visite, Artur mußte künstlich ernährt werden; eine Flasche hing über dem Bett, eine Nadel steckte in seinem Arm, ich schaute zu, wie die rosa Flüssigkeit durch den Schlauch rann.

Arturs Rückzug unters Fell hatte die Tränenflut ausgelöst. Nun beendete sein Genesungsschlaf die Heulerei. Die Frauen umsorgten ihn, Marie fühlte sich seltsam ruhig. Sie schien gegen Schmerz unempfindlich zu sein, als sei mit ihr schon alles geschehen. Zinn spielte mit dem Lasso (zum Kummer von Amerika, der eigentlich zu alt war für das einseitige Fangen), und mir zeigte Großvater einige Tricks mit dem Seil.
Das Lasso in seinen Händen, die Gedanken in seinem Kopf.

Ich ahnte, daß es verschiedene Welten gibt, die miteinander nichts zu schaffen haben. Irma war zerrissen, launisch und unzufrieden. Etwas Verpaßtes schien sie zu quälen. Sie magerte, obwohl es wieder mehr zu essen gab.
Hin und wieder stritten sich die Erwachsenen in der Küche; ich floh zum Fluß, watete im seichten Uferbereich herum und fing Wasserläufer, bis meine Beine vor Kälte blau wurden.
Arturs Fieber ließ endlich nach, er schlief nun blaß und ruhig, nur seine Nasenflügel zitterten.
Dann wachte er auf, abgemagert und hohlwangig kehrte er aus einer Ferne zurück. Und er sprach wieder. Artur bat um Tee und Schokolade...
Als er das Bett verlassen und aufstehen durfte, merkten wir: er ist ein Stück gewachsen. Die Schokolade teilte er von nun an mit mir. Zum Bärenfell hielt er Abstand, als habe er Angst davor wie ein Hund.
»Er ist darunter gestorben«, vermutete Marie.
Nun fing ein anderes Leben an, der Bär gehörte noch zum vergangenen. Wie dem auch war: Zinn reinigte das Fell und ließ es an der Sonne trocknen. Er legte Mottenkugeln in den Bärenbauch und stopfte die Haut auf dem Dachboden in eine Truhe.

Der Zusammenbruch hatte Artur verwandelt; er war nun ein ganz gewöhnlicher Junge. Er sprach, er spielte mit mir, er ließ sich von den Frauen umarmen und herzen, er setzte sich auf Zinns Knie und machte mir den Platz streitig, er aß mit Appetit, verweigerte bloß Tomaten (wie sie auch zubereitet sein mochten) und trank schwarzen Kaffee.
»Mehr als einem kleinen Jungen bekömmlich ist«, sagte Marie. Sie litt unter der knappen Ration. Kaffee,

Schokolade, und auch Konfitüre waren nur beschränkt erhältlich.
Artur ärgerte Amerika, mich und den Kakadu mit Maß. Er haßte bloß Wespen, ich weiß nicht weshalb, er haßte sie entsetzlich, Artur jagte, quälte und tötete sie. Die Köpfe sammelte er in einer Streichholzschachtel...
– So verstrich die Zeit.

– Bis der Brief aus Amerika kam?
Der alte Silberberg hatte seine verschollene Tochter und ihre Familie suchen lassen. Max Beckmann, inzwischen emigriert und wohnhaft in St. Louis, erzählte seinem Gast Silberberg von Amsterdam und dem Tag, da Bomben auf Schaffhausen fielen. Von Marie Zinn wußte der Maler, vom blauen Haus am Fluß.
Der alte Herr Silberberg reiste persönlich in die Schweiz (er tanzte an, sagte Marie), um seinen Enkel abzuholen. Und die Bilder, die noch immer an den Wänden hingen.
– Nein, Marie will kein Geld, auch Zinn schlägt Geld aus.
»Es fehlen ein paar Gemälde«, meinte Silberberg, als er am nächsten Tag allein nochmals im Haus am Fluß aufkreuzte.
– Will er Zinn und Marie beleidigen?
»Hier ist Ihr Hut«, antwortete Zinn, »und dort die Tür.«

Immer wenn einer von uns Geburtstag hat und zum Jahreswechsel schickt Artur eine Karte. Er hat uns auch ein paarmal eingeladen, ihn in Maine zu besuchen, und eines Tages stand er plötzlich vor meiner Tür. Da waren die Amerikaner schon auf dem Mond gelandet. Ich habe ihn nicht gleich erkannt. Artur Rosny war ein stämmiger Mann mit einem eisengrauen Haarkranz, er hatte kleine Augen wie ein Bär. Er brachte einen Karton Budweiser mit und wir redeten über ein amerikanisches Rennpferd aus Kenntucky, das damals in Europa alle Rennen gewann.

6

Der Frieden ist da.
Und Zinn schneidet seine krummen Zehennägel.
»Europa ist ein Schutthaufen«, sagt er.
Ich hebe einen der halbmondförmigen Schnipsel vom Boden auf. Hart ist er, und wie Kuhhorn gefärbt.
»Büffelhorn, mein Junge.«
Am meisten Schutt liegt in Deutschland. Zum zweiten Mal in diesem Jahrhundert übt ein Volk Demutsgesten.
»Hunde wälzen sich dabei auf den Rücken, sie bieten dem Stärkern den schutzlosen Bauch an.«

Wir sind Nachbarn der Deutschen; wir müssen ein Einvernehmen mit ihnen finden, im Frieden und im Krieg.
Durch die Schweiz fahren Züge mit Verwundeten: Deutsche, Franzosen, Amerikaner, Engländer und Afrikaner.
Auf den Bahnhöfen erhalten die Männer Suppe und Zigaretten. Rotkreuzschwestern übergeben ihnen Pakete mit Kleidern und Lebensmitteln für die Weiterfahrt nach Bombendorf und Ruinenstadt, wo der Rest der Blasmusik für sie spielt, wo vor dem Krieg ihr Zuhause war.
»Nein, Zinn, es ist sinnlos, nach Deutschland zu reisen, um Karel und Serge zu suchen«, sagt Marie, »ebensogut kannst du hier auf sie warten.«
Vielleicht will Zinn nur weg, weil er Marie nicht trösten und den Jungen nicht unter dem Fell hervorlocken kann.
– Tröstet Irma ihn?

Im dritten Friedensmonat wurde Marie nach Muri gerufen. Ihre Mutter lag im Krankenhaus, Elisabeth, die Frau des pensionierten Lehrers. Den Magen hatte man ihr auspumpen müssen. Elisabeth wollte sterben. In einem Glas Wasser löste sie Kopfwehtabletten auf. Und hörte, als sie erwachte, nicht Engelsstimmen, sondern den Baß des Hausarztes, der sie ins Schlafzimmer schleifte.
Elisabeths Mann war von der Polizei abgeholt worden. Er hatte Flugblätter mit Nazi-Parolen verteilt; im Kleiderschrank fand man die eingerollte Hitlerfahne, auf seinem Schreibtisch stand ein blecherner Adler mit Hakenkreuz auf der Brust. Nach dem Krieg genügte das für eine Festnahme.
»Sie wird sterben«, sagte Marie.
Zinn schwieg. Er konnte sich nicht dazu entschließen, seine erste Geliebte zu besuchen. Marie dämpfte im Atelier Hosen. Heinrich bearbeitete die Schere mit dem Schleifstein, prüfte die Schärfe mit dem Daumen und schnitt eine Bahn Tuch zurecht, genau der Linie entlang, die er vorher mit der Schneiderkreide gezogen hatte.
Wassersucht, Embolie, Herzversagen wird auf dem Totenschein von Elisabeth stehen. Kummer, Scham und Lebensenttäuschung sind aber die Todesursache.

Bei Elisabeths Begräbnis wird ihr Mann seine Strafe längst verbüßt haben; noch Jahre Ächtung und Bienenzucht stehen ihm bevor. Und dann nochmals Jahre einer stillen Zeit, bis er im Gedächtnis einer neuen Generation nur noch der älteste Mann im Dorf ist und am Geburtstag mit Blumen und einem Ständchen geehrt wird.

Als Marie wieder lacht, ist die Rationierung der Schokolade aufgehoben, auch Kaffee bekommt sie genügend. Dazu Schuhe, Strümpfe, Lippenstift und ein neues Radio.
Die Wirtschaft floriert, und eben noch war erklärt worden, das Boot sei voll. Nun holt man Fremdarbeiter ins Land. In langen Zügen von Italien her. Jetzt wird gebaut und die Maschinen laufen rund um die Uhr.
Und das Geld kommt in die Schweiz. Immer wieder das Geld. Zwei Weltkriege heil überstanden, stabile Währung, Neutralität: das zieht Geld magnetisch an...

Zinn ist melancholisch und steigt in den Kirschbaum. Als er wieder herunterkommt, hat er blauschwarze Finger und eine blauschwarze Zunge. Heinrich hat aber nicht nur Kirschen verdrückt und Trübsal geblasen, er hat oben im Baum auch den Entschluß gefaßt, mit der Maßarbeit aufzuhören und auf Konfektion umzusteigen. Er ist es leid geworden, Herren auszumessen und bei der Anprobe seine Hände an Bäuche und Hintern anzulegen; auch fremden Mundgeruch hat er satt.
Nun produziert er Hosen und Jacken in drei Größen und drei Farben. Er entwirft Schnittmuster und beginnt mit der Arbeit. In der Stadt, in einem gemieteten Laden, verkaufen Marie und Irma die Konfektion. Damit nahm Zinn seine Tätigkeit als Fabrikant wieder auf: wie nach dem ersten Krieg, als er in Zürich Schürzen für Haushalt und Beruf herstellte und das Geld erwarb, das nötig war für seine Pläne.

An seinem sechzigsten Geburtstag beschäftigt er fünf Heimarbeiterinnen und einen Mann im Außendienst, der auf einer BSA mit Seitenwagen von Dorf zu Dorf

fährt und auch abgelegene Weiler besucht. An Markttagen baut Heinrich Zinn seinen Stand auf: in Bremgarten, Wohlen und Muri.
Von der Konfektionsware lebten wir mehr als gut. Aber Heinrich Zinn langweilte sich bei der Arbeit. Wie nach dem ersten Krieg bei der Schürzenschneiderei. Doch damals hatte er ein Ziel. Als er genügend Geld verdient hatte, stellte er das Unternehmen ein und baute das Haus am Fluß für Morenos Hunde und für die Artisten aus.
Damals war er ein junger Mann.
Nun ist er alt.
Nun fehlt ihm ein Antrieb; aber Irma hindert Heinrich am Aussteigen.
Zu den Hosen und Jacken kommen Hemden. Drei Weißnäherinnen arbeiten für Irma, die Hemden sind ihr Geschäft. Zinn allerdings züchtet nun Tauben. So trudeln wir in die fünfziger Jahre. Marie lacht zwar wieder, aber sie meidet jedes Dorffest und jeden Tanzanlaß. Sich nur nicht verlieben. Vierzig ist sie jetzt und beginnt mit dem Finger auf beschlagenes Glas zu schreiben: Herz-Serge-Marie.

7

Heinrich Zinn schrieb einen Brief und riß ihn in Stücke. Amerika lag unter dem Tisch, ich weiß nicht, ob Amerika IV oder V. Zinn schrieb ihn neu, war wieder unzufrieden und rief nach Irma.
»Hilf mir beim Papierkram«, bat er.

Ich bin nun so alt wie Heinrich, als er Mata Hari sah (und genau diese Art Frau erregt auch meine Phantasie). Die Russen dressieren einen Hund namens Laika, bald werden sie ihren Sputnik in den Weltraum schießen. Auf dem Weg in die kleine Stadt vermag mir Zinn kaum mehr zu folgen. Auch Amerika IV oder V bleibt auf halber Strecke mit hängender Zunge stehen und trottet dann zurück. Der Friseur liegt begraben und sein Nachfolger erlaubt Hunden den Salon wieder. Hin und wieder läßt Zinn sich rasieren. Eingeseift sieht er aus wie St. Nikolaus mit einem weißen Wattebart. Ihm geht jetzt eine Sache nicht aus dem Kopf. Und während der neue Friseur ihm die Haare schneidet, kann er gut nachdenken. Überhaupt durchlebt er eine melancholische Phase. Das geht so weit, daß er Marie bittet, ihn zu rasieren. Jeden Tag setzt er sich vors Haus mit Blick auf den Fluß. Marie legt ihm ein Tuch um, seift ihn ein und wetzt das Messer am Lederriemen. Sie rasiert ihm den Bart ab, behutsam, fast zärtlich, es sieht aus, als hätten sich Vater und Tochter endlich gefunden und versöhnt.
– Fünfundsechzig ist er jetzt.
Die Sache, die ihm nicht aus dem Kopf geht, weiß er verloren. Sein Haus soll abgerissen werden. Das blaue Haus am Fluß muß verschwinden. Auch die Reuß muß

weichen. Eine Staumauer soll gebaut werden. Ein Kraftwerk. Die Zeit fordert das. Zu lange Jahre, jahrhundertelang hat der Fluß das Tal überschwemmt, nun soll die Wassernot beseitigt werden, nun soll der Fluß arbeiten und Strom erzeugen. Heinrich Zinn hat die Pläne im Kopf, sie wurden im Rathaus ausgelegt. Hinter dem Damm aus Beton, dreimal so hoch wie Karels Nußbaum, kommt sein Haus unter Wasser zu liegen. Der Wald wird gerodet, die Wiese überschwemmt, das Haus beseitigt; ein See wird das Tal bald füllen, eine ruhige Wasserfläche. Für Schwäne und Enten. Eine Spiegelfläche. Der Himmel darin, darunter das Haus. Ein Taucher kann bald in der Ruine herumschwimmen und nach dem Verlorenen suchen. Zwei Kriege hat das Haus überstanden, der Fortschritt wird es zerstören; Heinrich Zinn weiß das ganz genau.
Irma weiß es, Marie weiß es: Wir müssen hier weg.
– Gewähr ihnen Aufschub, fordert meine Tochter.

Mit siebzig muß Zinn sich auf dem Weg zur Stadt zum ersten Mal auf eine der Ruhebänke setzen. Der Briefträger hat ihm einen eingeschriebenen Brief gebracht: der Kampf ist verloren, die Enteignung rechtsgültig.
Heinrich sitzt auf der Bank und merkt, daß er gar nicht an den Brief in seiner Tasche denkt, sondern an das Mädchen mit dem Leberfleck zwischen den Schulterblättern. Es hat zu regnen begonnen, was er nicht merkt. Es schneit, und er sitzt immer noch da. Weitere Jahre sind inzwischen vergangen, um sein Haus herum wird der Wald gerodet, Heinrich hört die Motorsägen. Er geht jetzt nicht mehr in die Stadt, nur noch bis zu dieser Bank und nimmt die elfenbeinerne Schatulle aus der Tasche, in der er die Locken aufbewahrt. Irma hat für ihre Anzüge, Krawatten und Hemden ein La-

dengeschäft in der Stadt gefunden und Räume für die Schneiderei und das Lager. Mit dem Geschäft hat Heinrich nichts mehr zu tun. Zusammen mit Marie will sie in eine Wohnung am Bogen umziehen (in Nachbarschaft des Hauses, wo sich früher das Café befand). Heinrich überlegt sich, ein Gewehr zu kaufen.

Vor nicht allzuferner Zeit, so kommt es ihm vor, hat er einem schwarzen Pianisten gestanden, ein Mörder zu sein.
Im Lärm der Motorsägen hört er den Neger seinen Rag spielen; und Jack Dempsey schlägt ihm die Rechte aufs Herz, und eine Frau schneidet eine Locke Schamhaar ab und schenkt sie Heinrich; er hört sie lachen (oder lachen Sophie und Elisabeth in einem seiner Jugendträume), er sieht das Gesicht der nackten Frau aber nicht, leicht fällt das braune Haarbüschel auf die Schaufel des Friseurs, und jetzt trifft Dempseys Linke sein Kinn.
»Schlaganfall«, stellte der Arzt fest.
Als Marie ihn fand, war er schon steif und halb erfroren. Mit weit aufgerissenen Augen saß er auf der Bank.
»Alles konnte ich hören«, sagte er später, »aber kein Wort sprechen.«
»Er hockte da wie ein Götze«, sagte Marie, »und hielt dieses Kästchen in den Händen, von dem ich bisher keine Ahnung hatte: Voller Haare ist es gewesen.«

Heinrich weigert sich, im Krankenhaus zu bleiben. Er fürchtet mit Recht, in seiner Abwesenheit werde sein Haus abgerissen. Es bleiben ihm noch drei Jahre zu leben, drei Jahre wird er das linke Bein hinterherziehen, als sei es ein Stück, das ihm nicht gehört.
– Laß ihn nicht sterben, erzähl ihn wieder jung.

Epilog
oder von Fingerfarben und Bulldozern

1

Mit meiner Tochter verlasse ich den Badeplatz an der Reuß und gehe am Friedhof vorbei. Wieder ist Sommer: vor einem Jahr wurde Feld B mit dem Grab Heinrich Zinns abgeräumt.

Es war gut zu schwimmen und nach Kieseln zu tauchen, schade nur, daß sie trocken so glanzlos sind. Der weißliche Himmel saugt Vögel auf, mit einem Mal sind sie verschwunden. Meine Tochter setzt mir auseinander, warum sie unbedingt einen Schulrucksack braucht, einen mit Leuchtfarbe und Reißverschluß.
– Ich hab dir die ganze Geschichte abgehört, mault sie, da liegt doch nun ein Schulrucksack drin.
Dagegen weiß ich keinen Einwand.
– Du willst doch nicht, daß deine Tochter als einziges Mädchen daherkommt wie ein armes Kind aus Heinrich Zinns Zeiten?

Wir gehen flußaufwärts. Nach einer halben Stunde stehen wir auf dem Damm und schauen auf den Stausee hinaus. Der spiegelt den Himmel, zwischen den Wolken schwimmen Vögel.
Unter dem Wasserspiegel liegt das Haus.
Die Ruine.
Das Dach weggerissen, die Fenster Löcher. Fische schwimmen durch Zimmer. Eine Unterwasserburg, ein Riff, belebt von kaltblütigem Getier. Schlingpflanzen, Algen, Schrott. Und Krebse im Sand, hier und dort ein Gerippe, abgenagt. Steine und die Geschichte, die nun erzählt ist: aller unter Wasser.

Als Heinrich jung war nach dem ersten Krieg und die Wirtschaft dahinsiechte, baute er auf.
Als Zinn alt war nach dem zweiten Krieg und die Wirtschaft sich entfaltete, baute er ab.
Zwar startete er noch seine Konfektion in drei Größen und drei Farben, doch Irma war dabei die treibende Kraft. Heinrich träumte lieber am Fluß: Karel, Rosny, Artur.
Von dieser düsteren Vergangenheit wird er sich nie ganz erholen. Und als er um sein Haus kämpfte, geschah dies ohne Feuer. Eher wehmütig und etwas bitter. Was soll ein alter Mann? Was kann er schon ausrichten gegen den Staat und die Elektrizitätsgesellschaft?
Heinrich Zinns letzter Kraftakt wird die Fesselung des Pfarrers sein. Der geistliche Herr wollte den alten Mann mit den Sterbesakramenten versehen. Doch dieser warf ihm das Lasso um den Bauch und zurrte es mit einem Ruck fest.
Da mußte der Tod grinsen und gewährte Heinrich Zinn noch einmal eine Spanne Leben.
– Genau die Zeit, die ich brauche, um die Geschichte zu Ende zu erzählen.

Die Schonzeit ist abgelaufen. Der Staudamm soll nun errichtet werden. Verläßt der alte Mann mit dem alten Hund das Haus nicht freiwillig, dann halt unter Zwang.
Der winterliche Wald ums blaue Haus ist gerodet. Noch strömt der Fluß dahin, als könne keine Technik ihm etwas anhaben. Marie wohnt nun in der Stadt in einer kleinen Wohnung. Auch Irma ist ausgezogen.
– Heinrich und Amerika leben allein?
An einem kalten, aber sonnigen Morgen fährt das Auto

mit den dunklen Scheiben vor. Stille ums Haus. Vier Männer steigen aus dem Automobil, zwei Polizisten und zwei ganz in Weiß gekleidete Ärzte.
Da fällt ein Schuß.
– Heinrich, hat er sich umgebracht?
Im Laufschritt kehren die vier Männer zum Auto zurück. Einer der Polizisten nimmt mit der Zentrale Verbindung auf.
– Funkberatung?
Wieder Stille.
Mit gezogener Pistole wagen sich die Polizisten nach einiger Zeit aus dem Auto. Sie spurten zur Tür.
– Im Zickzack, wie Hasen?
Geradeaus rennen sie, den Kopf gesenkt, und beinah rammen sie die Tür mit der Schulter ein.
– Doch die ist unverschlossen.
Und hinterher spurten die Ärzte, einer mit einem Köfferchen.
– Sie dringen ins Haus ein.
»Zinn«, rufen sie. »Wo stecken Sie denn?«
Mit dem Fuß stößt einer die Küchentür auf. Zwischen Tisch und Fenster liegt Amerika in einer Blutlache. Die toten Augen des Hundes, und dort liegt auch ein Bär. Zinn ist unter das Fell des Bären gekrochen. Das Fell bewegt sich, bebt, der alte Mann weint, man hört ihn schluchzen, es ist ungefähr das Geräusch, stelle ich mir vor, das ein Bär macht, wenn er stirbt.
Einer der Ärzte öffnet die schwarze Tasche und zieht eine Spritze auf. Zinn wehrt sich nicht gegen den Stich. Die Männer zerren ihn unter dem Fell hervor und schleppen ihn zum Auto. Einen Mann von zwei Metern Länge und einhundert Kilo Gewicht. Sie schwitzen dabei.
Dann fährt das Auto mit den dunklen Scheiben ab.

Und als sei dies ein Zeichen gewesen, treten Soldaten aus dem Wald. Sie gehen auf das Haus zu, tragen ein paar wenige Möbel und Hausrat heraus, was da noch übrig war seit dem Auszug von Marie und Irma, und laden es auf einen kleinen Lastwagen. Die Behörden überlassen das Haus der Armee zum Abbruch. Häuserkampf wird geübt.

– Handgranaten durchs Fenster, Flammenwerfer.

– Glas und Balken splittern, Schußlöcher in den Wänden.

– Der Dachstock in Flammen.

– Am Ende die Ruine und Soldaten, die Zigarettenpause machen und Tee trinken.

– Dann die Aufräumarbeiten, Pickel, Schaufel und Bulldozer.

– Zwischen Trümmern und Schutt ein paar Fetzen Leinwand.

– Rosny?

Er half zur Verwunderung Maries beim Ausbau der Zimmer mit. Abends, nachdem die Arbeiter gegangen waren, errichtete er eine doppelte Wand und versteckte ein paar Gemälde dahinter.

– Die Bilder, die der alte Silberberg reklamierte?

– Und von denen niemand im Haus etwas wußte.

Das Auto mit den dunklen Scheiben bringt Heinrich Zinn in ein Alters- und Pflegeheim. Dort ißt er lange nur Brot, trinkt Wasser und redet mit keinem. Er schläft unter dem Fell der Bärin und kriecht auf allen vieren herum.

– Weder Irma noch Marie vermögen ihn zu trösten.

– Und du?

Ich habe ihn ein paarmal besucht. Ich saß im Lehnstuhl am Fenster und schaute auf den Parkplatz hinunter.

Heinrich Zinn hat mich nie beachtet. Mit einer Ausnahme. Einmal bat er mich, ihm Farben zu bringen.
– Fingerfarben?
Nach drei Monaten Heimdasein begann er die Wände seines Zimmers zu bemalen. Mit Schriftzeichen, Strichmännchen und Tieren. Am liebsten malte er Hunde. Gern auch Bären und Vögel.
Das Malen zwang ihn, sich wieder aufzurichten. Zuerst auf die Knie. Dann stand er im Zimmer, tunkte die Finger in Rot, in Schwarz, in Gelb und in Blau. Von unten her krochen und wucherten seine Figuren die Wände hoch.
Zuletzt stand er auf einem Stuhl.
Als alle Wände, der Boden und die Decke seines Zimmers bemalt waren, legte er sich zum Sterben ins Bett.
– Nicht ohne sein Lasso.
– Wir sind wieder beim gefesselten Pfarrer.
– Der Tod kippt die Sanduhr: noch drei Minuten für Heinrich.
– Die letzte Runde, würde Jack Dempsey sagen.

2

Wir stehen auf der Staumauer und meine Tochter wirft einen Stein in den See. Über uns Möwen. Ein Schwan gleitet vorbei; Wolken ballen sich zu einem Gewitter. Eine der Schleusen ist geöffnet, der Sog schluckt das Wasser und es stürzt über die Schwelle hinunter. Im Turbinenhaus rauschen die Motoren.
– Eine Geschichte fehlt noch, sagt meine Tochter.
– Du denkst an das kleine Bild von van Gogh?

In jener längst gelebten Zeit, als die Zinns Richtung Paris zogen und Heinrich zur Freude des Publikums im Fell des kleinen Bären tanzte, lag die Leinwand zusammengerollt im Stoffkasten seines Vaters. Johann hatte sie vom Rahmen gelöst.
In Paris erinnerte er sich an den verrückten Maler und sein Geschenk. Van Goghs Bilder waren zum ersten Mal ausgestellt worden und Toulouse Lautrec forderte einen Kritiker, der sie verriß, zu einem Duell heraus.
Im Schaufenster eines Händlers sah Johann Zinn einen Fotoapparat und war ganz hingerissen.
Wer läßt noch Hosen nach Maß schneidern, fragte er sich, wer steht auf Tanzbären?
– Bloß ewigtraurige Nostalgiker.
Auch die kleine Leinwand kam ihm etwas lächerlich vor. Die Leute sind zwar süchtig nach Bildern, dachte er, aber nach Bildern, die diese Maschine erzeugt. Er sah den Fotoapparat und wußte: ihm gehört die Zukunft.
Johann Zinn wollte ein moderner Bildermacher sein, also Fotograf. Alles wird nur mechanisiert, dachte er, die Maßschneiderei ist am Ende. Vom Gehen zum Rol-

len, befiehlt die Zeit, vom einzelnen Schritt zur Endlosbewegung.
Vielleicht war Johann Zinn auch nur vernarrt in diese schwarze Maschine.
– Er bot den van Gogh zum Tausch an?
– Für die kleine Malerei erhält er den Fotoapparat.
Mit dem Fotoapparat verdiente Johann Zinn Geld. Aber weniger als erhofft. Erst um die Jahrhundertwende, als Paris wieder zur Weltausstellung rief und ihn zum letzten Mal das Fernweh packte, verknüpfte er seine Hoffnungen wieder mit der Bildermaschine. Doch wie sehr er sich auch bemühte, was Geschäfte betraf, hatte er eine unglückliche Hand. Hundert Jahre hätte er vor dem Eiffelturm fotografieren können: für eine Nacht mit Mata Hari reichte sein Geld nie.
Johann Zinn kehrte zum zweiten Mal nach Bremgarten zurück. Die Stadt war zu klein, um einem Fotografen Brot zu geben. Er nahm wieder Maß als Schneider. Anstelle des van Gogh lag nun der Fotoapparat im Stoffkasten. Bei einem Besuch in Zürich entdeckte Johann Zinn im Fenster eines Antiquitätenhändlers ein wunderschönes Schiff in der Flasche. Nun war er nicht hingerissen, sondern gerührt. Verkörperte das Schiff in der Flasche nicht sein gegenwärtiges Leben?
– Zwar steht dir das Meer offen…
– Aber du bist ein Schiff in der Flasche.
Er tauschte den Fotoapparat gegen das Schiff in der Flasche.
– War er dann glücklich?
Glücklich, sicher. Aber das hatte einen anderen Grund. Johann Zinn, der Witwer, Schneider und Bärenführer, verliebte sich in die Frau, die im Bäckerladen das Brot verkaufte.

– Es kam, wie es mußte.
Zur Hochzeit schenkte er seiner Braut eine silberne Brosche. Er hatte sie getauscht, Elisabeths Vater, sein Nachbar, der mit dem Schnauz und den einhundert Büchern, gab sie ihm für das Schiff in der Flasche.
– Für die Brosche bekam er einen Kuß.
– Ja, für die silberne Brosche bekam er einen Kuß von seiner Braut. Mit einem Kuß endet die letzte Geschichte.

Inhalt

Benutzte Quellen

Werner Bucher, Zwischen Verrat und Menschlichkeit. Frauenfeld, Stuttgart 1967

Willi Gautschi, Lenin als Emigrant in der Schweiz. Zürich, Köln 1973.

Kurt Guggenheim, Alles in Allem. Zürich 1952–1955

Alfred A. Häsler, Das Boot ist voll. Die Schweiz und die Flüchtlinge 1933–45. Zürich 1967.

Werner Rings, Advokaten des Feindes. Das Abenteuer der politischen Neutralität. Wien und Düsseldorf 1966.

– Europa im Krieg. Kollaboration und Widerstand 1939–1945. Zürich 1979.

– Raubgold aus Deutschland. Die »Golddrehscheibe« Schweiz im Zweiten Weltkrieg. Zürich und München 1985.

Armin Walter, Die Bombardierung Schaffhausens. Schaffhausen 1944.

Der Autor dankt Pro Helvetia und dem Kanton Aargau.

Silvio Blatters Bücher im Suhrkamp Verlag:

Genormte Tage, verschüttete Zeit. Eine Erzählung. 1976
edition suhrkamp 858.

Zunehmendes Heimweh. Roman. 1978
suhrkamp taschenbuch 649.

Love Me Tender. Eine Erzählung. 1980
suhrkamp taschenbuch 883.

Schaltfehler. Erzählungen. 1981
suhrkamp taschenbuch 743.

Kein schöner Land. Roman. 1983
suhrkamp taschenbuch 1250.

Die Schneefalle. Roman. 1985
suhrkamp taschenbuch 1170.

Wassermann. Roman. 1986
suhrkamp taschenbuch 1597

Das sanfte Gesetz. Roman. 1988